KB253938

무도회가 끝난 뒤

창 비 세 계 문 학 단 편 선
러시아

창비세계문학 단편선 ─ 러시아편
무도회가 끝난 뒤

초판 1쇄 발행/2010년 1월 8일
초판 6쇄 발행/2021년 10월 27일

지은이/레프 똘스또이 외
엮고 옮긴이/박현섭·박종소
펴낸이/강일우
책임편집/황혜숙
펴낸곳/(주)창비
등록/1986년 8월 5일 제85호
주소/10881 경기도 파주시 회동길 184
전화/031-955-3333
팩시밀리/영업 031-955-3399·편집 031-955-3400
홈페이지/www.changbi.com
전자우편/lit@changbi.com

ⓒ (주)창비 2010
ISBN 978-89-364-7182-8 03890
ISBN 978-89-364-7975-6 (전9권)

* 이 책 내용의 전부 또는 일부를 재사용하려면
  반드시 저작권자와 창비 양측의 동의를 받아야 합니다.
* 책값은 뒤표지에 표시되어 있습니다.

무도회가 끝난 뒤

레프 똘스또이 외 지음

박현섭·박종소 엮고 옮김

창비세계문학단편선

러시아

창비

대다수의 독자들에게, 러시아 문학이라고 하면 가장 먼저 떠오르는 이미지가 똘스또이나 도스또옙스끼의 대작 장편소설들일 것이다. 그러나 두 문호가 만들어낸 장편소설들의 거대한 산맥 너머에는 단편소설의 또다른 매혹적인 세계가 자리잡고 있다. 19세기 전반에 뿌슈낀과 고골에 의해서 구축된 러시아 단편소설의 독특한 전통은 19세기말, 체호프에 이르러 범세계적 보편성으로 활짝 꽃폈고, 이는 다시 바벨, 부닌, 쁠라또노프 등의 작품들 속에서 현대적인 양식으로 진화하면서 세계문학사에 선명한 족적을 남겼다. 본 선집에서는 19세기 초의 낭만주의 시기부터 20세기 전반의 쏘비에뜨 시기에 걸쳐, 러시아 단편소설의 정수를 보여주는 주요한 작품들을 선정했다. 작품 선정의 기준으로는 양식사적 측면에서의 중요성을 고려함과 동시에, 각 시기의 사회상과 역사적 배경을 적절하게 반영하고 있는가의 여부를 중시했으며, 가능한 한 단편소설의 날카로운 형식적 특성을 잘 살린 작품들을 고르고자 애썼다. 최대한 현대 독자들의 정서에도 부합할 수 있는 작품을 선정하다 보니, 문학사적으로 중요하게 취급되는 작가들이 배제되는 아쉬움도 있었다. 가령, 레르몬또프, 뚜르게네프 등이 그런 예인데, 모쪼록 역자들의 판단에 큰 허물이 없었기를 바란다.

차례

Александр Пушкин

| 알렉산드르 뿌슈낀 |

1799~1837

아프리카 혈통의 어머니(그녀의 증조부는 이디오피아 출신의 흑인 장군이었다)와 명문 귀족 가문 출신의 아버지 사이에서 태어난 뿌슈낀은 러시아의 국민시인이자 근대문학의 창시자로 일컬어진다. 귀족학교를 졸업한 후, 열여덟살의 나이에 외무성에 근무하면서 「자유」「챠다예프에게」 등 급진적인 시를 써서 일찍부터 전제권력의 미움을 샀으며, 자유분방한 시풍과 반란세력인 데까브리스뜨와의 친분 관계로 인해 이십대 전반을 유배생활로 보내고 평생을 검열 당국의 감시에 시달렸다. 그가 쓴 700여편의 서정시와 제국의 역사와 환상적인 설화를 망라하는 서사시 들, 운문소설 『예브게니 오네긴』 등은 주제의 넓이와 깊이에서뿐만 아니라 형식적인 측면에서도 근대 러시아 문학의 마르지 않는 보고였다. 뿌슈낀의 단편소설들은 서구 낭만주의 문학의 전통을 독특한 방식으로 자기화함과 동시에 사실주의의 맹아를 보여주었다고 평가된다. 서른두살에 그는 당대 최고의 미인이었던 나딸리야 곤차로바와 결혼했다. 그리고 오년 뒤 아내를 둘러싼 악의적인 추문 때문에 결투를 하지 않을 수 없는 상황에 몰렸으며, 이 결투에서 입은 총상으로 서른일곱살에 사망했다.

■　　한 발 Выстрел

　　이 작품은 뿌슈낀의 연작단편집 『고(故) 이반 뻬뜨로비치 벨낀의 이야기』 중 한 작품이다. 뿌슈낀이 살았던 19세기 전반의 러시아에서는 장교집단이나 상류계급 인사들 사이에서 결투가 공공연했으며, 이를 둘러싼 이야기들은 낭만주의 문학의 매력적인 소재 가운데 하나였다. 이 시대의 권총 결투는 서부극에서 흔히 보듯 동시에 총을 뽑아서 서로에게 발사하는 것이 아니라, 일정한 거리를 두고 마주 선 두 사람이 무방비상태의 상대방에게 차례대로 한 발씩 주고받는 방식이었다. 「한 발」의 주인공 씰비오는 결투 상대가 죽음 앞에서도 전혀 두려움없이 자신을 조롱하는 것에 격분하여 자기가 쏘아야 할 한 발을 유예한다. 그리고 상대방이 가장 행복한 순간에 있을 때 그 한 발을 돌려주겠노라고 다짐한다. 세속적인 행복을 희생하고, 심지어 과거의 적보다도 더 형편없는 또다른 적의 모욕까지도 감수하면서 오랜 세월 동안 지켜낸 씰비오의 '한 발'이 어떻게 해소되는가에 이 작품의 긴장이 응축되어 있다.

　　이 낭만적인 스릴러를 살짝 비껴서 조명해볼 수도 있다. 「한 발」의 서술을 총괄하는 화자는 씰비오와 한때 친교를 나누었던 젊은 장교이다. 그러나 좀더 가까이서 들여다보면 이 작품의 이야기 구조가 그렇게 단순하지 않다. 화자에 의해 1부의 이야기가 열리지만 그 이면에 감추어진 사건은 다시 씰비오에 의해서 구술된다. 2부에서 다시 화자의 중개가 이어지고, 이미 해결된 '한 발'의 운명에 관한 이야기는 씰비오의 적인 백작에 의해 구술되며 말미에 화자의 후일담이 덧붙여진다. 요컨대 「한 발」이라는 단편 전체는 모두 세 사람에 의해서 부분적으로 서술된 이야기 조각들이 합쳐져서 만들어진 것이다. 당연히 세 사람이 사건을 보는 시각에는 차이가 있을 것이다. 시골의 평범한 지주가 되어 무슨 소일거리라도 없는지 여기저기 기웃거리며 살아가는 화자는 과연 신뢰할 수 있는 이야기 전달자인가? 자신의 체면을 구긴 철없는 젊은이를 벌주는 일에 청춘을 바친 씰비오는 과연 온전한 정신을 가진 어른인가? 이런 질문들이 독자들에게 남겨진다. 무협지를 읽는 마음가짐으로 「한 발」의 구성에 몰입하더라도 이 작품은 충분히 매력적으로 읽힌다. 혹시 씰비오가 한심해 보이는 독자라면 이 작품을 낭만주의 문학의 주인공과 설정에 대한 패러디로 읽을 준비가 된 것이다.

　　작가 자신이 한창 나이에 결투로 사망했다는 사실은 작품의 아이러니를 넘어서는 삶의 아이러니라고 할 것이다.

한 발

우리는 결투를 했다.

——바라뜨인스끼[*]

나는 결투의 법도에 따라 그를 쏘아 죽이기로 다짐했다
(그는 나에게 한 발을 빚지고 있었다).

——「야영지의 저녁」[**]

1

우리는 ○○○이라는 이름의 작은 마을에 주둔하고 있었다. 보병장교의 생활이라고 해야 뻔하다. 아침에는 제식훈련과 승마연습, 그리고 연대장 숙소나 유대인 주점에서의 점심식사, 저녁에는 펀치 술과 카드 놀이가 전부다. ○○○에는 손님을 반기는 집 하나 없었고 젊은 색시도 없었다. 우리는 서로의 숙소에서 모이곤 했는데, 그 자리에는 군복을

---

[*] 예브게니 바라뜨인스끼(1800~44). 러시아의 시인. 인용된 제사는 바라뜨인스끼의 시 「무도회」의 한 구절.(옮긴이)

[**] 러시아 작가 알렉산드르 베스뚜제프 마를린스끼(1797~1837)의 소설.(옮긴이)

입은 인간들만 보일 뿐이었다.

　딱 한 명, 군인이 아닌데도 우리 모임에 끼어 있는 남자가 있긴 했다. 그 남자의 나이가 서른다섯살쯤 되었기 때문에 우리는 그를 영감님처럼 대해주었다. 경험이 많다는 사실 때문에 그는 우리 가운데서 특별한 지위를 누렸으며 한결같이 음울한 표정, 그 단호한 성격과 독설은 우리 젊은이들 사이에서 강한 영향을 미치고 있었다. 어떤 신비로운 분위기가 그의 운명을 감싸고 있었는데, 이를테면 러시아인처럼 보이는데도 외국 이름을 갖고 있는 것부터가 그랬다. 그는 한때 경기병으로 근무하면서 잘나가던 시절이 있었다. 그런 그가 군복을 벗고 이 가난한 마을에 자리잡게끔 만든 원인이 무엇인지는 아무도 몰랐다. 그는 이 마을에서 가난하면서도 사치스럽게 살고 있었다. 항상 너덜너덜한 검정색 프록코트 차림으로 말도 안 타고 걸어다니면서도, 그는 우리 연대의 모든 장교들에게 식사를 대접하곤 했다. 그의 점심에 나오는 건 퇴역한 병사가 만든 두세 가지 반찬이 전부였지만 샴페인만큼은 강물처럼 흘러넘쳤다. 그의 재산이나 수입에 대해서는 아무도 몰랐으며 또한 감히 그에게 그런 것을 물어보는 사람도 없었다. 그의 집에는 책이 꽤 많았는데, 대부분이 군사서적이나 소설이었다. 그는 사람들에게 기꺼이 책을 빌려주었으며, 한번도 빌려준 책을 돌려달라고 하지 않았다. 대신 자기가 빌린 책을 주인에게 돌려주는 법도 없었다. 그의 주요한 일과는 권총 사격이었다. 그의 방 벽들은 온통 총탄에 뚫려서 마치 벌집처럼 구멍이 송송 나 있었다. 그가 사는 허름한 토담집의 유일한 장식품은 그가 수집한 갖가지 권총뿐이었다. 그의 사격 솜씨는 정말 믿기지 않을 정도로 뛰어났기 때문에, 만일 그가 누군가의 군모 위에 놓인 배를 총으로 쏘아 맞히겠다고 나섰다면 우리 연대원 중 누구라도 주저없이 자기 머리를 내놓았을 것이다. 우리는 자주 결투를 대화의

주제로 삼곤 했는데, 씰비오는(그를 이렇게 부르겠다) 한번도 그런 대
화에 끼어들지 않았다. 어쩌다 그가 결투를 한 적이 있는지 물어보면,
그저 해본 적이 있다고 무뚝뚝하게 대꾸할 뿐 자세한 이야기를 하지
않는 것으로 보아 그런 질문을 달가워하지 않는 것이 분명했다. 우리
는 그의 무시무시한 사격술에 희생된 어떤 운나쁜 사람의 기억 때문에
그가 양심의 가책을 겪는 것이라고 짐작했다. 하기야 이 남자에게 일
말의 소심함이라도 있으리라는 의심은 우리 머릿속에 들어설 자리가
없었다. 세상에는 외모 하나만으로도 그런 의심을 일소해버릴 수 있는
사람이 있는 법이다. 그런데 뜻밖의 사건이 우리 모두를 놀라게 했다.
　　어느날 씰비오의 집에서 열 명가량의 장교들이 점심식사를 했다. 늘
그랬던 것처럼 꽤나 많이 술을 마셨다. 점심을 먹고 나서 우리는 주인
에게 카드놀이의 물주가 되어달라고 조르기 시작했다. 좀처럼 카드놀
이를 하지 않았던 그는 오랫동안 사양했지만 마침내 카드를 내오라고
시키더니 테이블 위에 쉰 개쯤 금화를 뿌리고서 카드를 돌리기 시작했
다. 우리는 그의 주변으로 모여들었고 게임은 시작되었다. 씰비오는
게임을 할 때 철저하게 침묵을 지키는 습관이 있었다. 결코 언쟁을 하
는 법도 해명을 하는 법도 없었다. 가령 돈을 건 사람이 실수로 계산을
잘못하면, 그는 즉시 모자란 돈을 채우거나 남는 돈을 그 사람 몫으로
걸어두곤 했다. 우리는 이미 그렇다는 걸 알고 있었기 때문에 그가 자
기 방식대로 판을 진행하도록 내버려두고 있었다. 그런데 우리 가운데
얼마 전에 새로 전입한 장교가 한명 있었다. 이 장교가 게임을 하다가
무심코 카드 귀퉁이를 중복해서 꺾었다(카드 귀퉁이를 꺾으면 돈을 두 배로
건다는 뜻이다—옮긴이). 씰비오는 분필을 들고 평소 하던 대로 숫자를
바로잡았다. 자기 실수를 깨달은 장교는 변명을 늘어놓기 시작했다.
씰비오는 말없이 카드를 돌렸다. 장교는 참을성을 잃고 지우개를 집어

들더니 자기가 보기에 잘못 기록되었다고 생각되는 숫자를 지워버렸다. 씰비오는 분필을 들고 다시 숫자를 적었다. 포도주와 게임과 동료들의 웃음소리로 인해 잔뜩 열이 오른 이 장교는 자신이 심하게 모욕을 당했다고 생각했는지, 광분한 상태로 테이블 위에 놓인 청동촛대를 집어들어 씰비오에게 던졌다. 씰비오는 간신히 그 촛대를 피할 수 있었다. 우리는 어찌할 바를 몰랐다. 분노로 얼굴이 새하얘진 씰비오는 눈을 부릅뜨고 일어나서 말했다. "선생, 나가주시지요. 그리고 이런 일이 다행히 내 집에서 벌어졌다는 걸 하느님께 감사하세요."

우리는 이후의 사태가 어떻게 진행될지 익히 알고 있었으므로, 이 신참 동료가 이미 죽은 목숨이라고 생각했다. 장교는 자기가 당한 모욕에 대해 물주 나리께서 원하는 어떠한 방법으로든 갚을 준비가 되어 있노라고 말하고는 자리를 떴다. 게임은 그러고 나서도 몇분 정도 계속되었다. 하지만 주인이 더이상 게임을 할 기분이 아니라는 눈치가 보여서 우리는 하나씩 둘씩 자리를 털고 일어나 곧 생길 결원에 관해 이야기하며 각자의 집으로 뿔뿔이 흩어졌다.

다음날 당장 우리는 승마장에서 그 불쌍한 중위가 아직 살아 있는지 서로 물어보고 있었다. 그때 마침 장본인이 나타났기에 우리는 같은 질문을 했다. 중위가 대답하길, 씰비오에게서 아무런 통보도 오지 않았다고 했다. 우리가 씰비오에게 찾아갔더니 그는 정원에서 대문 위에 붙여놓은 에이스 카드를 향해 총알을 연달아 쏘아대고 있었다. 그는 평상시처럼 우리를 맞아들였지만 어제의 사건에 대해서는 한마디도 하지 않았다. 사흘이 지났지만 중위는 여전히 살아 있었다. 우리는 놀라서 서로 물었다. "씰비오는 결투를 안하겠다는 거야, 뭐야?" 씰비오는 정말 결투를 하지 않았다. 그는 대충 둘러댄 해명에 만족해서 중위와 화해했던 것이다. 이 일은 젊은이들 사이에서 그의 평판을 심하게 깎아내렸다. 무모함을 최고의 미덕으로 간주하며, 그것이 다른 모든 악덕마저 눈감을 수 있게 해준다고 생각하는 젊은이들에게, 용기의 부족은 결코 용서받을 수 없는 결점이다. 그러나 차츰 모든 일이 잊히고 씰비오는 예전의 영향력을 되찾았다.

그러나 나만은 그와 다시 가까워질 수 없었다. 천성적으로 낭만적인 공상을 즐겼던 나는 수수께끼 같은 삶을 살아온, 그래서 어떤 비밀스러운 이야기의 주인공일 것만 같은 이 사람에게 다른 누구보다 강하게 끌렸던 터였다. 그도 나를 좋아해서, 적어도 나를 대할 때만은 그 신랄한 독설을 접고 허물없이 매우 유쾌하게 여러 가지 일에 대해 이야기하곤 했다. 그러나 나는 그 불행한 저녁모임 이후로 그의 명예가 더럽혀졌을뿐더러 바로 그 자신의 잘못으로 인해 이제는 씻을 수도 없게 되었다는 생각을 떨치기 힘들었고, 그런 생각이 나로 하여금 예전처럼 그를 대하지 못하게 했다. 심지어 그를 쳐다보는 것도 민망했다. 씰비오는 이런 걸 눈치채지 못하거나 그 원인을 짐작하지 못할만큼 어리석거나 미숙한 사람이 아니었다. 이 일로 그는 괴로워했던 것 같았는데, 그것은 그가 나에게 설명하고 싶어하는 눈치를 두어 번 보였다는 데에서도 알 수 있었다. 하지만 나는 그럴 기회를 일부러 피했고 씰비오 또한 그런 나에게 거리를 두게 되었다. 그후로 나는 다른 동료들과 함께 있을 때만 그를 보았으며 우리 사이에 예전 같은 허물없는 대화는 이루어지지 않았다.

수도의 분주한 주민들은 시골이나 지방 소도시 주민들이라면 익히 알고 있을 여러 가지 관심거리에 대해 이해하지 못하는데, 가령 우편물 도착일에 대한 기대가 그 예이다. 매주 화요일과 금요일마다 우리 연대본부 사무실은 송금이며 편지며 신문을 기다리는 장교들로 가득 찬다. 우편물은 보통 그 자리에서 바로 개봉되어 소식이 전달되었기 때문에 본부 사무실에서는 매우 생생한 장면이 펼쳐지곤 했다. 썰비오 또한 연대 주소로 편지를 받고 있었으므로 대체로 그 자리에 있었다. 어느날 그에게 우편물이 하나 도착했는데 그가 무척이나 조급하게 봉인을 뜯는 것이었다. 편지를 급히 읽어내려가는 그의 눈이 번뜩였다. 다른 장교들은 자신의 편지에 몰두해 있느라 그것을 전혀 눈치채지 못했다. 썰비오가 장교들에게 말했다. "여러분, 피치 못할 사정이 있어서 나는 즉시 이곳을 떠나야만 됩니다. 바로 오늘밤에 떠날 것입니다. 그래서 바라건대, 모쪼록 내 집에서 마지막으로 식사를 같이했으면 합니다. 여러분을 기다리고 있겠어요." 그는 나를 향하면서 말을 이었다. "꼭 기다리겠습니다." 이 한마디와 함께 그는 서둘러 밖으로 나갔다. 우리는 썰비오의 집에서 모이기로 하고는 각자 갈 길로 뿔뿔이 흩어졌다.

약속된 시간에 썰비오의 집에 가보니 거의 연대 전체가 모두 모여 있었다. 짐은 벌써 다 꾸려져 있었고 단지 총알구멍이 잔뜩 난 빈 벽만 남아 있었다. 우리는 식탁에 앉았다. 집주인은 매우 고양된 상태였으며, 그의 들뜬 기분은 곧장 다른 사람들에게도 전염되었다. 일분이 멀다 하고 샴페인 병마개가 펑펑 터져올랐으며 술잔마다 쉴새없이 부글거리며 거품이 넘쳤다. 우리는 최대한의 진심을 담아 길떠나는 사람의 안전과 행운을 기원해주었다. 자리에서 일어났을 때는 벌써 늦은 저녁이었다. 자리를 접고 사람들과 작별인사를 하던 썰비오는 내가 나가려는 바로 그 순간 내 팔을 잡고 멈춰세웠다. "당신과 잠깐 할 얘기가 있어요." 그가 조용히 말했다. 나는 그 자리에 남았다.

손님들이 가버리고 우리 두 사람만 남았다. 우리는 서로 마주 보고 앉아서 말없이 파이프담배를 피웠다. 썰비오는 깊은 생각에 잠겨 있었으며 발작적인 쾌활함은 이미 흔적도 없이 사라진 상태였다. 음울하고 창백한 얼굴, 빛나는 눈, 입에서 나오는 짙은 연기 때문에 그가 진짜 악마처럼 보였다. 몇분쯤 지나서 씰비오는 침묵을 깼다.

"아마도 우리는 영영 못 보게 될 것 같네요." 그가 내게 말했다. "작별하기 전에 당신에게 설명하고 싶었어요. 당신은 내가 타인의 의견에 별로 신경쓰지 않는다는 것을 알고 있을 겁니다. 하지만 당신은 내가 좋아하는 사람이기 때문에 마음에 걸리네요. 당신 기억 속에 잘못된 인상을 남긴다면 내 마음이 무거울 겁니다."

그는 말을 멈추고 다 타버린 파이프에 새로 담배를 다져넣기 시작했다. 나는 시선을 떨어뜨린 채 잠자코 있었다.

"이상하다고 생각했겠지요." 그는 말을 이었다. "내가 이 정신 빠진 주정꾼 R×××에게 결투 신청을 하지 않았다는 것 말입니다. 당신도 인정하시겠지만, 나에게 무기를 선택할 권한이 있기 때문에 R×××의 목숨은 내 손 안에 있어요. 반면에 나는 거의 안전합니다. 나의 절제를 그저 관대함 탓으로 돌릴 수도 있었겠지만 거짓말을 하고 싶지는 않아요. 만약 내 목숨을 위태롭게 하지 않고서도 R×××을 응징할 수 있었다면 나는 결코 그를 용서하지 않았을 겁니다."

나는 놀라서 그를 바라보았다. 그 고백은 나를 몹시 당혹스럽게 했다. 씰비오는 말을 계속했다.

"그래요, 나는 내 목숨을 위태롭게 할 권리가 없어요. 육년 전에 나는 따귀를 맞은 적이 있습니다. 그런데 그 원수가 아직 살아 있단 말입니다."

강렬한 호기심이 발동했다.

"그와 결투를 하지 않았나요?" 나는 물었다. "어떤 사정이 두 사람을 떼어놓았나보군요?"

"우리는 결투를 했어요." 씰비오가 대답했다. "여기 우리 결투의 기념물이 있습니다."

씰비오가 일어나더니 종이상자에서 금술과 장식줄이 달린 빨간 모자(프랑스인들이 경찰모자라고 부르는 모자였다)를 꺼냈다. 모자에는 이마 위쪽으로 두 치쯤 되는 곳에 총알구멍이 나 있었다.

"당신도 알다시피," 씰비오는 말을 이었다. "나는 △△△경기병 연대에서 복무했습니다. 내 성격을 잘 아실 겁니다. 나는 일등을 하는 데 익숙해요. 젊었을 때는 그게 더 심했지요. 우리 땐 난폭한 행동이 멋으로 여겨졌는데, 내가 바로 부대 최고의 난폭자였어요. 주량도 자랑거리였지요. 나는 데니스 다브이도프가 칭송했던 그 유명한 부르쪼프를 술로 제쳤어요. 우리 연대에서 결투는 끊임없이 벌어졌습니다. 나는 그 모든 결투에 당사자 아니면 입회인으로 참석했어요. 동료들은 날 떠받들었고 수시로 교체되는 연대장들은 나를 피할 수 없는 골칫거리라고 생각했지요.

우리 연대에 부유한 명문가 출신의 어떤 젊은이(그 이름은 말하지 않겠소만)가 배속되기 전까지, 나는 태평하게(어쩌면 불안하게) 나의 명성을 즐기고 있었습니다. 그처럼 화려한 행운아는 태어나서 처음 봤습니다! 한번 상상을 해봐요, 젊음, 지력, 준수한 외모, 광적일 정도의 쾌활함, 앞뒤 가리지 않는 용기, 요란한 명성을. 얼마나 있는지 본인도 모르는 돈은 아무리 써도 마르지 않았지요. 그러니 그가 우리 사이에서 어떤 영향력을 미쳤을지 상상할 수 있겠지요. 나의 일등 자리는 흔들렸습니다. 내 명성에 이끌렸던지 그는 나와 교제를 트고자 했어요. 하지만 나는 그를 차갑게 대했지요. 그러자 그는 아무 미련없이 나를 떠나더군요. 나는 그를 증오했습니다. 부대원과 여자 들 사이에서 그가 누리는 인기에 나는 완전히 좌절했어요. 나는 그와 다툴 핑계를 찾기 시작했습니다. 내가 그를 상대로 경구(警句)를 던지면 그는 항상 예상을 초월하는 경구로 응수했고, 그것은 훨씬 날카로운데다 비교가 안

될 만큼 명랑했어요. 그는 그냥 농담을 할 뿐인데, 나는 거기에 대해 앙심을 품었던 것이죠. 마침내 어느날 폴란드 지주댁의 무도회에서 그가 모든 숙녀들, 특히 예전에 나와 관계를 가졌던 여주인의 관심을 독차지한 것을 본 나는 그의 귀에 대고 폭언을 내뱉었어요. 그는 발끈해서 내 뺨을 때렸습니다. 우리 둘은 다짜고짜 검을 잡았지요. 여자들이 여기저기서 실신하는 가운데 사람들이 우리를 뜯어말렸습니다. 그리고 그날 밤 우리는 결투를 하러 나섰습니다.

새벽 무렵이었습니다. 나는 내 쪽의 입회인 세 명과 함께 약속 장소에 섰습니다. 형언할 수 없는 조바심 속에서 나는 상대방을 기다렸어요. 봄날의 태양이 떠오르면서 금방 후덥지근해졌습니다. 멀리서 그가 오는 것이 보였어요. 그는 군복 상의를 검 위에 걸쳐들고 한명의 입회인과 함께 걸어오고 있었어요. 우리는 그를 향해 걸어갔습니다. 그는 체리가 가득 담긴 군모를 들고 다가왔어요. 입회인들이 열두 걸음을 재주었습니다. 내가 먼저 쏠 수 있었지만 내 안에 있는 증오심이 너무 강렬하게 격동한 나머지 손이 뜻대로 움직일지 의심스러웠어요. 그래서 흥분을 가라앉힐 양으로 첫 발을 그에게 양보했습니다. 상대방은 동의하지 않았고, 그래서 제비뽑기로 결정했습니다. 첫번째 순서는 영원한 행운아인 그에게 돌아갔습니다. 그는 총을 겨눴고 내 모자를 맞혔습니다. 이제 내 차례가 온 거죠. 그의 목숨이 마침내 내 손 안에 들어온 것입니다. 나는 단 한 점 불안의 그늘이라도 찾아낼 양으로 그를 탐욕스럽게 응시했습니다…… 그는 내 총구 앞에 서서 군모 안에 있는 잘 익은 체리를 골라먹고 있었어요. 그가 뱉어내는 씨앗이 나에게까지 날아오더군요. 그 태평함에 나는 격분했습니다. 나는 생각했어요. '이자가 자기 목숨을 전혀 소중하게 여기지 않는다면 그걸 빼앗는게 무슨 소용이 있겠는가?' 악의에 찬 생각이 뇌리를 스쳤어요. 나는 총을 내려뜨렸습니다. "당신은 아직 죽을 준비가 안되어 있는 것 같소." 그에게 내가 말했습니다. "아침식사를 하시오. 방해하지 않을 테니까."——"방해라니요, 전혀 상관없습니다." 그가 대꾸했어요. "쏘세요. 아니면 편할 대로 하시든가. 다음 한 발은 당신 것으로 남아 있으니까요. 저는 언제든 당신의 요구에 응하겠습니다." 나는 입회인들을 향해 지금은 쏠 생각이 없다고 선언했고, 결투는 그것으로 끝나버렸습니다.

나는 전역해서 이 작은 마을에 은거했습니다. 그날 이후로 나는 단 하루도 복수에 대해 생각하지 않은 날이 없었어요. 그런데 이제 때가 온 겁니다……

씰비오는 아침에 받은 편지를 주머니에서 꺼내더니 나에게 읽어보라며 건네주었다. 그것은 모스끄바에서 누군가(씰비오가 여러모로 신뢰하는 사람)가 보낸 편지였는데, 문제의 그 인물이 젊고 아름다운 아가씨와 곧 결혼할 것이라는 소식이었다.

"문제의 그 인물이 누군지는 짐작하시겠지요." 씰비오가 말했다. "나는 모스끄바로 갈 겁니다. 그가 결혼을 앞두고도 예전에 체리를 먹으며 죽음을 기다렸던 것처럼 그렇게 태평하게 죽음을 받아들일지 한번 봅시다!"

씰비오는 이 말과 함께 일어나더니 모자를 바닥에 팽개쳤다. 그리고 마치 우리에 갇힌 호랑이처럼 방 안을 이리저리 돌아다녔다. 나는 꼼짝 않고 그의 이야기를 듣고 있었다. 기이하고 모순된 감정이 나를 흔들었다.

하인이 들어와서 말이 준비되었다고 알려왔다. 씰비오는 내 손을 꽉 잡았고 우리는 작별인사를 했다. 그는 마차에 올라탔다. 마차에는 두 개의 여행가방이 실렸는데, 그중 하나에는 권총들이 들어 있었고 다른 하나에는 가재도구가 들어 있었다. 우리는 다시 한번 작별인사를 나누었다. 말들이 달리기 시작했다.

2

  몇년 뒤, 나는 집안 사정 때문에 N××× 현의 가난한 마을에 정착하게 되었다. 영지 일을 돌보는 와중에도 예전의 떠들썩하고 걱정없던 생활을 늘 그리워하곤 했다. 무엇보다 힘들었던 것은 가을과 겨울의 저녁시간을 완전한 고독 속에서 보내는 데 익숙해지는 일이었다. 저녁식사 때까지는 영지 관리인과 잡담을 하거나 이런저런 일을 보거나 새로 생긴 술집에 들르면서 그럭저럭 시간을 보냈다. 그러나 이윽고 땅거미가 지면 나는 정말 어찌해야 좋을지 몰랐다. 벽장 밑이나 골방에서 찾아낸 몇 안되는 책은 이제 다 외울 정도였다. 행랑어멈 끼릴로브나가 애써 기억해낸 이야기들은 전부 예전에 들은 것이었으며, 농사꾼 아낙네들의 노래는 나를 울적하게 할 뿐이었다. 시큼한 과실주에 입맛을 길들이려 해봐야 다음날 머리만 아팠다. 솔직히 말해서 홧술로 고주망태가 되는 것이, 이 고장에 지천으로 널린 서글픈 주정뱅이가 되는 것이 두려웠다. 가까운 이웃이라 해봐야 두셋밖에 없었는데, 그마저 대화를 할라치면 말보다 딸꾹질과 한숨소리가 더 많은 술고래들뿐이었다. 차라리 고독이 더 견딜 만했다.
  우리 집에서 4베르스따(1베르스따는 1.067킬로미터——옮긴이) 떨어진 곳에 Б××× 백작부인 소유의 광대한 영지가 있었으나 거기에는 관리인 혼자 살고 있었다. 백작부인은 결혼 첫해에 딱 한 번 자신의 영지를 찾았을 뿐인데, 그것도 채 한달을 못 채우고 떠났다. 그런데 내가 은둔생

활을 시작한 지 두 해째 되던 봄에 그 백작부인이 남편과 함께 영지에
서 여름을 보내러 온다는 소문이 들렸다. 그리고 정말로 유월초에 그
들이 도착했다.

　부유한 이웃의 방문은 시골 사람들에게 중대한 사건이다. 지주들과
그 종복들은 이런 일이 있기 두 달 전부터 이에 대해 이야기하기 시작
해서 이후로도 한 삼년은 그 이야기를 화제로 올린다. 나는 어땠는고
하니, 솔직히 말해서 젊고 아름다운 이웃의 도착으로 꽤나 흥분했다.
그녀를 볼 생각으로 조바심을 내던 나는, 그녀가 도착한 주의 첫 일요
일에 점심을 마치고 가장 가까운 이웃이자 충성스러운 신하로서 백작
부처께 인사를 여쭙기 위해 ×××마을로 향했다.

　하인이 백작의 서재로 나를 안내하고는 내 방문을 백작에게 알리러
갔다. 널찍한 서재는 온갖 사치품들로 꾸며져 있었다. 사방 벽에는 책
장이 늘어서 있고 그 책장들마다 꼭대기에 청동으로 만든 흉상들이 놓
여 있었다. 대리석 벽난로 위로는 커다란 거울이 걸려 있고 초록색 나
사 천으로 덮인 바닥에는 양탄자가 깔려 있었다.

　사치와는 거리가 먼 초라한 집구석에 살면서 타인의 부(富)를 접해
보지 못한 지 오래였던 나는 마치 장관의 알현을 기다리는 촌뜨기 청
원객처럼 일종의 전율을 느끼며 백작의 등장을 두려운 마음으로 기다
리고 있었다. 문이 열리고 서른둘쯤 되어 보이는 잘생긴 남자가 들어
왔다. 백작은 허물없이 친근한 태도로 나에게 다가왔다. 내가 애써 용
기를 내어 자기소개를 하려는데 백작이 먼저 선수를 쳤다. 우리는 자
리에 앉았다. 격의없고 친절한 그와의 대화는 나의 어설픈 낯가림을
단번에 일소해버렸고, 나는 어느덧 평소 상태로 돌아와 있었다. 그런
데 그때 갑자기 백작부인이 들어오는 바람에 나는 앞서보다 더욱 당황
하고 말았다. 그녀는 정말 아름다웠다. 백작이 나를 그녀에게 소개했

다. 태연해 보이고 싶었지만 내가 자연스럽게 행동하려 하면 할수록 어색한 기분은 더 심해질 뿐이었다. 그들은 내가 정신을 차리고 이 새로운 만남에 익숙해질 시간을 주기 위해, 격식이 필요없는 가까운 이웃에게 그러하듯 일부러 나를 내버려둔 채로 자기들끼리 이야기를 나누었다. 그동안 나는 책이며 그림 들을 둘러보며 방 안을 거닐었다. 그림에 대해선 잘 몰랐지만 나의 주의를 끈 그림이 하나 있었는데, 그것은 스위스의 풍경화였다. 사실 나를 놀라게 한 것은 그림 자체가 아니라 거기 뚫려 있는 두 개의 겹쳐진 총알 자국이었다.

"이거 훌륭한 사격 솜씨로군요." 나는 백작을 보며 말했다.

"그래요." 그가 대답했다. "정말 대단한 솜씨죠. 그런데 어떻습니까, 잘 쏘세요?"

"뭐, 웬만큼은 쏩니다만," 나에게도 익숙한 화제가 나왔다는 사실에 기뻐하며 내가 대답했다. "삼십보 거리에 있는 카드 정도라면 빗맞히지 않습니다. 물론 손에 익은 권총일 경우이지만."

"정말이세요?" 백작부인이 지대한 관심을 보이며 물었다. "여보, 당신도 삼십보 거리의 카드를 맞출 수 있어요?"

"언제 한번 시험해볼까나." 백작이 대답했다. "나도 왕년에는 좀 쐈어요. 그런데 권총을 안 잡아본 지 벌써 사년이 지나서 말입니다."

"아," 내가 한마디했다. "정말 그렇다면 제가 장담하건대, 각하께서는 이십보 거리의 카드도 못 맞히실 겁니다. 권총이란 매일 연습하지 않으면 안되는 것이라서요. 이건 제가 경험으로 압니다. 우리 연대에서 제가 명사수 중 한사람이었거든요. 언젠가 한번은 사정이 생겨서 꼬박 한달 동안 권총을 잡지 못한 적이 있었습니다. 제 총이 수리중이었거든요. 그런데 어땠겠습니까, 각하? 다시 사격을 시작한 첫날에, 이십오보 앞에 있는 병을 연달아 네 번이나 빗맞혔다니까요. 우리 부대에 농담 잘하는 익살꾼 기병대위가 있었는데, 이 사람이 마침 그 자리에 있다가 나에게 이렇게 말하더군요. '이보게 친구, 자네 손이 영 내켜하질 않나보군그래.' 각하, 정말이지 연습이란 걸 무시할 수는 없습니다. 그랬다간 바로 손이 무뎌집니다. 제가 만났던 최고의 사수도 매일, 저녁 먹기 전에 최소한 세 발씩 사격 연습을 했습니다. 그 사람에게 이건 마치 식전의 보뜨까 한 잔처럼 인이 박인 일이었어요."

백작 부처는 내가 말을 하기 시작했다는 사실에 기뻐했다.

"그 사람은 어떤 식으로 사격 연습을 했나요." 백작이 나에게 물었다.

"이런 식이었죠, 각하. 벽에 파리가 앉는 걸 봅니다. 백작부인, 웃으시네요? 정말이라니까요. 파리를 보고서는 소리쳐요. 꾸스까, 권총! 그러면 꾸스까가 총알이 장전된 권총을 그에게 갖다주지요. 그러면 빵, 파리는 벽에 납작쿵!"

"대단합니다!" 백작이 말했다. "그래, 그 사람 이름이 뭐였습니까?"

"씰비오입니다, 각하."

"씰비오!" 백작이 자리에서 벌떡 일어나며 외쳤다. "씰비오를 아신단 말입니까?"

"어떻게 모를 수가 있겠습니까, 각하. 우린 친구였는걸요. 그는 우리 부대원들과 동료처럼 지냈어요. 그 사람에게서 소식을 듣지 못한 지 어언 다섯 해가 되어가네요. 그런데 각하께서도 그 사람을 아십니까?"

"압니다. 잘 알지요. 그 사람이 혹시 당신에게…… 아니, 그러진 않았겠지만, 혹시라도 당신에게 아주 기이한 어떤 사건에 관해 이야기하지 않던가요?"

"각하, 혹시 그 사람이 어느 건달에게 뺨 맞은 일을 말씀하시는 건지요? 무도회에서 말입니다."

"그 사람이 그 건달 이름을 말하지는 않았나요?"

"아니요, 각하, 이름은 말하지 않았습니다만…… 아! 각하." 나는 진상을 깨달으며 말을 이었다. "죄송합니다…… 저는 몰랐습니다…… 그러면 바로 각하께서?"

"그래요." 백작은 심하게 동요하는 기색을 보이며 대답했다. "저 구멍 뚫린 그림은 우리가 마지막으로 만났던 날의 기념품이지요……"

"오, 여보," 백작부인이 말했다. "제발 얘기하지 마세요. 그 얘긴 듣기도 끔찍해요."

"아니야," 백작은 부인의 말을 듣지 않았다. "다 이야기하겠어. 이분은 내가 이분 친구를 어떻게 모욕했는지 알고 있으니까, 이제는 씰비오가 나에게 어떻게 복수했는지 알려주자고."

백작은 내게 안락의자를 권했고 나는 강렬한 호기심 속에서 백작의 이야기에 귀를 기울였다.

"내가 결혼한 것은 오년 전입니다. 신혼 첫 달을 나는 여기 이 마을에서 보냈어요. 이 집에 내 생애의 가장 멋진 순간과 가장 힘들었던 추억 중 하나가 함께 깃들어 있는 것이죠.

어느날 저녁, 우리가 함께 말을 타던 중에 아내의 말이 왠지 심통을 부리기 시작했어요. 그녀는 놀라서 나에게 말고삐를 넘겨주고는 걸어서 집으로 향했고, 나는 아내보다 먼저 집에 도착했습니다. 정원에 여행마차가 있는 것이 보였어요. 하인들이 이르기를, 어떤 남자가 지금 서재에서 기다리고 있는데, 자기 이름을 밝히길 꺼려하면서 그저 나에게 용무가 있다는 말만 했다더군요. 서재에 들어가보니 수염이 덥수룩한 남자가 먼지를 잔뜩 뒤집어쓴 채 어둠속에 앉아 있는 것이 보였습니다. 그 사람은 여기 이 벽난로 옆에 서 있었어요. 나는 그 사람이 누군지 기억해내려 애쓰면서 다가갔습니다. '나를 몰라보겠나, 백작?' 그가 떨리는 목소리로 말했습니다. '씰비오!' 하고 나는 소리쳤습니다. 솔직히 말해서, 갑자기 머리털이 곤두서는 느낌이었습니다. '바로 맞혔네.' 그가 말을 이었습니다. '자네 나에게 한 발을 빚졌지. 이제 내 총의 약실을 비우러 왔네. 준비는 됐겠지?' 그의 권총이 옆주머니에서 삐죽 고개를 내밀고 있었지요. 나는 열두 걸음을 잰 다음 저쪽 구석에 섰습니다. 그리고 아내가 돌아오기 전에 빨리 쏘아주기를 부탁했습니다. 그는 뜸을 들이며 불을 켜달라더군요. 하인들이 촛불을 가져왔습니다. 나는 문을 잠그며 아무도 들어오지 못하게 하라고 이른 다음 그에게 재차 쏘아줄 것을 부탁했습니다. 그는 권총을 꺼내서 나를 겨누었습니다…… 나는 초를 헤아렸지요…… 아내를 생각하면서…… 끔찍한 시간이 흐르고 있었습니다! 씰비오는 팔을 떨어뜨렸습니다. '유감이야'라고 그는 말했어요. '권총에 장전된 것이 체리 씨가 아니라서…… 총알은 무겁거든. 암만 해도 이건 결투가 아니라 살인 같다는 생각이 드는군. 나는 무기 없는 사람을 겨냥하는 데 익숙하질 않아서 말이야. 새로 시작하지. 누가 먼저 쏠지 제비를 뽑자고.' 머리가 빙빙 돌았습니다…… 아마도 나는 동의하지 않았던 것 같습니다만…… 결국 우리는 다시 권총을 장전했지요. 우리는 종이 두 장을 말았고, 그는 그것들을 군모 속에, 언젠가 나로 인해 총구멍이 뚫린 그 군모 속에 집어넣었습니다. 나는 또다시 첫번째 번호를 뽑았어요. '백작, 자넨 참 더럽게 운이 좋아.' 그는 잊으려야 잊을 수 없는 냉소를 지으며 말했습니다. 내가 어쩌자고 그랬는지, 그리고 그가 어떻게 나에게 그런 짓을 강요할 수 있었는지 모르겠습니다…… 그러나 어쨌든 나는 총을 쏘았고 그게 이 그림에 맞은 겁니다."(백작은 구멍 뚫린 그림을 손가락으로 가리켰다. 그의 얼굴은 활활 타오르고 있었고 백작부인의 얼굴은 하얀 손수건보다 더 창백해졌다. 내 입에서는 외마디 소리가 새어나왔다.)

"내가 쏜 총알은," 백작이 말을 계속했다. "다행히도 빗맞았어요. 그러자 씰비오는…… (이 순간의 백작은 정말 무시무시했다) 씰비오는 나를 겨냥하기 시작했지요. 그때 갑자기 문이 열리더니 마샤가 절규하며 달려들어 내 목에 매달렸습니다. 아내의 출현은 내 기력을 되돌려 놓아주었어요. 나는 아내에게 말했습니다. '여보, 우리가 장난으로 이런다는 걸 모르겠어? 뭘 그리 놀라는 거야! 가서 물이라도 한잔 마시고 오라고. 그러면 내가 옛 친구이자 전우를 소개해줄 테니까.' 마샤는 여전히 믿지 않더군요. '남편 말이 사실이에요?' 아내가 준엄한 표정의 씰비오를 향해 말했습니다. '두 분이 장난을 하고 있다는 게 정말인가요?' 씰비오가 아내에게 대답했습니다. '이 사람은 항상 장난을 치죠, 백작부인. 한번은 장난으로 내 따귀를 때렸고, 또 한번은 장난으로 내 군모에 총구멍을 냈고, 이번에는 장난으로 나를 빗맞혔지요. 이제 나도 장난을 치고 싶어지네요……' 이 말과 함께 그는 나를 조준했습니다…… 아내 앞에서 말입니다! 마샤가 그의 발밑으로 몸을 던졌어요. '일어나 마샤, 부끄러운 짓이야!' 나는 미친 듯이 소리쳤습니다. '이보시오, 이 불쌍한 여자를 그만 좀 조롱하시오. 도대체 쏠 거요, 안 쏠 거요?' 씰비오가 대답했어요. '안 쏘겠네. 당황하고 겁먹은 자넬 본 것으로 만족해. 자네가 날 쏘게 했으니, 난 안 쏴도 상관없어. 자넨 날 기억하게 될 거야. 자네의 양심에 자넬 맡기겠네.' 그리고 그는 방을 나섰어요. 아니, 문에서 멈춰섰지요. 그러더니 내가 총으로 맞힌 그림을 힐끗 바라보고는 거의 겨냥도 하지 않은 채 그걸 향해 한 발을 날렸습니다. 그러고는 사라졌어요. 아내는 실신한 채 쓰러져 있었습니다. 집안사람들은 감히 그를 붙들어 세울 생각도 못하고 공포에 질려 바라볼 뿐이었지요. 내가 정신을 차렸을 때는 그가 이미 현관으로 나가 마부를 불러서 떠나버린 뒤였습니다."

백작은 이야기를 맺었다. 그렇게 하여 나는 언젠가 날 놀라게 했던 이 이야기의 결말을 알게 된 것이다. 그후로 나는 이 이야기의 주인공을 다시는 만나지 못했다. 사람들 말로는 씰비오가 알렉산드로스 입셸란테스의 반란(터키의 그리스 지배에 대항하여 일어난 반란(1821~29). 입셸란테스는 그리스 독립을 위해 봉기한 비밀결사조직을 이끌었다 ― 옮긴이) 때 헤타리스트(터키의 지배에 대항하여 1821년에 결성된 그리스의 비밀결사조직 ― 옮긴이) 결사대를 이끌다가 스쿨랴느이 전투에서 전사했다고 한다.

〔박현섭 옮김〕

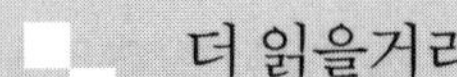

더 읽을거리

「한 발」이 포함된 연작단편집 『벨낀의 이야기』 전체를 읽고 싶은 독자들은 김희숙(『스페이드의 여왕』, 문학과지성사 1997), 최선(『벨낀 이야기·스페이드 여왕』, 민음사 2002), 석영중(『벨낀이야기』, 열린책들 2002) 등의 번역을 찾을 수 있다. 『벨낀의 이야기』를 수록하고 있는 이 번역서들에는 뿌슈낀의 또다른 걸작 단편 「스페이드의 여왕」도 함께 실려 있다. 석영중이 번역한 여섯 권의 뿌슈낀 선집은 뿌슈낀의 소설을 비롯하여 시, 희곡 등 주요한 작품들을 망라하고 있다. 단편 「스페이드의 여왕」과 운문소설 『예브게니 오네긴』은 차이꼬프스끼의 동명 오페라의 원작이기도 하다.

Николай Гоголь

| 니꼴라이 고골 |

1809~52

니꼴라이 고골은 1809년 우끄라이나의 쏘로친츠에서 소지주의 아들로 태어났다. 학창시절부터 연극과 문학에 재능을 발휘했던 고골은 1828년 자신의 이름을 떨치고자 뻬쩨르부르그로 떠나지만 큰 도시에서의 좌절을 겪게 된다. 1830년 중편 「이반 꾸빨라의 전야」를 발표하면서 호평을 받게 되어 주꼬프스끼, 뿌슈낀과 같은 문단의 명사들을 사귀게 된다. 이후 작품집 『아라베스끄』『미르고로드』를 세상에 내놓으면서 본격적인 작품활동을 벌였다. 그밖에 뻬쩨르부르그를 배경으로 한 일련의 중편과 사회적 물의를 일으킨 희곡 『검찰관』을 발표하면서 작가로서의 사명감을 더욱 강력하게 인식하게 된다. 마지막 장편 『죽은 혼』을 완성하기 위해 정열을 기울였으나 완성하지 못하고, 종교적인 광신과 정신적 혼란에 빠져 1852년 실의 속에 생을 마쳤다.

　　우끄라이나의 작은 도시에서 뻬쩨르부르그로 온 젊은 고골에게 이 북방의 수도는 경이와 좌절을 동시에 안겨주었다. 뻬쩨르부르그 생활에 대한 이 이중적인 인상이 이후 뻬쩨르부르그를 배경으로 한 여러 편의 중편을 통해서 형상화되었다. 뻬쩨르부르그 연작(連作)을 이루는 작품들 가운데 마지막에 씌어진 중편 「외투」는 이 시기에 씌어진 최고의 걸작으로 꼽힌다.

　　아까끼 아까끼예비치라는 독특한 이름을 가진 주인공은 전사(傳寫)를 업으로 삼고 있는 말단 관리이다. 전사하는 일에 만족하면서 소박하게 지내던 주인공이 어느날 낡아진 외투를 더이상 입을 수 없게 되어 새 외투를 맞춰야만 하는 상황에 놓인다. 새 외투를 맞추기 위한 돈을 모으느라 아까끼는 촛불도 아껴서 태우며 저녁에 마시는 차까지 포기한다. 주인공은 힘겹게 돈을 모아 마침내 새 외투를 장만한다. 그러나 아까끼는 새 외투를 며칠 입고 다녀보지도 못하고 강도에게 빼앗기고 만다. 외투를 되찾으려고 아까끼는 높은 관리까지 찾아가지만 그 관리에게 크게 혼나고 낙담한 채 집으로 돌아가 며칠 앓다가 죽게 된다. 그의 사후 유령이 나타나 사람들의 외투를 빼앗고 다닌다는 소문이 퍼진다.

　　이렇게 간단한 줄거리로 요약되는 이 작품은 수많은 해석을 낳은 풍부한 텍스트이다. 한편으로 이 작품은 가난하고 하찮은 '작은 인간'에 대한 인도주의적 동정이 넘쳐흐르는 작품으로 해석되는가 하면, 다른 한편으로 고골의 재치있는 문체와 언어유희에 주목하여 형식주의적 방식으로 이해되기도 한다. 그밖에 '외투'를 아까끼 아까끼예비치의 욕망의 대상으로 해석하면서 작품 「외투」를 정신분석학적으로 접근하기도 한다. 또한 뻬쩨르부르그라는 양가적 공간의 관점에서 이 작품을 이해하는 시도가 이루어지기도 했다.

외투

어느 한 관청에…… 그러나 어느 관청인지는 밝히지 않는 편이 좋을 것 같다. 어느 관청이건, 어느 연대이건, 어느 사무실이건, 하여튼 관리들만큼 화를 잘 내는 사람들도 드물다. 이제는 일반인들까지 자신이 당한 일을 마치 사회 전체가 모욕을 받은 것처럼 생각하곤 한다. 어느 도시인지 기억할 수는 없지만, 아주 최근에 어느 경찰서장이라는 이가 국가 기강이 무너지고 자신의 거룩한 이름이 함부로 남용된다는 내용을 담은 탄원서를 제출했다고 한다. 뿐만 아니라 엄청나게 두꺼운 한 권의 다소 낭만적인 내용의 글을 증빙서류로 첨부했는데, 그 글에는 십 쪽에 한번씩 '경찰서장'이 등장하고, 심지어 몇곳에서는 완전히 술에 취한 모습으로 묘사되어 있었다. 그러니 불미스러운 일에서 벗어나려면, 문제가 되는 곳을 그냥 '어느 관청'쯤으로 부르는 편이 낫겠다. 그 '어느 관청'에 '어떤 관리'가 근무하고 있었다. 아주 뛰어나다고는 결코 말할 수 없고, 키가 땅딸막한 그 관리는 약간 얽은 자국이 있는 불그스름한 얼굴에 눈에 띄게 시력이 나빴으며, 이마가 조금 벗겨지고, 양볼에 주름이 진데다 낯빛은 말하자면…… 치질 환자 같았다. 어쩌겠는가! 뻬쩨르부르그 기후 탓인 것을. 관등에 관해 말하면(우리나

라에서는 우선 관등부터 밝혀야 하기 때문이다) 그는 소위 말하는 만년 9급 관리였다. 아시다시피, 밟혀도 끽소리 한번 못하는 사람들을 억압하는 훌륭한 습성이 있는 온갖 종류의 작가들이 마음껏 놀려대고 비꼬는 바로 그 9급 말이다. 그 관리의 성은 바쉬마취낀이었다. 이름만 봐도 바쉬마끄에서 유래한 성임을 알아차릴 수 있다. 그러나 언제 어느 시대에 어떻게 바쉬마끄에서 유래되었는지는 전혀 알려진 바가 없다. 아버지도, 할아버지도, 심지어 외가 쪽 식구까지도 바쉬마취낀 집안사람들은 모조리 으레 구두를 신고 다녔고, 밑창도 일년에 세 번 정도만 갈았다. 그의 이름은 아까끼 아까끼예비치였다. 아마도 독자에게 이름이 다소 이상하고 진기하게 여겨지겠지만, 확실히 말하자면 일부러 그런 이름을 찾아낸 것이 아니라 다른 이름으로 부를 수 없는 사정이 생겨서 끝내 그렇게 된 것이다. 그 사정은 이러하다. 기억이 틀리지 않다면, 아까끼 아까끼예비치는 3월 23일 저녁 무렵에 태어났다. 고인이 된 그의 어머니는 관리의 아내로 마음씨가 아주 고운 여자였으며, 응당 그렇듯이 아기에게 침례를 주어야 했다. 엄마는 문의 맞은편 침대에 아직 누워 있었고, 오른쪽에는 의회에서 의장으로 일한 적이 있는 뛰어난 이반 이바노비치 예로쉬낀이 대부로, 경찰관의 아내이자 보기 드물 정도로 선행을 잘 베푸는 아리나 쎄묘노브나 벨로브류쉬꼬바가 대모로 서 있었다. 산모에게 세 가지 이름 가운데 마음에 드는 것을 고르라고 했다. 목끼나 솟시로 부르든지 아니면, 순교자의 이름을 따서 호즈다자뜨라고 부르자는 제안이었다. 고인이 된 산모는 잠시 생각하더니 "싫어요"라고 말했다. "무슨 이름이 다들 그 모양이람." 그녀를 기쁘게 하기 위해 달력을 한장 넘겼다(러시아 정교의 달력에는 기독교 성인들의 이름이 표기되어 있다—옮긴이). 이번에는 다시 뜨리필리, 둘라, 바라하씨 이렇게 세 개의 이름이 거명됐다. "아이고, 이건 벌이로군." 늙은 산모가 중얼거렸다. "무슨 이름들이 다 이 모양이야. 정말이지 한번도 들어보지 못한 이름들이네. 바라다뜨나 바루흐라면 또 모르지만, 뜨리필리와 바라하씨라니." 달력을 또 한장 넘겼다——빠프시까히와 바흐찌시. "할 수 없죠, 알겠어요." 산모가 말했다. "그애 운명이 그런가보군요. 그렇다면 차라리 그애 아버지의 이름을 따서 부르는 편이 한결 낫겠어요. 아버지가 아까끼였으니 아들도 똑같이 아까끼라고 하지요." 이렇게 해서 아까끼 아까끼예비치라는 이름이 생겨난 것이다. 아이는 침례를 받았는데, 그때 마침 아기가 울음을 터뜨렸고, 마치 9급 관리가 될 것을 미리 예상이라도 한 듯 얼굴을 찡그렸다. 모든 일이 바로 이렇게 일어난 것이다. 우리는 이 이야기를 이것이 불가피하게 일어난 일인데다 다른 이름을 지을 방도가 전혀 없었다는 점을 독자가 직접 알 수 있도록 하기 위해 들려드리는 바이다. 그가 언제 어떤 시기에 관청에 들어갔는지, 또 그를 관직에 앉힌 사람이 누구인지는 어느 누구도 기억할 수 없었다. 비록 부장과 국장이 수없이 바뀌었지만, 그는 계속해서 언제나 같은 자리와 같은 직위에서 서기로서 똑같은 업무를 하고 있었다. 나중에는 사람들이 그가 아마도 제복을 입고 이마가 벗겨진 채 9급 관리가 되기 위해, 이미 완전한 준비를 하고 세상에 태어난 모양이라고 믿게 될 정도였다. 관청에서는 모두들 그를 아무렇게나 대했다. 경비는 그가 지나가도 자리에서 일어나지 않았을 뿐만 아니라, 날아온 파리 한마리가 응접실을 지나가는 듯 전혀 거들떠보지도 않았다. 상관들은 그를 냉정하고 난폭하게 대하기 일쑤였다. 어떤 대리라는 작자는 '정서해주시오'라든가 '이거 재미있고 좋은 일감이지요'라든가, 예의범절이 바른 부서에서 사용되는 접대용 말 한마디 없이 코앞에 서류 뭉치를 불쑥 들이밀었다. 그러면 그는 누가 일을 맡기는지 그 사람이 그럴 권리가 있는지 어떤지에 관계없이 종이만 바라보고는 일을 맡곤 했다. 그는 종이를 받는 대로 즉시 글씨를 써내려갔다. 젊은 관리들은 사무적인 기지를 최대한 발휘하여 그를 비웃고 조롱했으며, 심지어 그의 면전에서도 그에 대해 꾸며낸 여러 가지 이야기를 주고받았다. 그의 집주인인 일흔살 먹은 노파까지 들먹거리며 그가 노파에게 맞고 산다느니, 언제 노파하고 결혼하느냐고 묻기도 했고, 종이 부스러기를 그의 머리 위에 뿌리면서, 이것은 눈이라고 부르기도 했다. 그러나 아까끼 아까끼예비치는 눈앞의 사람들은 안중에도 없다는 듯 한마디 대꾸도 하지 않았다. 그는 하는 일에도 전혀 지장을 받지 않았다. 그런 와중에도 그는 편지글을 쓰는 데 어떠한 실수도 하지 않았다. 농담이 도를 넘어 지나치게 그의 팔을 건드리며 일을 방해하면 그제야 "날 좀 내버려둬요. 왜 이렇게 나를 못살게 구는 거요?"라고 말하는 것이었다. 그런데 그가 말한 단어들과 목소리에는 어떤 이상한 힘이 담겨 있었다. 그 말을 듣고 있노라면 어느새 연민의 정이 솟아나, 취직한 지 얼마 안되어 남들을 따라 아무 생각없이 그를 조롱하던 어떤 젊은이는 갑자기 뭔가에 찔리기라도 한 듯 꼼짝할 수 없었다. 그날 이후로 그 젊은이 앞에는 마치 모든 것이 변한 것 같았고, 그때까지와는 다른 모습으로 보였다. 어떤 종잡을 수 없는 힘이 그를 한때는 유쾌하고 사교적인 사람들로만 여기고 알고 지내던 동료들과도 멀어지게 했다. 그 이후로도 오래도록 젊은이는 가장 즐거운 순간순간에, 이마가 벗어진 작달막한 관리가 사무치는 말로 "날 좀 내버려둬요, 왜 이렇게 나를 못살게 구는 거요?"라고 말하던 모습이 떠올랐다. 그 사무치는 말 속에서는 '나도 당신들의 형제요'라는 또다른 소리가 묻어나는 것이었다. 그러면 이 가련한 젊은이는 손으로 얼굴을 가렸고, 그후 평생 동안 인간이 얼마나 잔인한 존재인지를, 하느님 맙소사! 누구나 알 만한 세련되고 품위있고 명예로운 사람들조차 그 고상하고 점잖고 자랑스러운 인품

의 이면에 얼마나 잔인하고 무례한 면이 감추어져 있는지를 깨닫고서
얼마나 몸서리쳤는지……

　그처럼 자신의 일에 충실한 사람은 아마 그 어디에서도 찾을 수 없을
것이다. 단순히 열성적으로 일한다고 말하는 것만으로는 부족했다. 아
니, 그는 애정을 품고 근무했다. 정서하는 일에서 그는 다양하고 즐거
운 자신만의 어떤 세계를 발견한 것이다. 즐거움은 그의 얼굴에도 나
타났다. 그가 특별히 좋아하는 글자도 있었다. 일을 하다가 그 글자를
접하면 몹시 기뻐서 미소를 짓고 윙크를 하면서 입으로 글자들을 불러
보곤 했다. 그 때문에 그가 깃털 펜으로 써내려가는 글자 하나하나를
그의 얼굴에서 읽어낼 수 있을 것만 같았다. 일에 대한 열정만으로 본
다면, 자신도 놀랄 일이겠지만 5급 직책을 하사할 만도 했다. 그러나
그가 얻은 것은 고작 독설가인 그의 동료들의 표현대로 허름한 제복
단추와 엉덩이 치질뿐이었다. 그렇다고 그에게 관심을 갖는 사람들이
전혀 없었다고 말할 수는 없다. 어느 선한 국장이 오랜 기간의 근무를
치하하고자 평범한 정서 업무보다 좀더 중요한 직책을 그에게 맡기라
고 지시했다. 그 결과 그는 이미 다 작성된 일감을 갖고 다른 관청으로
가는 문서를 만드는 일을 하게 되었다. 표제를 바꾸고, 동사를 일인칭
에서 삼인칭으로 바꾸는 일일 뿐이었다. 이 새로운 업무는 너무나도
부담이 되어서 그야말로 땀을 뻘뻘 흘리던 그는 끝내 이마를 훔치며
말했다. "못하겠어요, 차라리 정서하는 일을 맡겨주십시오." 그후로 그
는 항상 정서만 하게 되었다. 그에게는 정서하는 일 외에 아무것도 존
재하지 않는 것 같았다. 그는 옷차림에도 전혀 신경쓰지 않았다. 그의
제복은 녹색이 아니라 불그스레한 빛이 감도는 밀가루 색이었다. 제복
의 깃이 좁고 낮아서 그 깃 사이로 비어져나온 그의 목은 사실 길지 않
은데도 유별나게 길어 보였다. 그 모습이 마치 러시아에 있는 외국인

들이 머리에 너무나도 많이 달고 다니는, 머리가 이리저리 흔들리는 석고로 만든 고양이들의 목 같았다. 제복에는 언제나 무엇인가를 묻히고 다녔다. 지푸라기나 실밥 따위가 붙어 있었다. 게다가 무슨 재주인지 쓰레기를 버리는 바로 그 순간에 창문 아래로 지나간 탓에 그의 모자에는 항상 수박이나 참외 껍질 같은 잡동사니가 얹혀 있었다. 그는 생애에서 단 한 번도 거리에서 매일 일어나고 진행되는 일에, 알다시피, 그 꿰뚫어보는 기민한 눈썰미로 길 건너에서 걷고 있는 사람의 터진 바지 솔기까지 가려내는 그의 젊은 동료가 쳐다보는 것, 그래서 그의 얼굴에 능청스러운 웃음을 흘리게 만드는 것에도 관심을 둔 적이 없었다. 그러나 아까끼 아까끼예비치는 역시 어딘가에 눈길을 돌렸을 때도 가지런한 자신의 필체로 씌어진 글씨들이 그 위에서 어른거리는 듯하다고 느끼며, 자신이 지금 어디에 있는지조차 모르다가, 어디선가 갑자기 튀어나온 말 대가리가 그의 어깨 너머로 불어넣은 콧김이 볼에 와닿았을 때에야 비로소 정신을 차렸다. 그러면 자신이 지금 정서 작업을 하고 있는 것이 아니라, 길 한복판에 있다는 사실을 깨닫곤 했다. 집에 돌아오면 정확히 같은 시간에 식탁에 앉아 수프와 양파를 곁들인 쇠고기를 무슨 맛인지도 모른 채, 음식에 파리가 붙어 있든지 아니면 다른 무슨 이상한 것이 잘못 빠져 있든지 전혀 신경쓰지 않은 채 먹어치웠다. 뱃속이 어느정도 채워졌다 싶으면, 식탁에서 일어나 잉크병을 꺼내어 집에 가지고 온 서류를 정서하기 시작했다. 그런 일이 없을 때면 재미 삼아 보관해둘 요량으로 필사본을 만들어두었다. 그런 서류들은 문체가 특별히 아름답다기보다는, 새로운 인물이나 아주 중요한 사람에게 가는 것들이었다.

뻬쩨르부르그의 잿빛 하늘이 완전히 어둠에 잠기고, 모든 관리들이 각자의 봉급 수준과 취향에 맞추어 배불리 식사를 마친 뒤, 관청의 펜

놀리는 소리와 분주함, 자신과 다른 사람들의 불가피한 일들, 일에 미친 사람들이 자진해서 때때로 필요 이상으로 떠맡았던 업무들을 끝내고 모두들 휴식에 들어갈 무렵, 남은 저녁시간을 즐기고자 마음먹은 관리들은 재빨리 극장으로, 온갖 모자를 구경할 수 있는 거리로, 또 크지 않은 관리 사회의 새 우상으로 떠오른 어느 용모가 아리따운 아가씨에게 달콤한 말을 속삭이며 자신을 불태우는 연회장으로 달려간다. 이도저도 아닌 대부분의 사람들은 그저 사층이나 삼층에서 작은 방 두 칸에 현관이나 부엌이 딸린 집을, 몇끼 식사와 노는 것을 포기하고 꽤 큰 희생의 대가로 사들인 램프나 이것저것 유행에 따른 물건들로 장식해놓고 사는 동료를 찾아간다. 그러니까 모든 관료들이 친구들의 작은 아파트를 찾아 카드놀이를 즐기고 건빵과 차를 나누고 기다란 담뱃대의 연기를 빨아들이다가 카드를 돌리는 막간을 이용하여 러시아인이라면 누구나 거절할 수 없는 상류사회에서 흘러나온 이런저런 유언비어를 떠들어대거나, 정 할말이 없으면 팔꼬네 동상(프랑스 빠리 출신의 팔꼬네(Etienne Maurice Falconet, 1716~91)가 1763년 예까쩨리나 2세의 초청으로 뻬쩨르부르그에 도착하여 만든 뾰뜨르 대제의 청동 기마상을 일컫는다——옮긴이)의 말 꼬리가 잘렸다는 신고를 받았다는 어느 사령관에 대한 오래된 일화를 되풀이하는, 한마디로 다들 기분전환이나 하려고 애쓰는 바로 그 시간에도 아까끼 아까끼예비치는 그 어떤 즐거움에도 자신을 내맡기는 법이 없었다. 그 누구도 어떤 저녁 모임에서든 그를 본 적이 있다고 말할 수 없었다. 쓸 만큼 다 쓰고 나면 내일은 또 하느님이 어떤 정서 거리를 보내주실까? 하고 미리 내일을 상상해가며, 그는 미소를 머금은 얼굴로 잠자리에 드는 것이었다. 400루블의 급료로 자신의 운명에 만족할 줄 알며 살아가던 한 인간의 평화로운 삶은 그렇게 흘러가고 있었고, 아마도 또 그렇게 순조롭게 노년까지도 흘러갔을 것이다. 9급 문관뿐 아니라, 심지어는 3급 문관, 7급 문관, 또 어떤 공직자이든, 심지어는 청원 같은 것을 누구에게도 해본 적이 없고, 또 누구에게도 해준 적이 없는 사람들일지라도 그 누구에게나 닥치는 삶의 길에 뿌려진 갖가지 재앙이 없었다면 말이다.

빼쩨르부르그에는 연봉 400루블 정도의 급료로 생계를 꾸려가는 사람들에게 강력한 적이 있다. 그 적이란 다름아닌 북쪽의 한파이다. 하기야 이것이 건강에 좋다는 말들을 하기도 한다. 아침 아홉시, 거리가 온통 관청으로 출근하는 사람들로 꽉 메워지는 시각에 코끝을 에는 한파의 세찬 일격이 무차별적으로 가해지기 시작하면, 불쌍한 관리들은 코를 어디에 감춰야 할지 어찌할 바를 모른다. 높은 직책의 나리들도 혹한에 이마가 아프고 눈에서 눈물이 찔끔 쏟아지는 이 순간에 가난한 9급 관리들은 때로는 속수무책이다. 유일한 해결책이란 얇은 외투 자락에 몸을 숨긴 채 대여섯 개 거리를 가능한 한 재빨리 지나, 길에서 꽁꽁 얼어붙은 솜씨와 재능이 다시 녹아 일을 시작할 수 있을 때까지 경비실에서 발을 동동 구르는 것이다. 아까끼 아까끼예비치는 있는 힘을 다해 늘 똑같이 일정한 지역을 달려가는데도 얼마 전부터 등과 어깨가 유난히 시린 듯한 느낌을 받기 시작했다. 마침내 그는 외투에 무슨 흠이 생겼을지도 모른다는 생각에 이르렀다. 집에 와서 외투를 잘 살펴보니 바로 등과 어깨 부분에 두세 군데 구멍이 뚫려 거친 무명이 훤히 들여다보이는 것을 발견했다. 양복지는 거의 속이 비칠 정도였으며 안감도 낡아 누더기 형국이었다. 아까끼 아까끼예비치의 외투는 또한 동료들의 놀림감이 되곤 했다는 것을 알아둘 필요가 있다. 심지어는 외투라는 점잖은 이름 대신에, 망토라고 불리기도 했다. 사실 모양이 다소 이상하기도 했다. 외투의 다른 약한 부분에 덧대기 위해 옷깃을 조금씩 떼어 쓴 바람에 외투 깃이 해마다 줄어든 것이다. 재봉사의 솜씨가 그다지 좋지 않았던 탓인지 덧댄 부분은 헐렁해 보기가 흉했다. 사태를 파악한 아까끼 아까끼예비치는 외투를 뻬뜨로비치에게 가져가기로 했다. 뻬뜨로비치는 컴컴한 계단을 따라 올라가는 사층 어딘가에 살고 있는 재봉사로 애꾸눈에다 얼굴은 반점으로 온통 얼룩덜룩했지만, 관리 제복이나 다른 바지며 예복을 고치는 솜씨는 꽤 괜찮았다. 물론 술이 취하지 않은 상태에서 머릿속에 딴 궁리를 하고 있지 않을 때는 그러했다는 것이다. 물론 이 재봉사에 대해서 많은 것을 이야기할 필요가 없을 듯하기도 싶다. 하지만 소설이라는 것이 원래 등장인물들의 성격을 분명히 해두어야 하는 법이라니, 뭐 어찌할 수 없이 여기서 뻬뜨로비치에 관해 잠시 살펴보겠다. 그는 처음에는 그냥 그리고리라고 불렸고, 어느 지주 댁의 농노 출신이었다. 그가 뻬뜨로비치로 불리게 된 것은 휴가비용을 받은 뒤 모든 축일마다 술을 퍼마시기 시작하고 나서부터였다. 처음에는 큰 축일에만 술을 마시던 것이 차츰 달력에 십자 표시가 있는 교회 축일만 되면 가리지 않고 술을 마셔댔다. 그런 면에서 본다면 그는 옛 관습에 충실한 사람이었다. 그리고 아내와 말다툼을 할 때도 아내를 속물이니 독일 여편네니 하고 불러댔다. 아내 이야기도 나왔으니 그녀에 대해서 한두 마디 하고 넘어갈 필요가 있을 듯하다. 그러나 유감스럽게도 그녀에 대해 알려진 것은 별로 없으며 단지 뻬뜨로비치에게 아내가 있고, 숄을 두르는 대신 머리에 모자를 쓰고 다닌다는 사실만 잘 알려져 있을 따름이다. 그러나 미모를 자신할 정도의 수준은 아닌 듯했다. 그래도 최소한 근위대 병사들만이 그녀와 만나면 모자 아래를 흘낏 보고 몰래 신호를 보내고 특이한 목소리를 내는 정도는 됐다.

뻬뜨로비치의 집으로 난 계단을 따라 올라가면서, 사실대로 말하자면 알다시피 뻬쩨르부르그 집들의 컴컴한 계단이면 어김없이 어디서

나 온통 물과 구정물 천지이고 눈을 뜰 수 없을 정도로 알코올 냄새가 진동하는 계단을 따라 올라가면서, 아까끼 아까끼예비치는 벌써부터 뻬뜨로비치가 가격을 얼마나 부를까 내심 생각하고 있었다. 2루블 이상은 절대로 안된다고 마음속으로 다짐했다. 문이 열려 있었다. 안주인이 무슨 생선 요리를 하고 있었기 때문인데, 부엌에 연기가 자욱해 바퀴벌레를 한마리도 볼 수 없을 지경이었다. 아까끼 아까끼예비치는 안주인도 눈치채지 못하도록 부엌을 지나 색칠하지 않은 넓은 나무탁자 앞에 터키 총독처럼 양반다리를 하고 앉아 있는 뻬뜨로비치가 보이는 방으로 들어섰다. 작업중인 재봉사들이 늘 그렇듯이 그도 맨발이었다. 이미 아까끼 아까끼예비치의 눈에 익은 커다란 그의 발가락과, 거북이 등껍데기처럼 두껍고 딱딱한 발톱이 가장 먼저 시야에 들어왔다. 뻬뜨로비치의 목에는 실타래가 걸려 있고 무릎에는 헌 옷이 놓여 있었다. 그는 벌써 삼분 동안이나 애썼지만, 바늘에 실이 꿰어지지 않아 몹시 화가 나 있었으며, 방이 어둡다느니 실이 못쓰겠다느니 하며 소리 내어 투덜거리고 있었다. "이런 망할 것, 왜 안 들어가는 거야. 정말 애먹이는군, 천하의 못된 것 같으니!" 아까끼 아까끼예비치는 하필 뻬뜨로비치가 화를 내고 있는 순간에 찾아와 기분이 좋지 않았다. 사실 그는 뻬뜨로비치가 약간 허세를 부리거나, 그의 아내가 "술에 푹 절었네, 이 애꾸눈 망나니야"라고 표현하는 그러한 때에 주문하기를 즐겼다. 그런 상황이면 뻬뜨로비치는 보통 고집을 꺾고 손님이 부른 가격에 흔쾌히 응해주었으며, 매번 심지어는 냅다 절을 하고 고맙다는 인사까지 했던 것이다. 그러고 나면 사실은, 아내가 찾아와, 남편이라는 작자가 술에 취해 싼값에 일을 맡았다고 징징거리며 하소연했던 것이다. 그러나 10꼬뻬이까짜리 하나만 더 보태주면 그만이었다. 그런데 지금의 뻬뜨로비치는 취하지 않은 것 같았다. 깐깐한 성격에 고집쟁이라 젠장,

얼마나 높은 가격을 부를지 도무지 알 수 없었다. 아까끼 아까끼예비치는 이것을 순간 깨닫고는 말하자면, 죄다 없었던 일로 하고 싶었지만, 이미 엎질러진 물이었다. 뻬뜨로비치가 애꾸눈을 가늘게 뜨고 뚫어지게 바라보자, 아까끼 아까끼예비치는 어쩔 수 없이 말문을 열었다.

"뻬뜨로비치, 잘 있었나!"

"나리도 강녕하시지요?"

뻬뜨로비치는 이번엔 어떤 먹이를 가져왔나 살피는 듯 아까끼 아까끼예비치의 손을 곁눈질해가면서 대답했다.

"뻬뜨로비치, 여기 자네에게 맡길 것이 있네, 그게……"

아까끼 아까끼예비치는 말을 할 때 전치사, 부사에 그, 저, 그러니까…… 뭐 이런 아무 의미없는 소사(小詞)를 너무 많이 사용하는 경향이 있다는 것을 알 필요가 있다. 게다가 아주 곤란한 일을 당하면 문장을 끝낼 줄 모르는 습관까지 있었다. 그래서 종종 '이건, 사실, 진짜로 말하면……' 같은 단어들로 말을 꺼내고 나서는 진짜 내용에 대해서는 아무 말도 못하고, 그랬다는 것도 잊고서 할말을 다 했다고 생각하곤 했다.

"뭔데요?"

동시에 뻬뜨로비치는 애꾸눈으로 옷깃에서부터 소매, 등, 팔 안쪽, 단춧구멍까지 제복을 구석구석 훑어보면서 물었다. 사실 이 모든 것은 원래 그의 일이기 때문에 그에겐 아주 익숙한 일이었다. 그런 일은 재봉사들의 습관이다. 이것은 그가 사람들을 만나면 맨 처음 하는 일이었다.

"저, 내가 말이지, 뻬뜨로비치…… 외투가 말이야, 양복지가…… 자 여길 봐, 다른 데는 전부, 멀쩡한데, 좀 먼지가 앉긴 했어도 말이야, 하긴 좀 낡아 보이지만 그래도 새것 같아. 자, 여기 한군데가 좀……

그러니까 등 쪽이, 아, 그리고 한쪽 어깨가 닳아서 구멍이 났네. 그리고 이쪽 어깨도 조금…… 봐, 이게 전부야. 간단한 일이지 뭐……"

뻬뜨로비치는 그 망토 같은 외투를 집어 탁자 위에 펴놓고 한참 동안 살펴보다가 머리를 흔들었다. 그는 어떤 장군의 초상화가 그려진 둥근 담뱃갑을 집으려고 창 쪽으로 손을 뻗었다. 그 담뱃갑에 그려진 초상화는 손가락으로 뚫린 얼굴 부분의 구멍을 사각형 종잇조각으로 때워놓아서 어느 장군인지 알 수가 없었다. 코담배 냄새를 맡고 난 후, 뻬뜨로비치는 양팔로 그 망토를 대충 펼쳐들더니 불빛에 한번 비춰보고 또다시 머리를 내저었다. 그런 다음 안감 쪽으로 뒤집더니 또 한번 고개를 내젓고, 다시 종이로 때운 장군 초상이 그려져 있는 담뱃갑 뚜껑을 열어 담배를 코에 갖다대고는 뚜껑을 닫아 뒤로 감추더니 마침내 입을 열었다.

"안되겠는데요, 고칠 수가 없겠어요. 옷이 완전히 망가졌네요!"

아까끼 아까끼예비치는 그 한마디에 가슴이 철렁했다.

"왜 안된다는 거야, 뻬뜨로비치?" 그는 거의 애원하는 어린아이의 목소리로 말했다. "겨우 어깨가 좀 닳은 것뿐인데, 사실 자네에게 덧댈 만한 천이 있지 않나……?"

"그래요, 천 같은 거야 뭐, 얼마든지 있지요. 하지만 꿰맬 수가 없어요. 너무 심하게 삭아서 바늘을 갖다대면 찢어질걸요."

"찢어지면 어때, 또 즉시 기우면 되지."

"덧댈 수가 없어요. 받쳐주는 게 아니라 닳아버린 옷감을 더 잡아당길 테니까요. 말이 양복지지 바람만 불어보세요. 금방 갈가리 찢겨 날아갈 텐데요."

"그래도, 어떻게 해보게. 정말, 이럴 수가 있나, 내 참……!"

"안돼요!" 뻬뜨로비치가 단호하게 말했다. "전혀 손댈 수가 없어요.

완전히 엉망이에요. 이제 겨울 추위도 다가올 테니 잘라서 각반(脚絆)이나 만들어 쓰는 게 나아요. 추울 땐 양말만으론 따스하게 할 수가 없으니까요. 사실 이것도 독일 놈들이 돈을 더 많이 넣고 다니려고 개발한 것이죠(뻬뜨로비치는 기회 있을 때마다 독일인들에 대해 빈정대기를 즐겼다). 외투는 새로 하나 맞추셔야겠네요."

'새로'라는 말에 아까끼 아까끼예비치는 눈앞이 캄캄해지고 방 안에 있는 물건들이 뒤죽박죽되어 보이는 것 같았다. 얼굴에 종이를 갖다 붙인 뻬뜨로비치 담뱃갑 뚜껑 위의 장군만 제대로 보였다.

"어떻게 새 외투를?" 그는 여전히 꿈속을 헤매는 듯한 기분으로 말했다. "사실 나는 그럴 돈이 없는데."

"그래요, 새로 하세요." 뻬뜨로비치는 잔인할 정도로 침착하게 말했다.

"그래, 만일 새걸로 맞춘다면, 그게, 저, 어떻게 저리……"

"그러니까 얼마냐는 거죠?"

"그래."

"50루블짜리 석 장에 조금 더 얹어주셔야죠." 이때 뻬뜨로비치는 지나칠 정도로 입술에 힘을 꽉 주며 말했다. 그는 자신의 말의 강력한 효과를 매우 좋아했는데, 갑자기 어떻게든 상대방을 완전히 당황하게 해놓은 다음, 당황한 상대방이 이 말 뒤에 어떤 면상을 짓는지 슬쩍 곁눈질로 지켜보는 것을 즐겼다.

"외투 하나에 150루블이라고!" 가엾은 아까끼 아까끼예비치가 소리를 질렀다. 언제나 조용한 목소리의 그였기 때문에 그렇게 큰 소리를 지른 것은 아마도 태어나서 처음이었을 것이다.

"그래요." 뻬뜨로비치가 말했다. "게다가 어떤 외투냐는 거죠. 옷깃에 담비 모피를 달고 모자에 비단 안감을 대면, 200루블까지도 갈 수 있어요."

"뻬뜨로비치, 제발……" 뻬뜨로비치의 말은 듣지 않은 채, 그리고 애써 듣지 않으려고 하면서 아까끼 아까끼예비치는 애원하는 목소리로 말했다. "어떻게든 고쳐서 조금이라도 더 입게 해주게나."

"절대로 안돼요. 그랬다가는 일은 일대로 망치고 헛돈만 날려요."

단호한 뻬뜨로비치의 말을 뒤로하고 아까끼 아까끼예비치는 완전히 주눅이 들어 그곳을 빠져나왔다.

그런데 뻬뜨로비치는 그가 떠난 후에도 입술에 힘을 꽉 주어 입을 다문 채 일을 시작하지도 않고, 자신의 품위를 떨어뜨리지도 않았고, 재봉사 기술의 체면도 세웠다는 점에 자족해하며 오랫동안 우뚝하게 서 있었다.

거리로 나온 아까끼 아까끼예비치는 마치 꿈꾸는 것 같았다. "결국 일이 이렇게 되는구먼." 그는 혼자 중얼거렸다. "정말이지 나는 일이 이렇게 될 줄 미처 생각도 못했어……" 그러고는 한참 동안 아무 말이 없더니 다시 덧붙였다. "어떻게 이럴 수가! 결국 이렇게 되고 말았잖아. 그런데 일이 이렇게 되리라고 전혀 예상도 못했다니." 그런 다음 다시 오랜 침묵이 흐른 후 그는 입을 열었다. "이렇게 되고 말았어! 예상치도 못한 일인데…… 이런 일이 어떻게…… 일이 이렇게 되다니!" 이 말을 한 후 그는 집으로 가는 것이 아니라 완전히 반대쪽으로 어떤 의심도 없이 가고 있었다. 도중에 굴뚝 청소부가 더러운 몸으로 밀치는 바람에 한쪽 어깨에 온통 검댕이 묻고, 공사중인 건물에서 석회 가루가 수북이 모자 위로 쏟아져내렸다. 하지만 그는 그런 것을 전혀 느끼지 못했고, 어느정도 제정신이 든 것은, 경찰봉을 옆에 세워두고 뿔로 만든 담배상자를 흔들어 굳은살이 박인 주먹에다 코담배를 조금 덜어내고 있던 경찰과 부딪히고 난 후였다. 경찰은 "어쩌자고 남의 코앞에 불쑥 들이미는 거야. 길이 안 보여?"라고 외쳤다. 이로 인해 주위를 둘러보게 된 그는 발길을 돌려 집으로 향했다. 그제야 그는 정신을 차리고 현재 자신이 처한 상황을 분명히 바라보게 되었다. 이제는 두서없이 중얼거리는 것이 아니라, 신중하고 솔직하게 마치 속마음이나 은밀한 이야기까지 털어놓을 수 있는 사려깊은 친구와 대화하듯이 자신과 이야기를 털어놓기 시작했다. "그래, 아무튼 안되겠어." 아까끼 아까끼예비치가 말했다. "지금은 뻬뜨로비치와 얘기해서는 안되겠어. 그는 지금 그러니까…… 보아하니 마누라한테 맞은 듯해. 일요일 아침에 찾아가는 것이 훨씬 낫겠어. 전날이 토요일이니 한쪽 눈이 돌아갈 정도로 술을 퍼마시고 깊이 잠들 터이고, 그러면 해장술을 마시고 싶어할 거야, 하지만 마누라가 돈을 줄 리 만무하지. 바로 그때 내가 가서 10꼬뻬이까 은화 하나를 손에 쥐여주면 금방 싹싹해질 테고 그러면 외투를 그저……"

혼자서 그렇게 결정을 내리고서 스스로를 격려한 아까끼 아까끼예비치는 돌아오는 첫번째 일요일까지 학수고대했다가 멀리서 뻬뜨로비치의 아내가 외출하는 것을 확인하고 곧장 그에게로 갔다. 뻬뜨로비치는 예상대로 토요일 밤을 한쪽 눈이 돌아갈 정도로 술로 보내고 난 뒤 머리를 바닥에 처박은 채 완전히 비몽사몽이었다. 그러나 그런 와중에도 상황을 파악하고는 마치 귀신에 씐 것처럼 말했다.

"안돼요, 새 외투를 맞추도록 하십시오."

이때 아까끼 아까끼예비치는 그에게 10꼬뻬이까 은화를 하나 쥐여주었다.

"나리, 감사합니다. 나리의 건강을 기원하며 한잔 마시겠습니다" 하고 말한 뻬뜨로비치는, "외투 일은 걱정 마세요. 그 외투는 이제 아무짝에도 쓸모가 없어요. 멋지게 새 외투를 지어드릴 테니, 이쯤에서 이야기를 마무리지어야겠습니다."

아까끼 아까끼예비치는 수선에 대해 몇마디 하려 했지만, 뻬뜨로비치는 끝까지 경청하지도 않고 말했다.

"제가 새걸로 하나 반드시 해드릴 테니 저만 믿으세요. 최선을 다해 보지요. 유행에 맞게 옷깃을 은도금한 단추로 채우도록 해드릴 수도 있어요."

이제는 아까끼 아까끼예비치도 새 외투를 맞출 수밖에 없다는 것을 알고 완전히 기가 죽고 말았다. 무슨 돈으로 어떻게 외투를 맞춘단 말인가? 물론 일부는 명절 보너스를 가불해 쓰는 방법도 생각해볼 수 있다. 그러나 그 돈도 이미 오래전에 쓸 곳이 정해져 있었다. 새 바지도 구해야 하고, 헌 장화의 목 부분에 새 가죽을 덧대느라 구두수선공에게 빚진 돈도 갚아야 한다. 셔츠 세 벌과, 이런 글로 쓰기에는 민망하지만 여자 재봉사에게 속옷도 두 벌 주문해야 했다. 한마디로 여기저기 모두 써야만 할 돈이었다. 국장이 아주 관대하여 선심으로 40루블이 아니라 45루블이나 50루블을 보너스로 준다 해도, 다 쓰고 나면 남는 돈이라야 정말 푼돈으로 외투를 맞추기에는 새 발의 피일 정도였다. 그는 뻬뜨로비치가 변덕이 심한 사람이라 가끔 터무니없는 값을 불러 그의 아내조차 참다못해 이렇게 소리를 질러대는 것을 알고 있었다.

"이런 바보, 정신이 나갔어! 언제는 형편없는 값에 일을 맡더니, 이젠 또 뭔 귀신이 들렸나, 주제넘게 그런 값을 부르고 그래!"

물론 뻬뜨로비치가 80루블을 받고서야 일을 시작할 수도 있다는 것을 모르는 바도 아니다. 그렇다 해도 그 80루블은 대체 어디서 구한단 말인가? 절반 정도라면 또 모르지, 그 정도는 어떻게 구해볼 수 있을 것도 같은데, 아니 어쩌면 절반보다 조금 더도 가능할지 모르지만, 그러면 나머지 반은 어디서?…… 그러나 무엇보다 먼저 독자에게 잠깐 아까끼 아까끼예비치가 비용의 절반을 도대체 어디서 구할 수 있었는지 알려드릴 필요가 있다. 아까끼 아까끼예비치는 조그만 상자를 열쇠로 잠가두고 돈을 쓸 때마다 거기서 조금씩 떼어내어 그 상자 뚜껑에 난 구멍을 통해 넣어두곤 했다. 그리고 반년에 한번씩 모인 동전을 세어보고 은전으로 바꾸어두었다. 이미 오래전부터 해온 일이니 몇년이 흐르는 사이에 모인 돈이 40루블은 넘을 것이다. 그렇게 해서 절반은 이미 수중에 있었다. 그러나 나머지 반을 어떻게 충당할 것인가? 40루블이나 되는 돈을 어디서 구한단 말인가? 생각하고 또 생각한 끝에 아까끼 아까끼예비치는 적어도 일년 동안만이라도 생활비를 줄이기로 결심했다. 저녁마다 마시던 차도 끊고, 저녁이면 켜는 촛불도 켜지 않고 꼭 필요할 때는 주인 여자 방으로 가서 그녀의 촛불 밑에서 일하면 된다. 길에서는 되도록 더욱 사뿐사뿐 조심해서 걸어다니고, 돌과 석판을 밟을 때는 조심조심 발끝으로 걷다시피 하며 밑창이 빨리 닳지 않도록 주의하고, 속옷이 빨리 해지지 않도록 세탁부에게 맡기는 횟수를 더 줄이고, 집에 돌아와서는 매번 속옷을 벗어놓고 대신 오래됐지만 아직 쓸 만한 목면 가운만 걸치고 살기로 했다. 사실대로 말하자면 처음엔 그런 내핍 생활에 적응하기 어려웠다. 그러나 차츰 익숙해지더니 어느덧 순조롭게 진행되었다. 나중엔 저녁을 굶는 것이 완전한 습관처럼 굳어졌다. 그 대신에 미래의 외투에 대한 끝없는 이상을 머릿속에 그려보며 정신적인 포만감을 얻을 수 있었다. 이때부터 그 자신의 존재는 보다 완전해진 것 같았고, 마치 결혼한 것 같기도 했으며, 다른 사람과 함께 있는 것 같았으며, 혼자가 아니라 어떤 마음에 드는 여자친구가 그와 삶의 여정을 함께하기로 약속한 것 같기도 했다. 그 동반자란 다름아니라 두꺼운 솜과 해지지 않는 튼튼한 안감을 댄 외투였던 것이다. 그는 웬일인지 더욱 생기가 돌았고, 이미 결정하고 스스로의 목표를 정한 사람처럼 성격이 더욱 강인해졌다. 그의 얼굴과 행동에서 보이던 회의와 우유부단함이, 한마디로 모든 동요하고 망설이던 특징들이 저절로 사라졌다. 때때로 눈에서 불꽃이 보이기도 했고, 머릿속으로는 아주 뻔뻔스럽고 대담한 생각까지 품게 되었다. 그래, 옷깃에다 담비 가죽을 달아보는 것은 어떨까? 이런 생각에 그는 정신이 산란해질 뻔했다. 언젠가 한번은 서류를 정서하다가 거의 실수를 할 뻔하고는 거의 다 들릴 정도로 '이크' 하는 외마디 소리를 지르고 십자가를 그었던 것이다. 그는 매달 한번은 뻬뜨로비치에게 들러서 양복지는 어디서 사는 것이 낫고, 무슨 색으로 할 것이며, 얼마나 주고 살 것인가 등, 외투에 관한 이야기를 나누었다. 비록 조금은 걱정이 되기도 했지만, 늘 만족해서 집으로 돌아갔다. 돌아가면서 머릿속에 모든 것이 구입되고, 외투가 완성되는 날이 마침내는 오리라는 것을 상상했기 때문이다. 일은 예상보다 훨씬 빨리 진행되었다. 예상과는 정반대로, 국장은 아까끼 아까끼예비치에게 보너스로 40루블이나 45루블이 아닌 60루블이나 주었던 것이다. 그가 아까끼 아까끼예비치에게 외투가 필요한 것을 미리 예상했기 때문인지 혹은 일이 우연찮게 벌어졌는지는 모르나 생각지도 않은 20루블이 거저 생긴 셈이었다. 이런 상황이 일의 속도를 빠르게 했다. 계속해서 두세 달 더 굶주린 끝에 아까끼 아까끼예비치는 80루블 정도의 돈을 모았다. 언제나 평온하기만 하던 그의 심장이 고동치기 시작했다. 돈이 다 모인 바로 그날 그는 뻬뜨로비치와 함께 상점에 갔다. 아주 훌륭한 양복지를 골라서 샀다. 이미 지난 반년 동안 생각해온 일인데다 한달이 멀다 하고 상점을 들락날락하며 값을 흥정해왔기에 가능했다. 뻬뜨로비치도 직접 이보다 더 좋은 옷감은 없을 것이라며 거들었다. 안감용으로는 옥양목을 골랐다. 뻬뜨로비치의 말에 따르면 질긴 것으로 보나 촘촘한 면으로 보나 그만한 옷감은 비단 중에서도 찾기 힘들 뿐 아니라, 윤이 반지르르한 것이 외관상으로도 좋다고 했다. 담비 가죽은 너무 비싸서 안 사기로 했다. 그 대신에 가게에 막 들어온 질 좋은 고양이 가죽을 샀는데, 멀리서 보면 항상 담비 가죽으로 보일 만한 것이었다. 뻬뜨로비치는 다 해서 이주만에 외투를 완성했다. 솜 넣는 일이 오래 걸렸기 때문이지, 그것만 아니었다면 더욱 빨리 마쳤을 것이다. 그 일로 뻬뜨로비치는 12루블의 돈을 받았다. 더이상 깎는 것이 불가능했다. 명주실로 야무지게 바느질한데다 이음새 부분은 이중으로 박음질하고, 바느질한 후에는 전부 자신의 이〔齒〕로 모양을 잡았기 때문이다.

그것은…… 정확히 어느날이라고 말하기 어렵지만, 뻬뜨로비치가 마침내 외투를 들고 온 그날이 아까끼 아까끼예비치의 생애에서는 가장 장엄한 날이었을 것이다. 뻬뜨로비치는 외투를 아침 무렵, 관청으로 출근해야 할 시간 바로 직전에 가져왔다. 마침 강추위가 시작된데다 날씨가 점점 더 추워질 것으로 보였기 때문에 외투를 입기에는 더할 나위 없이 안성맞춤이었다. 뻬뜨로비치는 훌륭한 재봉사의 예를 갖추어 외투를 들고 나타났다. 그는 아까끼 아까끼예비치가 지금까지 한번도 본 적이 없는 엄숙한 표정을 짓고 있었다. 그는 자신이 뭔가 대단한 일을 해냈으며, 단순히 안감이나 대고 수선이나 하는 바느질장이와는 확연하게 구별되는, 새 옷을 만드는 재봉사만이 갖는 깊이를 스스로 보여주었다는 것을 마음속 깊숙이 절감했다. 그는 싸가지고 온 보자기에서 외투를 꺼내어 내밀었다. 그 보자기는 세탁부가 방금 막 배달해온 것으로, 접어서 나중에 쓸 생각으로 주머니에 집어넣었다. 외투를 들어 아주 자랑스럽게 한번 살펴보고는 양손으로 받친 다음, 아까끼 아까끼예비치의 어깨에 매우 능숙하게 얹어 입힌 다음, 뒤쪽을 잘 당겨서 손으로 아래쪽까지 한번 훑어본 뒤 단추를 열어놓은 채 앞을 여며주었다. 아까끼 아까끼예비치는 나이든 사람답게 팔을 끼워보고 싶어했다. 뻬뜨로비치가 도와주었는데 입고 보니 소매도 아주 잘 맞았다. 한마디로 말해 외투가 아주 잘 맞게 만들어진 것이었다. 뻬뜨로비치는 이때 간판 없이 조그만 동네에서 장사를 하는데다 오랫동안 아까끼 아까끼예비치를 알고 지냈기 때문에 그렇게 싸게 해준 것이라는 말을 빠뜨리지 않았다. 네프스끼 거리에서였더라면 한번 수공에 75루블은 받았을 것이라는 말도 잊지 않았다. 아까끼 아까끼예비치는 그 문제에 대해서 더이상 뻬뜨로비치와 다투고 싶지 않았고, 게다가 뻬뜨로비치가 아무렇지도 않게 엄청난 값을 부를까봐 조마조마했다. 그는 돈을 지불하고 감사의 말을 한 후 그 자리에서 새 외투를 입고 출근길에 나섰다. 뻬뜨로비치도 따라나와 길에 서서 멀리 사라져가는 외투를 한참 동안 바라보다가 일부러 샛길로 들어가 골목을 돌아 앞질러가서는, 다른 면에서 보기 위해, 즉 이번에는 정면에서 자신이 만든 외투를 살펴보았다. 한편 아까끼 아까끼예비치는 축제를 즐기는 기분으로 걸어가고 있었다. 그는 어깨 위에 외투가 있다는 것을 매순간 느꼈고, 몇 번씩 혼자 좋아서 싱긋싱긋 웃기까지 했다. 사실 새 외투가 좋은 이유가 두 가지 있다. 하나는 따뜻하다는 것이고, 다른 하나는 기분이 좋다는 것이다. 어떻게 길을 걸어갔는지 알지도 못하는 사이에 어느새 관청에 도착해 있었다. 그는 경비실에서 외투를 벗어들고 이리저리 살펴본 다음 귀중품 보관 창구에 맡겼다. 알 수 없는 것은 어떻게 알았는지 관청 내의 모든 사람들이 아까끼 아까끼예비치가 새 외투를 맞추어 입어 더이상 해진 옷을 입고 있지 않다는 것을 알게 되었다는 사실이다. 그러자 그 순간 모든 사람들이 아까끼 아까끼예비치의 새 외투를 구경하러 경비실로 모여들었다. 축하와 환영의 인사가 쏟아졌다. 처음에 그는 그저 웃고만 있었으나, 그다음에는 다소 쑥스러워지기까지 했다.

모두들 한꺼번에 몰려와서 새 외투를 위해 기념 축배를 들든지 하다못해 파티라도 열어주어야 한다고 떠들어대자, 아까끼 아까끼예비치는 완전히 당황하어 어떻게 해야 할지, 무엇이라고 답을 할지, 어떻게 이 상황을 모면할지 전혀 알 수 없었다. 몇분이 지나자 그는 완전히 얼굴이 붉어지더니 아주 순진하게 둘러대기 시작했다. 이것은 완전히 새 외투가 아니라, 이런저런 이유에서 헌 외투라고 변명하기 시작했다. 마침내 관리 중 하나인 대리인가 하는 이가 자신은 아랫사람과도 격의 없이 지내는 겸손한 사람이라는 점을 과시하고 싶어서인 듯 이렇게 말했다. "자, 그럼 아까끼 아까끼예비치를 대신해 제가 오늘 파티를 열어드릴 테니, 모두 저희 집에 와서 차나 함께 드시지요. 마침 오늘이 제 명명일(러시아 정교 신자는 보통 자신의 태어난 날짜에 가까운 성인의 기념일을 따라 그 성인의 이름으로 자신의 이름을 짓는다. 이 날이 곧 그의 명명일이 된다――옮긴이)입니다." 관리들은 자연스럽게 그 대리에게 축하인사를 하고, 모두 기꺼이 초대에 응했다. 처음에 아까끼 아까끼예비치는 거절하려고 했으나, 모두들 무례한 짓이라느니 부끄럽고 창피한 일이라느니 하는 말들을 해대자, 더이상 거절할 수가 없었다. 그런데 곧이어 이 일로 해서 저녁 무렵까지 새 외투를 입고 다닐 일이 생겼다는 생각이 들자 다시금 흐뭇해졌다. 이날 하루종일은 아까끼 아까끼예비치의 생애에 있어서 최고의 축제일이었다. 그는 가장 행복한 기분으로 집에 돌아와서 기쁜 마음으로 외투를 벗어 조심스럽게 벽에 걸어놓고 겉감과 안감을 다시 한번 감상한 다음, 일부러 다 떨어진 헌 외투를 다시 꺼내 비교해보기도 했다. 그것을 보자 그 자신도 웃음이 나왔다. 어쩌면 이렇게 차이가 날까! 그러고 나서 한참 후 식사하는 동안에도 헌 옛날 외투의 모습만 생각하면 입가에 미소를 띠지 않을 수 없었다. 그는 즐겁게 식사를 했고, 식사 후에는 이제 아무것도, 종이 한장도 베껴쓰지 않은 채

어두워질 때까지 침대 위에서 빈둥거렸다. 그다음 그는 느릿느릿 늑장을 부리지 않고 옷을 입고는 어깨에 외투를 걸치고 밖으로 나왔다. 초대한 관리가 어디에 살았는지는 유감스럽지만 말할 수가 없다. 우리의 기억력이 심하게 떨어지기 시작한데다, 뻬쩨르부르그에 있는 모든 것, 시내의 모든 거리며 건물들이 머릿속에서 너무 섞이고 뒤엉켜 있어 거기서 뭔가 제대로 된 것을 끄집어낸다는 것이 몹시 힘들기 때문이다. 어찌되었든 적어도 한가지 확실한 것이 있다면, 그 관리는 시내에서 가장 잘사는 지역에서 살았기 때문에 아까끼 아까끼예비치의 집과는 전혀 가깝지 않았다는 사실이다. 아까끼 아까끼예비치는 먼저 희미한 불빛이 비치는 어떤 인적 드문 거리를 지나야 했지만, 초대한 관리의 집에 가까워질수록 거리는 점점 활기를 띠어 사람도 많아졌고 훨씬 밝아졌다. 행인들의 인적도 더 잦아진데다 예쁘게 차려입은 여자들과 비버 털을 옷깃에 두른 남자들도 돌아다니기 시작했다. 도금된 못을 박은 격자 모양의 썰매를 혼자 끌고 가는 썰매꾼들은 별로 눈에 띄지 않았고, 그와는 반대로 어딜 보나 검붉은 벨벳 모자를 쓰고, 래커 칠이 되고, 곰의 털로 된 담요가 구비된 썰매를 가진 마부들이 계속 눈에 띄었고, 모포로 깨끗하게 정돈된 마부석이 달린 사륜마차들이 눈 위에서 미끄러지는 바퀴소리를 내며 거리를 질주했다. 아까끼 아까끼예비치는 이 모든 것을 처음 보기라도 하듯이 바라보았다. 벌써 몇년 동안 저녁시간에 거리에 나가본 적이 없었다. 그는 환하게 불이 켜진 가게 진열장 앞에 멈춰서서 장화를 벗고 잘 빠진 한쪽 다리를 다 드러낸 아름다운 여자가 그려진 그림을 호기심있게 바라보았다. 그림 속 여자의 등뒤에는 다른 방문을 열고 구레나룻과 멋진 턱수염을 기른 남자가 머리를 내밀고 있었다. 아까끼 아까끼예비치는 고개를 설레설레 내저으며 미소짓고는 가던 길을 재촉했다. 왜 그가 미소를 지었는지, 처음 보기는 하지만 누구나 직감으로 감지하는 그런 것 때문인지, 아니면 다른 관리들처럼, '이런, 프랑스 것들이란! 그저 원하는 대로 숨길 줄을 모르니……'라고 생각을 했기 때문인지 알 수 없다. 아마 그런 생각조차 안했을지도 모른다. 사람의 마음속을 들여다보고, 그가 무슨 생각을 하는지 죄다 알아내는 것은 불가능한 법이기 때문이다. 마침내 대리가 사는 집에 도착했다. 대리는 호화롭게 살고 있었다. 계단에 등도 켜져 있었고, 그 집은 이층에 있었다. 현관에 들어서며 아까끼 아까끼예비치는 바닥에 죽 늘어선 덧신들을 보았다. 그사이 방 한가운데에서는 싸모바르가 부연 김을 내뿜으며 끓는 소리를 내고 있었다. 벽에는 온통 외투와 망토 들이 걸려 있었는데, 그중에는 비버 털이 달리거나 옷깃에 벨벳을 댄 것도 있었다. 벽 너머로 떠들썩한 소리가 들리더니 그 소리가 갑자기 크고 분명해졌다. 그 순간 문이 열리며 쟁반에 빈 유리잔과 크림 그릇, 과자 바구니를 얹어가지고 하인이 나왔다. 관리들은 모인 지가 이미 오래되어 차 한잔씩 마신 모양이었다. 아까끼 아까끼예비치가 직접 외투를 벗어 걸어놓고 방에 들어서자, 그 앞에 있는 촛불, 관리들, 파이프, 카드용 탁자 등이 한순간에 눈에 들어오면서 사방에서 떠들썩한 소리와 의자 움직이는 소리에 귀가 먹먹했다. 그는 어찌할 바를 모르고 어정쩡하게 방 한가운데 서 있었다. 하지만 이내 그를 알아본 사람들이 소리를 지르며 환호했고, 동시에 그의 외투를 다시 한번 보기 위해 다들 일어나 현관으로 갔다. 아까끼 아까끼예비치는 약간 당황하긴 했어도, 본래 순진한 사람인지라 다들 한마디씩 외투를 칭찬하자 기쁨을 감추지 못했다. 물론 호들갑을 떤 다음에는 모두 아까끼 아까끼예비치와 외투는 내팽개친 채 아무런 일도 없었다는 듯이 다시 카드용 탁자로 향했다. 소음, 떠들썩함, 그리고 사람들이 전부였다. 이 모든 것이 아까끼 아까끼예비치에게는 낯설기만 했다.

손은 어디에 두고 다리는 어디에 두어야 할지, 자신의 몸 전체를 어떻게 해야 할지 몰랐다. 결국 그는 카드놀이하는 사람들 곁에 앉아 카드를 들여다보기도 하고, 이 사람 저 사람의 얼굴을 바라보기도 했지만, 얼마 지나지 않아서 하품이 나고 따분해지기 시작했을 뿐 아니라, 평소 잠자리에 들던 시간이 훨씬 지났음을 알게 되었다. 그는 주인에게 인사를 하고 나오고 싶었지만, 주인은 새 옷을 기념하여 샴페인을 마셔야 한다며 놓아주지 않았다. 한 시간 후에 쌜러드, 차게 먹는 송아지 요리, 고기 파이, 만두에 샴페인을 곁들인 저녁식사가 나왔다. 억지로 두 잔이나 마신 아까끼 아까끼예비치는 방 안 분위기가 한결 흥겹게 느껴졌지만, 벌써 열두시가 되었고, 집에 갈 시간이 훨씬 지났다는 사실만은 결코 잊을 수 없었다. 주인이 잡을까봐 조용히 방을 빠져나온 그는 현관에서 자신의 옷을 찾다가 가슴 아프게도 바닥에 떨어져 있는 외투를 발견하고 먼지를 잘 털어낸 다음 어깨에 걸치고 계단을 내려와 거리로 나섰다. 거리는 아직 환했다. 하인들을 비롯해 온갖 인간들이 모조리 모이는 작은 선술집은 아직 열려 있었다. 그러나 잠겨 있는 다른 선술집들에서도 문틈으로 기다란 불빛이 한줄기 새어나오는 것으로 보아 아직 가지 않은 손님들이 있다는 것을 뜻했다. 아마도 그 술집에서는 부잣집 하인과 하녀 들이 자기들의 주인들도 그들이 어디에 있는지 모르게 거기에 모여 수다를 떨고 있을 것이다. 아까끼 아까끼예비치는 기분이 좋아 길을 걸어가고 있었다. 심지어는 걷다가 번개처럼 휙 지나가는 어떤 여자를 갑자기 아무 이유없이 뒤쫓아가기도 했는데, 그녀는 몸 전체를 요상하게 움직이고 있었다. 하지만 그는 그러다가도 멈춰섰다. 그리고 다시 이전처럼 얌전히 걸으며, 도대체 어디서 그에게 그런 재빠른 걸음이 나왔는지 스스로도 놀라는 것이었다. 얼마 지나지 않아 아까 본 그 황량한 거리들이 다시 눈앞에 펼쳐졌는데, 이곳

은 낮에도 적막하지만, 밤에는 훨씬 적적한 거리였다. 지금 거리는 한
층 더 적막하고 한적했다. 가로등도 기름이 적은지 더 간간히 깜빡거
렸다. 복재로 지은 집과 울타리 들을 지나쳤지만, 사람이라곤 어디에
도 없었다. 거리에는 오직 눈만이 반짝일 뿐이었고, 덧창을 잠근 채 잠
든 나지막한 오두막 건물들이 슬프고 시커멓게 보일 뿐이었다. 그는
거리가 끝나 끝없이 넓어 보이는 광장이 시작되는 지점에 다다랐다.
그 광장은 그 맞은편 집들이 간신히 보일 정도로 넓었고, 섬뜩하리만
큼 텅 비어 보였다.

멀리, 하나님이나 그곳이 어딘지 알듯한 먼 곳의 어떤 초소에서 반짝
반짝 빛을 발하고 있었는데, 그 초소는 마치 이 세상 끝에 있는 것처럼
보였다. 이곳에서 아까끼 아까끼예비치의 기쁨도 왠지 상당히 시들어
버렸다. 마치 그의 가슴이 뭔가 좋지 못한 일이라도 예감한 듯 그는 걷
잡을 수 없는 두려움에 사로잡혀 광장에 들어섰다. 그는 뒤를 한번 돌
아보며 사방을 둘러보았다. 그의 주변은 마치 바다 같았다. '안 보는 게
낫겠다'고 생각한 그는 눈을 감고 걸어갔다. 그런데 그가 광장 끝에 다
왔는지 어떤지 알아보려고 눈을 떴을 때 그의 앞에, 그것도 바로 코앞
에 콧수염이 난 사람들이 불쑥 나타났다. 도대체 이들이 어떤 인물들
인지는 전혀 분간이 되지 않았다. 눈앞이 캄캄해지고 가슴이 뛰었다.
"외투는 내 거야!" 그중 한사람이 아까끼 아까끼예비치의 덜미를 잡으
며 우뢰 같은 소리로 말했다. 아까끼 아까끼예비치가 '사람 살려'라고
외치려고 할 때, 이번에는 다른 사람이 그의 머리통만한 주먹을 입에
들이대며 "소리만 질러봐라!"라며 위협했다. 아까끼 아까끼예비치는
외투가 벗겨지고 무릎에 발길질을 당해 그만 눈 위에 벌렁 나자빠져
정신을 잃고 말았다. 몇분 후에 그가 정신을 차리고 일어섰을 때, 이미
주위에는 아무도 없었다. 한기를 느낀 그는 외투가 없어졌다는 것을

깨닫고 소리를 지르기 시작했지만, 광장 끝까지 들릴 것이라고는 생각할 수 없었다. 필사적으로 그는 쉬지 않고 외쳐대며 광장을 가로질러 달려 곧장 초소에 도달했다. 초소 옆에 창을 받치고 서 있던 초병은 도대체 어떤 돼먹지 못한 인간이 멀리서부터 소리를 지르며 달려오나 알고 싶은 듯 호기심을 품고 바라보았다. 초병에게 다가간 아까끼 아까끼예비치는 숨을 헐떡이며 사람이 강도를 당했는데, 그것도 안 보고 뭐했느냐 조느라고 못 본 것 아니냐며 큰 소리로 호통을 치기 시작했다. 보초는 아무것도 보지 못했고, 어떤 두 사람이 그를 광장 한가운데 멈춰 세우는 것을 보고 친구들인가 하고 생각했다. 그렇게 욕만 해댈 것이 아니라 내일 파출소장을 찾아가 누가 외투를 가져갔는지 찾아달라고 하는 게 낫다고 일러주었다. 아까끼 아까끼예비치는 완전히 정신이 나가 집에 돌아왔다. 관자놀이와 뒤통수에 남아 있는 별로 많지도 않은 머리털은 제멋대로 헝클어져 붙어 있었다. 옆구리, 가슴, 바지 할 것 없이 온통 눈으로 범벅되어 있었다. 집주인 노파는 문을 무섭게 두드리는 소리를 듣고 침대에서 벌떡 일어나 한쪽 발에만 신발을 신고, 한손으로 겸손하게 내복을 가슴에 여미고는 문을 열기 위해 급히 달려나왔다. 그러나 문을 살짝 열고 문 앞에 서 있는 아까끼 아까끼예비치의 몰골을 보고는 한걸음 뒤로 성큼 물러섰다. 그가 사정을 다 털어놨을 때, 노파는 흥분하여 손을 치며 파출소장 따위에게 가봐야 거드름만 피우고 찾아주겠노라고 약속만 하고 늑장을 부리기가 일쑤이니, 경찰서장을 직접 찾아가는 것이 낫다고 말했다. 노파 자신도 경찰서장을 알고 있다고 했는데 사실 전에 자기 집에서 부엌일을 하던 핀란드 여자 안나가 요즘은 서장의 집에서 아이 봐주는 일을 하고 있어 서장이 집 앞을 지나갈 때 직접 보기도 했다는 것이었다. 또한 일요일마다 교회에 나와서 기도하고, 동시에 사람들을 흐뭇하게 둘러보는 것이 어느

　　　　　　　　　　　　　　　　　　　

모로 보나 좋은 사람이 분명하다는 것이었다. 이 말을 끝까지 다 듣고 난 뒤, 아까끼 아까끼예비치는 우울하게 방 안을 걸어다녔다. 그날 밤 그가 어떻게 지냈는지는 다른 사람의 입장에서 헤아릴 줄 아는 사람이라면 누구나 짐작할 수 있을 것이다. 아침 일찍 그는 경찰서장을 찾아갔다. 그러나 서장은 아직 자고 있다고 했다. 열시에 다시 갔더니 역시 아직 잔다고 했다가, 열한시에 다시 찾아갔더니 서장이 집에 없다고 했다. 점심시간에 갔더니 현관에 있던 서기들이 무슨 일로 왔으며 원하는 것이 무엇이고 무슨 일이 있었는지 밝혀야 한다며 들여보내려 하지 않았다. 마침내 아까끼 아까끼예비치도 난생처음 성깔을 내며, 서장을 직접 만나 말씀드려야 하는데 감히 들여보내지 않는 것은 있을 수 없는 일로 자신은 관청에서 공무로 왔고 모두 고발해버릴 테니 두고 보자고 단호하게 말했다. 이에 반해서 서기들은 감히 어떤 말도 할 수 없었고, 그들 가운데 하나가 서장을 부르러 갔다. 서장은 웬일인지 외투 강도 사건에 대해 대단히 이상한 반응을 보였다. 중요한 문제에는 관심을 두지 않고, 그는 아까끼 아까끼예비치에게 왜 그렇게 늦게 귀가했으며, 점잖지 못한 집에 간 것은 아닌지 캐묻기 시작했다. 그렇게 되자 아까끼 아까끼예비치는 완전히 당황하여 외투 사건이 일정한 절차를 밟게 될지 어떤지조차 확실히 알지 못한 채 그곳을 빠져나오고 말았다. 그날 하루종일 그는 관청에 나타나지 않았다(생전처음 있는 일이었다). 다음날 그는 창백해진 모습으로 더더욱 초라해 보이는 헌 외투를 입고 출근했다. 외투 강도 이야기에 기회를 놓칠세라 아까끼 아까끼예비치를 비웃는 사람들도 있었지만, 많은 사람들이 그를 동정했다. 그를 위해 모금을 하자는 의견도 있었다. 그러나 관리들은 이것 말고도 국장의 초상화를 주문하고, 또 부장의 제안으로 그의 절친한 사람이 썼다는 무슨 책인가를 구입하는 데 이미 많은 돈을 썼기 때문에 모은 돈은 푼돈에 불과했다. 그중 누군가가 동정심에 이끌려 적어도 그를 도울 수 있는 충고라도 한마디하겠다며, 경찰서장에게는 가지 않는 편이 낫다, 경찰서장은 상부에 실적을 올리려고 어떻게 해서든 외투는 찾아내겠지만 만약 필요한 법적 서류들을 갖추지 못한다면 외투는 찾지도 못하고 경찰서에 그대로 방치될 수도 있다, 그러니 차라리 누군가 고위층 인사를 찾아가서 급히 손을 쓰도록 보채면 일이 잘 해결될 것이라고 권했다. 할 수 없이 아까끼 아까끼예비치는 고위층 인사를 찾아가보기로 했다. 이 고위층 인사가 어떤 직책의 무슨 일을 하는 사람인지는 아직까지 밝혀지지 않았다. 얼마 전까지만 해도 그냥 별볼일없는 자리에 있다가, 극히 최근에 중요 인사가 되었다는 것만은 알 필요가 있다. 그런데 지금의 그의 자리도 역시 다른 중요한 자리에 비하면 그다지 중요한 자리라고 여겨지지 않았다. 하지만 언제나 다른 사람들이 보기에는 별볼일없는 자리도 대단히 중요한 것처럼 생각하는 사람들이 있기 마련이다. 어쨌든 그는 자신의 중요성을 강조하기 위해 여러 가지 수단을 몽땅 동원했다. 예를 들자면, 부하 관리들로 하여금 자신이 출근할 때 층계까지 나와서 맞이하도록 시킨다든지, 자신을 만나러 오는 사람들은 아무도 직접 방으로 들어오지 못하게 하고 모두 엄격한 순서를 따르도록 했다. 14급은 12급에게, 12급은 9급이나 아니면 다른 관등에게 각각 보고를 하여 그 끝에 자신에게 보고가 들어오도록 하는 것이었다. 그런 식으로 신성한 러시아 땅에서 이미 무엇이든 모방하는 병이 만연하다 보니, 모두들 자신의 상관을 본받아 신경질을 내곤 한다. 심지어 어떤 9급은 조그만 부서의 책임자로 임명되자, 칸막이로 된 자신의 방을 만들어 '집무실'이라고 이름을 짓더니 문 앞에는 붉은 옷깃에 넥타이를 매고 방문객에게 문을 여닫아주는 안내원들까지 세워둔 일이 있었다는데, 그 '집무실'이라는 것도 보통 크기의 책상이 겨우 들어갈 만한 넓이였다고 한다. 이 고위층 인사의 행동 양식과 습관은 무게있고 위풍당당했으나 복잡다단하지는 않았다. 그가 가장 중요시하는 체계는 엄격함이었다. "엄격, 엄격, 또 엄격." 이렇게 그는 보통 때도 외우고 다녔으며, 특히 마지막 단어를 발음할 때는 상대방의 얼굴을 아주 의미심장하게 바라보았다. 사실 그것은 아무 명분없는 행동이었는데도, 열 명 남짓한 부서의 관리들은 안 그래도 으레 공포에 질려 있는 사람들이라 멀리서 그를 보기만 해도 하던 일을 멈추고 부동자세로 서서 상관이 방을 다 지나갈 때까지 기다렸다. 아랫사람들과의 일상적인 대화에도 엄격함이 배어 있어, 거의 세 마디로 이루어졌다. "어떻게 감히 이럴 수가 있나? 누구와 이야기하고 있는지 알고나 있나? 누구 앞인지 아느냔 말이야?" 하지만 그도 마음은 선량하고, 동료들에게도 친절하고 배려할 줄 아는 좋은 사람이었는데, 장관이라는 직위가 그를 완전히 변질시켜버렸다. 장관직을 얻은 다음부터 그는 혼란에 빠져 갈팡질팡하더니 어떻게 처신해야 할지 완전히 모르게 됐다. 비슷한 지위의 사람들 사이에서는 여전히 점잖고 예의바르게 행동했으며, 대부분의 상황에서 현명하게 처신했다. 하지만 한 직급이라도 자신보다 낮은 사람들과 함께한 자리에서는 아주 졸렬할 정도로 단순해지는 것이었다. 입을 꽉 다물어버려 남들 보기에도 딱했을 뿐만 아니라, 그 자신도 이 점을 깨닫고 훨씬 더 재미있는 시간을 보낼 수도 있었을 텐데라며 아쉬워할 정도였다. 종종 그의 눈에서 재미있는 대화나 무리에 끼고자 하는 간절한 소망을 읽을 수 있었지만, '너무 넘치게 베푸는 것은 아닐까, 너무 체신머리가 없어지지는 않을까, 그러다가 품위가 손상되지는 않을까?' 하는 생각이 만류하는 것이었다. 그러한 사고방식 탓에 그는 언제나 한결같이 침묵을 지켰고, 가끔 짤막하게 한마디씩 내뱉는 것이 고작이었으므로 결국에는 따분한 인간이라는 오명을 얻게 되었다. 바로 이런 사람을 우리의 아까끼 아까끼예비치가 찾아간 것이다. 그것도 가장 안 좋은 시간에 찾아갔으니, 이 고위층 인사에게는 마침 적시에 나타나준 것이지만, 그 자신에게는 사실 최악의 순간이었던 셈이다. 고위층 인사는 자신의 사무실에서 오랫동안 못 만나다가 불과 얼마 전에 찾아온 어린시절의 죽마고우와 더할 나위 없이 화기애애한 대화를 나누고 있었다. 이때 바쉬마취낀이라는 사람이 찾아왔다는 보고가 들어왔다. 그는 짤막하게 물었다. "누구야?" 그러자 "무슨 관리랍니다"라는 대답이었다. "아, 그래! 기다려야겠는데, 지금은 바쁘니까." 고위층 인사가 말했다. 여기서 이 인사의 말이 거짓임을 밝히지 않을 수 없다. 그는 시간이 있었다. 그는 이미 친구와 장시간 수많은 대화를 나누었고, 이미 한참을 아무 말 없이 허송하다가 그저 서로의 넓적다리를 툭툭 치며, "그렇게 됐군, 이반 아브라모비치!" "그러게, 스쩨빤 바를라모비치"라고 입을 떼는 것이 고작이었다. 하지만 그럼에도 불구하고 찾아온 관리를 기다리게 함으로써, 관직을 떠나 오랫동안 시골에 묻혀 있던 친구에게 자신을 만나러 온 관리를 얼마나 오래 현관에 세워둘 수 있는가를 과시하고 싶었던 것이다. 마침내 잡담을 실컷 하고, 게다가 흡족할 때까지 한참 입을 다물고 있다가 등이 젖혀지는 안락한 의자에서 담배까지 피운 다음에야, 그는 마치 홀연 생각이라도 난 듯 문가에 보고서를 들고 서 있는 비서에게 말했다. "그래, 거기 관리 하나가 기다리고 있는 것 같은데, 들어와도 좋다고 전하게." 아까끼 아까끼예비치의 겸손해 보이는 외모와 낡은 제복을 발견한 고위층 인사는 느닷없이 그를 향해 고개를 돌리며 말했다. "무슨 일인가?" 현 직위와 장관직을 얻기 일주일 전부터 방에서 혼자 거울을 보고 일부러 연습하여 익혀놓은 딱딱 끊어지는 정확한 음성이었다. 아까끼 아까끼예비치는 벌써 미리부터 기가 죽어 적잖이 당황했다. 그래서 할 수 있는 한 최선을 다해 언변이 닿는 대로 평소보다 더 자주 '저……'를 섞어가며 완전히 새것인 외투를 무지막지하게 강탈당한 경위를 설명했다. 그리고 총감이나 다른 누군가에게 외투를 찾아주도록 청원을 좀 해주십사 하고 찾아왔다고 말했다. 장관은 왠지 모르게 그 같은 태도가 너무 허물없이 구는 것처럼 느껴졌다.

"귀관, 도대체 뭐 하는 사람이오?" 그는 띄엄띄엄 말을 이었다. "절차도 모르나? 어디에 들른 거요? 일을 어떻게 처리해야 하는지도 모르나? 그런 일이라면 먼저 관공서에 문서로 제출했어야지. 그러면 관공서에서 계장과 부장을 거쳐 비서에게 전달될 테고, 그다음 비서가 내게 보고할 텐데……"

"하지만 각하……" 아까끼 아까끼예비치는 겨우 그나마 얼마 남아 있지도 않은 정신을 수습하려고 애쓰며 말했다. 그때 땀이 무지막지하게 흐르는 것이 느껴졌다. "각하께 감히 폐를 끼치려고 결심한 것은 사실 그 비서라는 사람들은 그다지 신뢰가 가지 않아서……"

"뭣이 어쩌고 어째?" 고위층 인사가 말했다. "어째서 그런 정신상태를 갖게 됐나? 그런 생각은 도대체 어디서 나온 거야? 도대체 어떻게 젊은이들 사이에 상관이나 윗사람을 이토록 난폭하게 대하는 것이 널리 번졌단 말인가!" 아마 이 고위층 인사는 아까끼 아까끼예비치가 이미 쉰 줄에 들어섰다는 사실을 눈치채지 못한 듯했다. 분명한 것은 그가 젊은이라고 불릴 수 있다고 해도, 그것은 정말 상대적으로만 그럴 수 있는 것이다. 그러니까 그것은 그가 일흔살 먹은 노인과 비교될 때나 가능할 것이다.

"지금 이야기하는 사람이 누구인지 아는가? 누구 앞인지 아느냐고? 도대체 알기나 해, 알기나 하느냔 말이야? 대답해봐."

이 순간 그는 발을 구르며 아까끼 아까끼예비치가 아닌 다른 사람이라도 무서워할 정도로 언성을 높였다. 그러자 아까끼 아까끼예비치는 완전히 정신이 나가 비틀거렸고, 몸이 떨려 온전히 서 있을 수조차 없었다. 만일 경비원이 달려와 그를 부축하지 않았더라면, 아마도 그 자리에서 폭삭 쓰러졌을 것이다. 그는 거의 움직이지 못할 지경이 되어 실려나갔다. 기대 이상의 효과에 만족한 고위층 인사는 자신의 말 한마디로 사람의 넋까지 빼놓을 수 있다는 생각에 완전히 도취되어 곁눈질로 친구의 반응을 살폈다. 자신의 친구조차 어쩔 줄 모르고 공포마저 느끼기 시작하는 것을 보면서 그는 또 한번 만족했다.

어떻게 계단을 내려와 밖으로 나왔는지 아까끼 아까끼예비치는 전혀 기억할 수 없었다. 그는 아무 소리도 듣지 못했다. 장관에게, 그것도 다른 관청에 있는 사람에게 그렇게 호되게 혼난 것은 평생 처음 겪는 일이었다. 그는 입을 벌린 채 길을 잃고 쌩쌩 몰아치는 눈보라 속을 걸었다. 뻬쩨르부르그의 예의 그 흔한 바람이 골목마다 온통 사방에서 불어왔다. 순식간에 그의 목에 후두염이 생겼다. 집에 돌아왔을 때는 말 한마디 할 힘도 없었다. 온몸이 퉁퉁 부어오른 채로 침대에 쓰러졌다. 당연한 질책이 때로는 얼마나 엄청난 위력을 발휘하기도 하는지! 이튿날 그는 심한 고열에 시달렸다. 뻬쩨르부르그의 가혹한 날씨 탓인지 병은 예상보다 빠르게 진행되었다. 의사가 불려와서 맥을 짚었을 때는 이미 손을 써볼 수도 없게 악화된 지경이었다. 의사는 환자가 의료 혜택도 받아보지 못하고 방치되어서는 안된다는 생각에 그저 찜질을 처방했을 뿐이었다. 그나마 하루 반이 지나자 피할 수 없는 최후의 순간이 왔다. 그러자 의사가 주인집 노파에게 말했다. "이봐요, 할멈, 그렇게 멍하니 시간만 보내지 말고 지금 소나무 관이라도 주문해주시오. 이 사람 형편에 참나무 관은 너무 비쌀 테니." 아까끼 아까끼예비치 본인은 숙명적인 그 말을 들었는지, 들었다면 그 말에 엄청난 충격이라도 받았는지, 아니면 자신의 기구한 운명을 개탄하지는 않았는지, 여기에 대해서는 환자가 내내 열에 들떠 헛소리만 해댔으므로 전혀 알 도리가 없다. 그는 계속해서 헛것을 보았는데, 점점 더 이상한 것들이었다. 그는 때로는 뻬뜨로비치를 보고 그에게 도둑 잡는 덫이 달린 외투를 만들어달라고 주문하기도 했고, 침대 밑에서 도둑들의 기척을 연거푸 느끼곤 했다. 또 매번 주인 노파를 불러 담요 밑에 숨어 있는 도둑을 끌어내달라고 부탁하기도 했다. 또 때로는 왜 새 외투가 있는데 헌 외투를 눈앞에 걸어두었는지 묻기도 하고, 또 때로는 잘못해 꾸지람을 들으며 장관 앞에 서 있는 듯 "각하, 죄송합니다"를 반복하기도 했다. 마침내 입에 담기 어려운 말까지 지껄이며 욕설을 해대서 이제껏 한번도 그에게 그런 말을 들어본 적이 없는 노파는 성호를 긋기까지 했다. 게다가 말끝에는 반드시 '각하'라는 호칭을 붙였다. 이후 그의 입에서 나오는 소리는 도저히 말이 되지 않는 것뿐이어서 도무지 이해할 길이 없었다. 단지 두서없이 튀어나오는 말이나 생각이 전부 하나같이 외투와 관련되어 맴돌고 있다는 것을 짐작할 수 있을 뿐이었다. 마침내 불쌍한 아까끼 아까끼예비치는 숨을 거두고 말았다. 그의 방도, 다른 물건들도 봉인하지 않았다. 왜냐하면 첫째는 상속인도 없는데다, 둘째는 유품이라고 해봐야 얼마 되지도 않았기 때문이다. 유품이라고 해야 고작 거위 깃털 펜 한 다발, 관공서 서식 용지 한 묶음, 양말 세 켤레, 바지에서 떨어진 단추 두세 개, 그리고 이미 독자가 잘 알고 있는 실내복 같은 헌 외투가 전부였다. 누가 이것들을 다 가져갔는지는 아무도 모른다. 고백하자면, 이 이야기를 하는 사람으로서도 이것은 그다지 알고 싶지 않은 일이다. 아까끼 아까끼예비치의 시신은 어딘가로 옮겨져 매장되었다. 그리고 더이상 뻬쩨르부르그에 아까끼 아까끼예비치라는 사람은 없었고, 마치 그런 사람은 처음부터 존재하지도 않았던 것 같았다. 그 누구에게도 보호나 사랑을 받지 못하고, 또 그 누구의 관심도 끌지 못한 존재, 흔한 파리 한마리도 놓치지 않고 핀으로 꽂아 현미경을 들이대는 자연 관측자의 관심조차 끌지 못했던 존재가 사라졌다. 동료 관리들의 조롱을 아무런 저항 없이 참아냈고, 아무런 특별한 일 없이 무덤으로 들어간 한 존재가 이제는 자취를 감추고 사라져버렸다. 그러나 그런 그에게도 비록 생을 마감하기 바로 직전이긴 했지만, 외투의 모습을 빌린 인생의 귀한 손님이 찾아와 짧은 순간이나마 그의 불쌍한 삶에 생기를 주기도 했다. 그리고 난 뒤 황제나 세상의 통치자 들에게도 닥치기 마련인 견딜 수 없는 불행이 그에게 엄습했던 것이다. 그가 죽은 지 며칠 후 즉각 출두하라는 국장의 명령을 전하러 관청에서 경비 한사람이 왔지만, 그는 아무런 소득없이 돌아가 더이상 출근할 수 없다고 보고해야 했다. "어째서?"라는 질문에 대해 그는 "그것이, 이미 죽어버렸고 매장한 지 나흘째랍니다"라고 대답했다. 이렇게 하여 관청에서도 아까끼 아까끼예비치의 죽음을 알게 되었고, 이미 그다음 날 훨씬 키가 큰 새 관리가 그의 자리를 차지하고 앉아 가지런한 필체가 아니라, 옆으로 심하게 기울어진 비스듬한 필체로 일을 시작했다.

그러나 아까끼 아까끼예비치에 관한 이야기가 결코 여기서 모두 끝나지 않는다는 사실을 누가 상상이나 했을까. 생전에 아무런 주의도 끌지 못했던 것을 보상이라도 하듯이, 그가 죽은 뒤 며칠 동안 혼란스러운 삶을 살게 될 운명이라는 사실을 누가 상상이나 했겠는가. 하지만 일은 그렇게 일어났고, 우리의 변변치 못한 이야기는 예기치 않게 환상적인 결말을 맞게 되었다. 뻬쩨르부르그 전역에 갑자기 퍼진 소문에 따르면, 깔린낀 다리에서부터 아주 멀리 떨어진 곳까지 밤마다 관리의 모습을 한 유령이 나타나 강도당한 외투를 찾아다니다가 외투만

보면 관등이고 계급이고 가리지 않고 죄다 벗겨 빼앗아간다는 것이었다. 고양이 털, 비버 털, 솜, 너구리 털, 여우 털, 곰 털로 된 것 할 것 없이 몸에 두르도록 만들어진 것이면 털이든 가죽이든 죄다 벗겨가버린다는 것이었다. 관청에서 근무하는 관리 하나는 자기 눈으로 직접 유령을 목격했고, 그 자리에서 아까끼 아까끼예비치를 대번에 알아보았다. 그러나 너무나 겁이 나서 줄행랑을 치는 바람에 자세히 보지는 못했고, 그저 멀리서 손가락으로 그가 자신을 위협하는 모습만을 보았다. 사방에서 9급 문관뿐만 아니라 3급 문관까지도 관등의 고하를 막론하고 신종 외투 강도로 등과 어깨가 감기에 걸릴 정도로 꽁꽁 얼어붙을 지경이라는 불평이 계속 쏟아졌다. 경찰에는 유령을 산 채로든 죽여서든 잡아들여 본보기가 되도록 최고형에 처하라는 지시가 내려졌고, 거의 성공할 뻔했다. 어느 구역의 초소 경찰관이 끼류쉬낀 가의 골목에서 플루트를 연주하다 퇴직한 어느 악사의 값싼 모직 외투를 빼앗으려고 음모하는 현장을 덮쳐, 유령의 뒷덜미를 막 낚아챘던 것이다. 유령의 옷깃을 단단히 잡고 있던 초소 경찰관은 큰 소리로 동료 둘을 더 불러 그들에게 유령을 넘기고 자신은 구두 속에 넣어둔 담배를 꺼내 피우면서 그동안 여섯 번이나 얼어붙은 코에 잠시 바람이나 넣어야겠다는 생각에 잠시 몸을 굽혔다. 그러나 그 담배는 유령조차 결코 견딜 수 없는 종류의 것이었던 듯하다. 초소 경찰관이 손가락으로 오른쪽 콧구멍을 막고, 왼쪽 콧구멍으로 코담배 반쯤을 들이마시려고 하는 찰나, 유령이 재채기를 너무 세게 하는 바람에 담배가루가 세 경찰관의 눈에 들어가버렸다. 잠시 동안 주먹으로 눈을 비비는 사이 유령은 흔적도 없이 사라져버렸다. 나중에는 유령이 정말 그들의 손에 잡혔었는지조차 헷갈리게 되었다. 이때부터 초소 경찰관들은 유령이라면 다들 공포에 떨었다. 산 채로 잡는 것조차 두려워 멀리서만 그저,

"어이, 이봐, 어서 저승으로 꺼져버리지 못하겠어!"라고 외칠 뿐이었다. 그런데 유령 관리는 어느새 깔린긴 다리 너머까지 나타나기 시작해서 겁 많은 모든 사람들에게 공포를 안겨주었다. 그런데 이 완벽한 실화가 환상적인 이야기로 발전해나가는 데 사실상의 원인이 된 그 고위층 인사를 그동안 우리는 너무 무심하게 방치했다. 무엇보다 먼저, 정의감에 따라 말하자면, 불쌍한 아까끼 아까끼예비치가 너무 지나치게 책망을 당하고 사무실을 떠난 후, 그도 뭔가 연민의 정 비슷한 것을 통감했다는 사실이다. 그도 동정심을 느낄 줄 아는 사람이었다. 항상 관등이 걸려 표현을 못했을 뿐이지 여러 가지 좋은 행동을 하는 마음씨를 지녔던 것이다. 방문한 친구가 사무실에서 나가자마자 그는 불쌍한 아까끼 아까끼예비치에 대해 깊은 생각에 잠기기까지 했다. 이때부터 거의 매일 업무상의 질책을 견뎌내지 못하고 하얗게 질려버린 아까끼 아까끼예비치의 모습이 그의 눈앞에 선하게 떠오르곤 했다. 그에 대한 생각으로 너무 지나치게 괴로워한 나머지 그 일주일 후에는 관리를 보내어 아까끼 아까끼예비치가 어떻게 지내는지, 뭔가 도울 방법은 없는지 알아보도록 했다. 그런데 열병으로 갑자기 죽었다는 보고를 듣자 충격과 양심의 가책으로 온종일 기분이 좋지 않았다. 어떻게든 기분전환으로 나쁜 인상은 빨리 떨쳐내고 싶어서, 친구 집의 저녁 모임으로 출발했다. 그곳에 모인 사람들은 다들 점잖았고, 무엇보다 좋았던 것은 모두 그와 같은 관등의 사람들이었으므로 아무런 거리낌이 없었다는 점이다. 덕분에 그의 정신상태는 놀라울 정도로 달라졌다. 기분이 좀 풀어지자 사람들과 즐겁게 어울려 대화를 나누고 다른 사람들에게 친절을 베풀며, 한마디로 저녁시간을 아주 유쾌하게 보냈다. 저녁 만찬 후에 그는 샴페인을 두 잔이나 들이켰다. 알다시피 기분전환에는 샴페인이 적잖이 효과를 발휘한다. 샴페인으로 취기가 돌자 그는 여러 가지 특별한 것이 하고 싶어졌다. 예컨대 그는 집에 가는 것이 아니라, 평소 알고 지내던 여자인 까롤리나 이바노브나의 집에 들르기로 했다. 그는 독일 태생인 듯한 이 여자에게 대단한 친근감을 느꼈다. 이 고위층 인사는 이미 젊지 않은 나이에 훌륭한 남편이요, 가정의 존경받는 아버지였다는 사실을 말해야 한다. 아들이 둘 있었는데 하나는 이미 관청에서 근무를 하고 있었고, 몸이 좀 구부정하기는 해도 코가 매력적인 열여섯살 난 사랑스러운 딸아이가 날마다 그의 손에 입을 맞추며 "봉주르, 빠빠"라고 인사를 했다. 그의 아내도 아직 생기있고 나쁜 구석이 하나도 없는 아름다운 여자였다. 그녀는 남편이 먼저 입맞추도록 자기 손을 내민 다음, 자기 손을 내리고 그의 손에 입을 맞추었다. 하지만 이 고위층 인사는 가정생활의 안락함에 완전히 만족하고 있으면서도, 시내의 반대 지역에 여자친구를 두고 친하게 지내는 것을 아주 고상한 행동이라고 여겼다. 이 여자친구는 아내보다 예쁘지도 젊지도 않았다. 하지만 그런 것쯤이야 세상에 흔한 일이기에 우리가 상관할 바가 아니다. 그래서 고위층 인사는 계단을 내려와 썰매에 올라 마부에게 "까롤리나 이바노브나의 집으로"라고 말했다. 그는 따뜻한 외투로 몸을 완전히 호화로이 휘감은 채 즐거운 기분에 도취되어 있었다. 러시아인으로서 더 좋은 것이 생각나지 않을 정도였다. 그 기분이란 바로 아무 생각없이 앉아 있는데도 머릿속으로 즐거운 생각들이 저절로 꼬리를 물고 이어져 굳이 뭔가를 생각해내려고 애쓸 필요가 전혀 없는 상태를 말한다. 만족감에 도취된 그는 즐겁게 보낸 저녁 파티 장소와 많지 않았던 좌중을 웃겼던 이야깃거리 들을 약간 기억해냈다. 이야기 가운데 대부분은 작은 소리로 다시 반복해봐도 여전히 요절복통하게 하는 것들이어서 그가 정신없이 웃어댄 것도 이상한 일은 아니었다. 그러나 가끔 갑자기 어디서 무엇 때문에 생겨났는지 전혀 알 수 없는 돌풍이 그를 방해했다. 돌풍은 눈을 퍼부으며 칼로 찌르듯 그의 얼굴을 세차게 때리고, 외투 깃을 배의 돛처럼 펄럭이게 하거나 불가사의한 힘으로 돌연 머리까지 덮치기까지 하면서, 그를 끊임없이 성가신 일들에서 벗어나게 했다. 갑자기 그 고위층 인사는 누군가 자신의 옷깃을 엄청난 힘으로 잡아채는 것을 느꼈다. 고개를 돌리니 작은 키에 낡아빠진 제복을 입은 사람이 보였다. 그가 아까끼 아까끼예비치임을 알아챈 고위층 관리는 기겁을 했다. 그 관리의 얼굴은 눈처럼 창백했고, 완전히 죽은 사람의 모습과 진배없었다. 그러나 고위층 인사의 공포가 극에 달한 것은 죽은 사람의 입술이 일그러지면서 무덤 냄새를 풍기며 이렇게 말했을 때였다. "아! 바로 네놈이로구나! 이제야 네놈을, 그러니까 저, 옷깃을 잡았구나! 난 네놈의 외투가 필요해! 내 사정을 좀 봐주지는 못할망정 그렇게 야단을 치다니, 자, 이젠 내 옷을 내놔!" 가련한 고위층 관리는 거의 숨이 넘어갈 지경이었다. 그는 비록 관청에서, 특히 아랫사람들 앞에서 어찌나 성질을 내는지 그의 건장한 표정이나 몸가짐을 한번만 보면 누구든지 "거 성격 한번 대단하네!" 하고 말할 정도였지만, 여기서는 그도 겉으로 보기엔 영웅호걸의 모습을 하고 있는 많은 사람들과 마찬가지로 사실은 극도의 공포에 사로잡혀 있었다. 그래서 이러다가 무슨 발작이라도 일으키지 않을까 걱정되는 것도 그럴 만한 이유가 없지 않았다. 그는 얼른 외투를 벗어던지고 마부에게 여느 때와는 아주 다른 목소리로 외쳤다. "전속력으로 달려! 집으로 가자!" 보통 결정적인 순간이나 실제로 아주 급박한 일이 벌어진 경우에야 나오는 목소리를 들은 마부는 만약의 경우에 대비하여 어깨 사이로 머리를 움츠린 채 채찍을 내리치고 쏜살같이 달렸다. 약 육분 정도 지나자 고위층 인사는 이미 자기 집 현관 앞에 도착해 있었다. 하얗게 겁에 질린 얼굴에 외투도 없이 마구 헝클어진 모습으로 까롤리나 이바노브나에게 가는 대신 집으로 돌아온 그는 겨우 자기 방까지 기어가 혼미한 상태로 밤을 보냈다. 이튿날 아침 차를 마시던 딸이 직접 말했다. "아빠, 얼굴이 창백하시네요." 그러나 그는 입을 꼭 다문 채 무슨 일이 있었는지, 어디에 갔었는지, 어디에 가려고 했는지, 어느 누구에게도 말하지 않았다. 그 사건은 그에게 큰 영향을 주었다. 부하 직원들에게 "어떻게 감히, 누구 앞인지 아느냔 말이야?"라고 말하는 일도 예전보다 훨씬 줄어들었다. 호통을 친다면, 예전과는 달리 무슨 사정인지 처음부터 다 들어본 다음에야 비로소 호통을 쳤다. 하지만 더 잘된 일은 그후로 관리 유령이 더이상 나타나지 않았다는 것이다. 아마도 장관의 외투가 유령의 몸에 꼭 맞았던 것이 분명하다. 최소한 이제 더이상 외투를 빼앗긴 사람이 발생했다는 이야기는 들리지 않았다. 그러나 활동적이고 꼼꼼한 많은 사람들은 결코 마음을 놓으려 하지 않았고, 시내에서 좀 떨어진 지역에서는 여전히 관리 유령이 나타난다는 말들을 하곤 했다. 더 정확히 말하면 어느 키가 큰 감시 초소의 경찰관이 어느 건물에서 나오는 유령을 자기 눈으로 직접 봤다고 했다. 그러나 이 사람은 태어날 때부터 몸이 허약해서 한번은 어느 집에서 뛰쳐나온 보통 크기의 돼지새끼 한마리에 걸려 넘어지기도 했다. 그 바람에 주위에 있던 마부들이 박장대소하자 그들에게서 자신을 조롱한 대가로 푼돈의 담뱃값을 빼앗은 일이 있었다. 그리하여 힘이 없었던 그는 유령을 보고 잡을 엄두도 못 낸 채 어둠속에서 그 뒤를 졸졸 따라갔다. 마침내 유령이 뒤를 홱 돌아보며 우뚝 서서, "넌 무얼 원하는 거야?"라고 물으며 살아 있는 사람에서는 볼 수 없는 어마어마한 주먹을 내밀었다. 초소 경찰관은 "아무것도 없어요"라고 말하고는 즉시 뒤로 돌아섰다. 그런데 유령은 키도 훨씬 큰데다 대단히 긴 콧수염까지 기르고 있었다. 오부호프 다리 쪽으로 발길을 돌리는가 싶더니 유령은 밤의 어둠속으로 완전히 사라져버렸다.

〔박종소 옮김〕

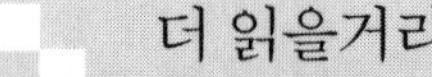

더 읽을거리

「외투」와 나란히 뻬쩨르부르그라는 공간을 배경으로 러시아의 관료사회와 대도시 생활을 탁월하게 그려낸 또다른 작품으로는 「광인 일기」와 「코」 같은 작품이 있다. 「외투」보다 먼저 씌어졌던 두 작품은 고골의 유희적이고 그로테스크한 글쓰기를 통해 환상과 현실을 넘나드는 이야기를 들려준다. 같은 연작에 속하는 중편 「초상화」와 「네프스끼 거리」는 뻬쩨르부르그라는 근대적 도시의 생활과 예술가의 테마를 다루고 있는 작품들이다.

Лев Толстой

| 레프 똘스또이 |

1828~1910

레프 똘스또이는 1828년 러시아 남부 툴라 지방에 있는 영지 야스나야 폴랴나에서 백작 가문의 4남으로 태어났다. 까잔대학에서 수학하던 중 중도에 학업을 그만두고 독학한다. 1852년 처녀작 『유년시절』을 발표한 후, 장편소설 『전쟁과 평화』 『안나 까레니나』 『부활』 등을 발표하면서 세계적인 문호로 인정받는다. 말년에 풍요로운 귀족생활을 포기하고 자신의 교리대로 간소한 생활을 영위하기 위해서 집을 떠났으나, 도중에 폐렴에 걸려 객지에서 세상을 떠난다.

무도회가 끝난 뒤 После бала

「무도회가 끝난 뒤」는 똘스또이 말년인 1903년에 집필되어 작가의 사후인 1911년에 처음 출판되었다. 단편의 줄거리는 주인공이 과거를 회상하는 형식으로 전개되고 있다. 인생의 행로가 주변 환경에 의해 결정되는 것이 아니라 우연한 사건에 의해 바뀔 수 있다고 하는 주인공은 젊은시절에 자신의 인생을 바꾼 사건을 들려준다.

그의 이야기는 두 부분, 즉 무도회 장면과 무도회가 끝난 뒤의 사건으로 나뉘면서 강한 대비를 이루고 있다. 앞부분에서는 화려한 무도회 장면이 묘사되고 있다. 사교계에서 출중한 외모를 자랑했던 젊은시절 주인공은 아름다운 처녀를 사랑한다. 무도회의 분위기는 그녀를 향한 주인공의 사랑을 충만케 하고 행복의 절정으로 이끈다. 모든 것이 한없이 사랑스럽고 아름다워 보이게 되며, 무도회장에서 사랑하는 그녀와 연대장인 그녀의 아버지가 함께 춤추는 모습 또한 그렇게 보인다. 이와 대비되는 장면은 무도회가 끝난 뒤 위엄있고 매력적으로 보였던 바로 그 아버지가 이른 아침 군인들을 이끌고, 도망가려다 잡힌 죄수를 구타하는 잔인하고 끔찍한 장면이다. 자비를 베풀어달라는 죄수의 애원에도 불구하고 군인들은 피투성이가 된 죄수의 등을 무자비하게 후려치고 있다. 이 사건 뒤 한때 불타올랐던 주인공의 사랑은 점점 식어간다. 그는 계획했던 군인으로서의 진로를 포기하고 아무 쓸모도 없는 인간의 삶을 살아가게 되었다고 말하면서 이야기를 마무리짓지만 이에 관한 독자의 고민은 여기부터 시작된다.

사랑과 육체, 폭력과 무저항주의, 사치스러운 귀족적인 삶과 간소한 민중의 삶 등에 대한 말년의 똘스또이의 문제의식이 이 짧은 단편에 풍부하게 담겨 형상화되고 있다.

무도회가 끝난 뒤

"그러니까 당신들 말씀은, 인간은 무엇이 옳고 그른지 제 스스로 알지 못하고 모든 게 환경에 달려 있다, 말하자면 환경이 해를 끼친다 그 말이시군요. 하지만 나는 모든 건 우연에 달려 있다고 생각합니다. 그럼 이제 내 이야기를 해드리죠."

개인의 인격적 완성을 위해서는 먼저 인간들이 살고 있는 환경을 바꿔야만 한다는 주제로 우리 사이에 오간 대화가 끝나자, 우리의 존경받는 이반 바실리예비치가 이렇게 말문을 열었다. 사실 우리 중 누구도 무엇이 좋고 나쁜지 스스로 이해할 수 없다고 말한 적이 없었지만, 대화를 듣고 떠오른 자신의 생각에 스스로 대답하고 나서, 자신의 삶에서 이 생각에 걸맞은 사건을 골라내 이야기하는 것이 이반 바실리예비치의 버릇이었다. 종종 그는 이야기에 취한 나머지, 무엇 때문에 이야기를 시작했는지 잊어버리긴 했지만 그럼에도 불구하고 매우 진솔하게 말하곤 했다.

지금도 역시 마찬가지였다.

"나 자신에 관해 말씀드리죠. 제 삶 전체는 환경이 아니라 전혀 다른 어떤 것에 의해 결정되었지요."

"그게 뭡니까?" 우리가 물었다.

"그건 긴 이야기예요. 이해시키려면 많은 것을 이야기해야 합니다."

"어디 이야기해보세요."

이반 바실리예비치는 잠시 생각하고는 고개를 저었다.

"그래요." 그가 말했다. "내 모든 삶은 단 하룻밤, 아니 정확히는 하루아침에 달라져버렸죠."

"대체 무슨 일이 생겼는데요?"

"무슨 일이냐 하면, 내가 깊숙이 사랑에 빠진 거죠. 나는 숱하게 사랑에 빠져봤지만, 이 경우는 가장 강렬한 사랑이었죠. 지난 일이에요. 그녀에겐 이미 결혼한 딸이 있지요. 그녀의 이름은 Б……, 뭐더라…… 그래, 바렌까 Б……였어요." 이반 바실리예비치는 성(姓)을 말했다.

"그녀는 쉰살인데도 불구하고 대단한 미인이지요. 게다가 젊었을 때, 열여덟살 때는 정말이지 매력 그 자체였지요. 훤칠한 키, 날씬한 몸매에 우아한 품위가 있었어요, 그래요 정말이지 기품이 있었지요. 그녀는 머리를 약간 뒤로 젖힌 채 항상 꼿꼿한 자세를 유지했지요, 마치 다르게는 못하는 양. 그리고 이건 그녀의 아름다움과 큰 키와 어울려서, 그녀가 약간 마른 체형임에도, 그녀에게 마치 여왕 같은 분위기를 선사했지요. 만일, 항시 즐겁고 온화한 미소, 매혹적으로 반짝거리는 눈, 그리고 사랑스러운 젊은 존재가 발산하는 그녀의 모든 것이 없었더라면, 아마 이 여왕 같은 풍모가 저를 단념케 했을 겁니다."

"참으로 근사하게 그려내시는군요, 이반 바실리예비치!"

"아무리 잘 그려낸다고 해도, 그녀가 어떤 사람이었는지 당신들이 이해할 수 있게끔 묘사하는 것은 불가능합니다. 하지만 문제는 그게 아니죠. 내가 하려는 이야기는 1840년대에 있었던 일입니다. 당시 저는 지방대학 학생이었지요. 이게 좋은지 아닌지는 모르겠으나, 당시 우리 대학에는 아무런 동아리나 그 어떤 이론도 없었지요. 우린 단지 젊어서 젊은이답게 시간을 보내고 있었을 뿐입니다. 공부도 하고 놀기도 하면서 말이죠. 저는 매우 쾌활하고 생기있는 젊은이인데다 부유했지요. 기세등등한 말도 있었고, 아가씨들과 썰매를 타고 다니기도 했고(당시 스케이트는 아직 유행이 아니었죠), 친구들과 술잔치도 벌였지요(당시 우리는 샴페인 외에는 마시지 않았지요. 돈이 없을 땐 아무것도 마시지 않았지만, 요즘처럼 보뜨까를 마시지는 않았어요). 저녁 파티나 무도회는 내 주요한 오락거리였지요. 나는 춤도 잘 추었고, 그다지 못생기지도 않았어요."

한 부인이 끼어들며 말했다.

"겸손 떠시기는, 우린 당신의 은판사진을 본 적이 있어요. 못생기지 않다니요, 당신은 미남이던걸요."

"미남이든 아니든, 그건 중요한 게 아니죠. 문제는 그녀를 향한 내 사랑이 최고조에 이르렀던 마슬레니짜 축제(러시아 민속에서 겨울이 지나고 봄이 시작됨을 기념하는 축제—옮긴이) 마지막 날, 내가 한 지방 귀족이 주최한 무도회에 참석했다는 거예요. 그는 황실 고관을 지낸 선량한 노인네였지요. 그 노인네만큼이나 선량해 보이는 그의 부인이 저를 맞아주었는데, 그녀는 적갈색 벨벳 드레스를 입고 머리에는 다이아몬드 장식을 한 왕관을 쓴 채, 흰 어깨와 가슴을 드러낸 것이 꼭 옐리자베따 뻬뜨로브나의 초상화를 보는 것 같았지요. 환상적인 무도회였어요. 아름다운 홀에 합창단과 음악가들, 음악 애호가인 한 지주의 오케스트라로 당시에 꽤 유명했지요. 음식은 훌륭했고 샴페인은 강물처럼 흘러넘쳤지요. 내가 비록 샴페인 애호가였지만 그날 밤은 마시지 않았어요. 포도주 없이도 사랑에 취했지요. 대신 쓰러질 지경으로 연거푸 춤을 추었지요. 왈츠와 폴카를 추며 바렌까와 춤출 기회를 계속 노렸지요. 바렌까는 분홍색 띠를 두른 흰 드레스를 입고, 뾰족하고 야윈 팔꿈치 약간 밑까지 염소가죽으로 만든 흰 장갑을 끼고, 흰색 구두를 신고 있었지요. 아니시모프라는 웬 기분나쁜 녀석이, 나는 지금까지도 이것 때문에 그를 용서할 수 없어요, 그녀가 들어오자마자 그녀에게 춤을 청해버렸고, 난 그동안 장갑을 구하려 미용사에게 들르느라 늦어버렸던 겁니다. 그렇게 돼서 난 마주르카를 그녀와 함께 추지 못하고, 이전에 내가 몇번 따라다녔던 독일 아가씨와 추게 되었던 거지요. 하지만 아무래도 그날 밤, 난 그녀에게 몹시 무례했던 것 같소. 왜냐하면 그녀에게 말도 걸지 않았고, 그녀를 쳐다보지도 않은 채, 오로지 분홍빛 띠를 두른 흰 드레스를 입은 날씬하고 훤칠한 아가씨만 쳐다보았으니까. 발그레 빛나는 보조개 팬 얼굴, 온화하고 다정한 눈동자. 나만이 아니라 모두가 그녀를 쳐다보았고 그녀를 사랑하게 되었죠, 남자뿐만 아니라 여자들까지도. 도저히 사랑하지 않을 수가 없었지요.

말하자면, 춤의 규칙상, 난 그녀와 마주르카를 추지는 않았지만, 사실상 계속해서 그녀와 춤을 추었던 겁니다. 그녀는 주저하지 않고, 홀 전체를 가로질러 똑바로 내게로 다가왔고, 나는 청을 기다리지도 않고서 얼른 그녀를 향해 뛰쳐나갔지요. 그녀는 미소로 내 기대에 감사를 표했지요. 우리 쪽이 그녀에게 가까이 접근했을 때, 그녀는 내 의도를 짐작하지 못한 채 내게 손을 내밀지 않고 야윈 어깨를 살짝 낮추었고, 그러고는 유감과 위안의 표시로 내게 미소만 지었지요. 마주르카 곡에 왈츠풍 음악이 흐를 때마다 나는 오랫동안 그녀와 왈츠를 추었고, 그녀는 가쁜 숨을 몰아쉬며 미소를 지은 채 내게 말했지요. '앙꼬르'.

그리고 나는 자신의 육체를 느끼지 못한 채 왈츠를 추고 또 추었던 겁니다."

"저런, 느끼지 못했다니요, 내 생각엔 몹시 느꼈을 것 같은데요, 그녀의 허리를 감싸안고 있을 때, 자신의 육체뿐 아니라 그녀의 육체도 함께 말이죠."

손님 중 한사람이 말했다.

이반 바실리예비치는 갑자기 얼굴을 붉히더니 화를 내며 거의 외치듯이 말했다,

"그래요, 바로 당신 같은 요새 젊은이라면 그랬겠지요. 당신들은 육체 말고는 아무것도 보려 하지를 않아요. 우리 때는 그러지 않았습니다. 내가 더욱 강렬한 사랑에 빠질수록 나에게 그녀는 더욱더 비육체적인 존재가 되었습니다. 당신들은 요즘 다리를 보고 발꿈치를 보고 또 어딘가를 보고 한다지, 그러고는 사랑하는 여인의 옷을 벗기지. 내게 사랑의 대상은 알퐁스 카르(Alphonse Karr, 1808~90, 프랑스의 비평가이자 소설가—옮긴이)가, 괜찮은 작가였지요, 말했듯이 언제나 청동의 옷을 입고 있었던 겁니다. 우리는 옷을 벗기려고 하기보다는, 나신(裸身)을 덮어주려고 애를 썼지요. 마치 노아의 선량한 아들처럼 말이지. 그래요, 당신들은 이해 못할 겁니다."

"그 친구 말은 듣지 마세요. 그래서 그다음엔 어떻게 됐죠?"

우리 중 한사람이 말했다.

"그래요. 그렇게 나는 그녀와 점점 더 자주 춤을 추게 되었고, 시간이 얼마나 흘렀는지조차 보지 않았죠. 음악가들은 이미 지쳐서 무도회가 끝날 무렵 풍경이 어떤지 잘 알 테죠, 마주르카의 똑같은 모티브를 계속 연주하고 있었고, 부모들은 카드 테이블에서 일어나 응접실에서 야참이 나오길 기다리고 있었죠. 하인들은 먹을 것을 준비하느라 여념이 없었죠. 새벽 세시였어요. 마지막 남은 순간을 이용해야만 했죠. 나는 또다시 그녀를 택했고, 우리는 홀을 휩쓸며 지치도록 춤을 추었죠.

'야참 후에 카드리유(남녀 네 명이 한 패가 되어 서로 마주 보며 추는 춤—옮긴이)에서도 파트너가 되어주시겠죠?'

그녀를 자리에 데려다주며 내가 물었죠.

'그럼요, 절 집으로 데려가지만 않는다면 말이죠.'

'제가 내주지 않을 겁니다.'

내가 말했죠.

'부채를 주세요.'

그녀가 말했어요.

'드리기 아쉬운데요.'

하얀색 값싼 부채를 그녀에게 건네며 내가 말했습니다.

'그럼, 아쉬워하시지 않도록 당신에게 이것을 드리죠.'

그녀는 부채에서 깃털을 뽑아서 내게 건네며 말했죠.

나는 그 깃털을 받아들였고, 단지 눈길만으로도 내 모든 감사와 경탄을 표현할 수 있었죠. 나는 즐겁고 만족스러웠을 뿐만 아니라 복되고 행복했어요. 나는 선량했고, 뭐랄까 내가 아닌 어떤 천상의 존재, 악의를 모르고 오직 선만 행하는 존재가 된 듯했어요. 난 깃털을 장갑 속에 숨겼죠. 그녀에게서 도저히 떨어질 수 없었어요.

'보세요. 사람들이 아빠에게 춤을 청하고 있어요.' 그녀는 훤칠하고 위엄있는 풍채를 지닌 그녀의 부친을 가리키며 말했죠. 은빛 견장을 두른 연대장이었던 그는 문가에서 안주인과 몇몇 부인네와 함께 서 있었어요.

'바렌까야, 이리 오너라.'

우리는 다이아몬드 왕관을 쓰고 옐리자베따의 어깨를 한 안주인의 커다란 목소리를 들었어요.

바렌까는 문가로 다가갔고, 나는 그녀 뒤를 따랐지요.

'좀 설득해보렴, 애야. 아버지가 함께하시도록. 이봐요, 표뜨르 블라디슬라비치, 부탁이에요.'

안주인이 연대장에게 말했지요.

바렌까의 아버지는 매우 멋지게 생긴 위엄있고 훤칠한 노인이었죠. 그의 얼굴에는 붉은빛이 돌았고 니꼴라이 1세를 연상시키는 흰 콧수염을 길렀지요. 콧수염은 흰 구레나룻까지 이어져 있었고, 곱게 빗은 머리카락이 이마를 가렸어요. 입술과 눈가에 서린 부드럽고 즐거운 미소는 딸과 빼닮았더군요. 체격도 정말이지 훌륭했어요. 화려하지 않게 치장한 훈장을 단 가슴은 군인답게 넓었고, 강인한 어깨와 길고 늘씬한 다리를 지녔지요. 그는 니꼴라이 1세의 훈육이 만들어낸 근면한 노병 타입의 군사령관이었죠.

우리가 출입구에 다다랐을 때 그녀의 아버지는 스텝을 벌써 잊었다며 막 춤추기를 거절하던 참이었죠. 하지만 우리를 보자마자 밝은 미소를 지어 보이고, 팔을 왼쪽으로 우아하게 돌리며, 칼집에서 칼을 꺼내 옆에 있던 젊은이에게 넘겨주고, 오른손에 낀 스웨이드 가죽장갑을 만지작거렸어요. 그러곤 미소를 띠며 말했죠.

'모든 건 법규에 따라야 하는 법.'

그는 딸의 손을 잡고서 4분의 1 정도 몸을 돌린 채 서서 음악이 나오기를 기다렸어요.

마주르카 곡이 흘러나오기 시작하자 그는 한발을 힘차게 구른 다음, 다른 발을 앞으로 내밀었어요. 처음에는 천천히 매끄럽게 시작되었지만, 점차 발 구르는 소리, 부츠 맞부딪히는 소리와 더불어 힘차고 격렬하게 바뀌어갔죠. 그의 훤칠하고 위엄있는 풍채가 방 전체를 휩쓸고 다녔어요. 바렌까도 하얀 주단 덧신 속에 감춰진 작은 발로 짧고 길게 스텝을 밟으며 아버지에 맞추어 우아한 율동을 보여주었죠. 무도회장

전체가 이 커플의 모든 움직임을 뒤쫓았지요. 나로 말할 것 같으면, 매료된 정도가 아니라 경탄에 찬 황홀함 속에 그들을 바라보았죠. 특히 나를 황홀하게 한 것은 끈으로 묶인 노신사의 부츠였어요. 그것은 훌륭한 소가죽 부츠였지만, 유행하는 앞이 뾰족한 부츠가 아니라 굽이 없고 앞이 사각인 옛날식 구두였어요. 부대의 제화공이 만든 것이 분명했지요. '딸이 무도회에 입고 나갈 드레스를 사주기 위해 유행하는 부츠를 사지 않고, 제화공을 시켜 만든 것이군.' 나는 짐짓 이렇게 생각했고, 그래서 이 사각 구두가 특별히 날 매혹했던 겁니다. 보아하니, 그는 한때 멋지게 춤을 추었겠지만, 이미 지금은 몸이 상당히 무거웠고 우아하게 내딛으려는 스텝에도 힘이 부족했지요. 그래도 이럭저럭 무도장을 두번씩이나 돌았지요. 춤이 끝났을 때, 벌리고 있던 두 다리를 다시 딱 소리가 나도록 모으더니, 다소 힘들게, 한쪽 무릎을 꿇고 앉았지요. 그러자 딸은 미소띤 얼굴로 치맛자락 끝을 살짝 잡고 아버지 주위를 우아한 자태로 한바퀴 돌았지요. 무도장 전체에서 박수가 울려퍼졌어요.

그는 힘겹게 몸을 일으키고는, 부드럽고 사랑스럽게 두 손으로 딸의 얼굴을 감싸주었어요. 딸의 이마에 입을 맞추고는, 내가 그녀와 춤을 추리라 생각하고 내게 그녀를 데려왔어요. 나는 그녀의 파트너가 아니라고 말했지요. 그러자 그가 웃음지으며 칼을 다시 칼집에 넣고서 말했어요.

'어쨌든 상관없으니 가시게. 이제 그대가 그녀와 출 차례야.'

첫 방울이 흘러나오면 병 전체의 내용물이 한꺼번에 흘러나오는 법이지. 마찬가지로 바렌까를 향한 내 사랑이, 내 몸속에 숨겨져 있던 사랑의 능력을 완전히 해방시켜버린 것 같았죠. 나는 그 순간 내 사랑으로 전 세계를 끌어안았지요. 나는 다이아몬드 왕관을 쓰고 옐리자베따 여왕처럼 어깨를 드러낸 여주인과 그녀의 남편, 초대된 모든 손님과 하인 들, 심지어 내 기분을 역겹게 했던 아니시모프까지도 사랑했지요. 그 아버지, 제화공이 만든 구두를 신고 딸과 너무도 닮은 미소를 지닌 바렌까의 아버지에게도 뭐라 할 수 없는 황홀하고 부드러운 감정을 경험했던 겁니다.

마주르카가 끝나고, 안주인은 손님들에게 야참을 청했으나 Б. 연대장은 아침에 일찍 일어나야 한다며 거절하곤 안주인과 작별했죠. 난 그녀를 데려가는 줄 알고 깜짝 놀랐지만, 그녀는 어머니와 함께 남더군요.

야참이 끝난 뒤 나는 그녀와 약속했던 카드리유를 추었죠. 그전에도 무한히 행복했지만 내 행복은 계속 커져가는 것만 같았어요.

나는 심지어 그녀에게나 나 자신에게조차 그녀가 나를 사랑하는지 되묻지 않았어요. 나에게는, 내가 그녀를 사랑하고 있다는 점만으로 충분했지요. 내가 두려웠던 것은 오직 하나, 무엇인가 내 행복을 망치지나 않을까 하는 우려였죠.

집에 돌아와서 나는 옷을 벗고 잠을 잘까 생각했지요. 그러나 나는 이것이 완전히 불가능하다고 생각했어요. 내 손에는 그녀의 부채에서 빼낸 깃털과 그녀의 어머니와 그녀가 마차에 타는 것을 부축할 때 그녀가 내게 건넨 장갑이 들려 있었어요. 나는 그것들을 바라보면서 눈을 감지도 않은 채, 바로 눈앞에서 그 순간을 떠올릴 수 있었죠. 그녀가 두 명의 파트너 중에서 나를 선택하려고 왔을 때, 내 성격을 짐작해 보면서 부드러운 목소리로 말했죠. '긍지가 강한 분 맞나요?' 그러곤 기쁘게 내게 손을 내밀었죠. 혹은 야참 때, 내 샴페인 잔에서 먼저 한 모금을 마시고는 유리잔을 통해 은은한 눈빛으로 날 바라보던 모습, 그러나 무엇보다 내 눈앞에 어른거렸던 장면은 그녀가 아버지와 함께 춤추던 모습이었죠. 그녀가 유연하게 미끄러지듯 춤을 추던 모습, 그리고 자부심과 행복에 겨워 홀딱 반한 관객들을 바라보던 모습. 그리고 나는 저절로 그와 그녀를 부드럽고 은근한 감정 속에서 하나로 일치시켰던 겁니다.

당시 나는 지금은 작고한 형과 함께 살고 있었지요. 형은 원래 나가기를 싫어해 무도회에도 다니지 않았고, 그때는 박사논문 제출 자격시험을 준비하고 있었기 때문에 그야말로 바른 생활을 하고 있었죠. 그는 자고 있었어요. 나는 얼굴을 베개에 묻고 이불로 얼굴을 반쯤 덮은 형을 바라보았고, 내가 경험하고 있는 행복을 형이 알지도 못하고 그걸 나누지도 못하는 것이 가엾게 느껴졌죠. 헝클어진 머리에 졸린 형의 얼굴이 내게 가슴아프게 비극적으로 보였어요. 소리내지 않으려 애쓰면서, 나는 발끝으로 방을 가로질러 내 침실로 갔지요. 아니, 나는 너무 행복했고, 잠을 잘 수조차 없었습니다. 게다가 난방이 된 방이 너무 무더웠지요. 나는 옷을 벗지 않고 조용히 현관으로 가서 외투를 입고, 문을 열고 거리로 나갔지요.

내가 무도회장을 떠났을 때가 거의 네시쯤이었고, 집으로 돌아가서 머문 시간을 합해 두 시간쯤 되었을 겁니다. 그래서 다시 밖으로 나왔을 때에는 이미 밝았지요. 전형적인 마슬레니짜 축제기(고대 슬라브인들 및 러시아인들 사이에 있는, 겨울을 보내고 봄을 맞이하는 축제기간——옮긴이)의 날씨였어요. 안개가 자욱하고 도로는 물을 먹어 녹기 시작해 질퍽했고, 사방의 지붕에서 물방울이 맺혀 떨어지고 있었지요. 바렌까네 가족은 당시에 넓은 들판이 있는 도시 외곽에 살고 있었답니다. 들판 한편으로는 연병장이 있었고 반대편으로는 여학생들을 위한 기숙사가 있었지요. 나는 텅 빈 거리를 계속 걸었고 큰길로 나가 길을 걷는 사람들과 나무를 가득 실은 썰매와 마주치기도 했죠. 나는 텅 빈 좁은 길을 따라 계속 걸었습니다. 마침내 간선도로가 나타나더군요. 썰매는 도로에 깊은 자국을 남기며 달렸고, 말들은 마구를 번쩍이며 일정한 보폭으로 힘차게 달렸습니다. 등은 밀짚 매트로 가리고 있었지만, 갈기는 비에 젖었지요. 큰 장화를 신은 마부들은 썰매에 진흙을 튀기면서 말을 재촉했지요. 안개 속에서 매우 커다랗게 보이는 거리의 집들, 이 모든 것이 내게 의미심장하고 사랑스럽게 보였습니다.

그들의 집이 있던 들판으로 나섰을 때, 나는 연병장 쪽 들판 끝에서 커다랗고 검은 무언가를 보았고, 그쪽에서 플루트와 북소리를 들었지요. 내 마음속에서도 노래가 들려왔고 때때로 마주르카의 모티브를 듣기도 했죠. 그러나 이건 뭔가 다른, 잔인하고 조잡한 음악이었어요.

'이게 대체 뭐지?' 하고 나는 생각했고, 미끄러운 길을 피해가며, 소리가 나는 쪽으로 가보았죠. 백 걸음가량 갔을 때, 나는 안개 속에서 여럿의 검은 사람들을 식별할 수 있었어요. 분명히 병사들이었죠. '아마 훈련중인가 보군.' 나는 그렇게 생각하고는 더러운 외투를 입고 허리에 앞치마를 두른 채 뭔가를 잔뜩 짊어진 대장장이와 함께 더 가까이 접근했지요. 검은 제복을 입은 병사들이 두 줄로 마주 보고 서 있었고, 총을 발치에 내려놓고 움직이지를 않았어요. 그들 뒤에서 북 치는 병사와 플루트를 부는 병사가 계속 거슬리는 멜로디를 연주하고 있었어요.

'지금 저들이 뭐 하는 겁니까?' 나는 내 옆에 있던 대장장이에게 물었어요.

대장장이는 화난 목소리로 줄 끝을 바라보며 대답했어요.

'도망가려는 따따르인을 잡아 몰아세우고 있군요.'

그래서 나도 그쪽을 바라보았고, 대열 사이로 뭔가 흉측한 것이 내게 다가오는 걸 보았죠. 내게 다가오던 그것은 허리 위로 발가벗겨진 사람이었습니다. 그는 그를 끌고 가는 두 군인의 총에 묶여 있었습니다. 그의 바로 옆에는 외투를 입고 군모를 쓴 키가 큰 지휘관이 걷고 있었습니다. 그 모습이 왠지 내게 낯설지가 않았어요. 온몸을 부들부들 떨면서 녹기 시작한 눈 속에 발을 첨벙거리며, 죄수는 양옆에서 무수히 쏟아지는 주먹질을 받으며 내 쪽으로 기어왔습니다. 그가 뒤로 나동그라지면, 그를 몰아세우던 두 하사관들이 앞쪽으로 밀어냈고, 앞으로 넘어지면 다시 두 하사관들이 그를 다시 일으켜세워 뒤로 끌었습니다. 그 곁에서 떨어지지 않으면서, 한결같은 자세로 단호하고 신경질적인 보폭의 키 큰 지휘관이 따라오고 있었지요. 그는 바로 바렌까의 아버지였어요. 바로 그 불그레한 얼굴과 흰 콧수염과 볼수염을 지닌.

타격이 가해질 때마다 불쌍한 죄수는 놀란 듯이 타격이 가해진 방향을 향해 얼굴을 돌리며 고통에 짓눌린 표정을 짓더군요. 하얀 이를 드러내며 계속 똑같은 말을 중얼거렸어요. 그가 아주 가까이 왔을 때, 난 겨우 그 말을 알아들을 수 있었지요. '형제들, 부디 자비를…… 형제들이여, 부디 자비를……' 하지만 그 형제들은 자비를 베풀지 않았죠. 행렬이 완전히 내 옆에까지 도착했을 때, 나는 내 맞은편에 있던 병사가 결정적으로 앞으로 한 발 내딛더니 따따르인의 등짝을 몽둥이로 휙 하는 소리가 나도록 후려갈기는 걸 보았죠. 따따르인은 앞으로 나뒹굴었지만, 두 군인이 다시금 그를 짐짝처럼 일으켜세우자 반대편에서 또다시 몽둥이세례가 몰아쳤어요. 그렇게 이쪽에서 또다시 저쪽에서 계속되었죠. 대령은 곁에서 걷고 있었어요. 그는 때로는 자기 발끝을, 때로는 처벌받는 죄수를 물끄러미 바라보더니, 숨을 크게 들이쉬고 뺨을 부풀리더니 내민 입술 사이로 천천히 내뿜었어요. 행렬이 내가 서 있던 바로 그 자리까지 이르렀을 때, 나는 한순간 대열 사이로 죄수의 등짝을 보았습니다. 그건 뭐랄까 얼룩지고, 젖어 있고, 붉고, 부자연스러운, 한마디로 인간의 몸이라고 믿기지 않는 것이었어요.

'오, 하느님.' 내 곁에 있던 대장장이가 중얼거리더군요.

어쨌든 행렬은 점점 멀어져갔어요. 하지만 넘어지며 고통으로 몸을
비트는 죄수에게 구타는 여전히 계속되었지요. 플루트 소리와 북소리
는 여전했고, 굳건한 걸음으로 위엄있는 모습을 한 대령도 죄수 곁을
여전히 걷고 있었어요. 갑자기 대령이 걸음을 멈추고는 병사 한명에게
가까이 다가가더군요. 그의 노기에 찬 목소리가 들렸어요.

'내가 네놈에게 마싸지를 해주마, 그런 식으로 마싸지나 하고 있을
테냐? 어? 그런 식으로?'

그리고 나는 따따르인의 붉은 등짝을 몽둥이로 충분히 세게 후려치
지 않았다는 이유로 그가 가죽 장갑을 낀 힘센 손으로 겁을 집어먹은
자그맣고 힘 약한 병사의 얼굴을 때리는 것을 보았습니다.

'새 몽둥이를 가져와.' 그가 소리쳤고, 주위를 둘러보다가 나를 보았
죠. 나를 모르는 척하면서 그는 화가 난 찌푸린 표정을 짓더니 황급히
돌려버리더군요. 나는 어찌나 수치스러웠는지 어디를 바라보아야 할
지도 몰랐어요. 마치 가장 수치스러운 일의 현장에서 들켜버린 것처
럼. 나는 눈을 떨어뜨리고 서둘러 집으로 돌아갔지요. 가는 길 내내 내
귀에서는 예의 그 플루트와 북 소리가 울려퍼졌고, 그 목소리가 들렸
어요. '형제들, 부디 자비를……' 그리고 또 대령의 자신에 찬 진노한
목소리가 들렸지요. '그런 식으로 마싸지나 하고 있을 테냐?' 그리고
가슴속에선 구역질이 날 듯한 지경까지 이른 거의 육체적인 애수의 감
정이 북받쳐올라 나는 몇번이나 걸음을 멈춰야만 했습니다. 이 장면을
본 후 내 속으로 들어온 이 끔찍한 것이 곧 넘어올 것만 같았지요. 집
에 어떻게 돌아와서 누웠는지조차 기억나지 않아요. 그렇지만 잠이 들
려고 하면 그 소리가 또다시 들리는 것 같았고, 그 장면이 다시 눈앞에

아른거려서 벌떡 일어났지요.

'그는 분명 내가 모르는 뭔가를 알고 있을 거야.' 대령에 대해 난 그렇게 생각했습니다.

'만일 내가 그가 알고 있는 것을 안다면, 내가 본 것을 이해할 수 있을 것이고, 날 이렇게 괴롭히지도 않을 거야.' 하지만 아무리 생각해봐도, 나는 대령이 알고 있는 것을 이해할 수 없었고 저녁이 되어서야 잠들 수 있었지요. 깨어나서는 친구를 찾아가 완전히 취해 곯아떨어지도록 술을 마셔댔습니다.

당신들은 그때 내가 본 것을 악한 행위라고 결론지었다고 생각하십니까? 천만의 말씀입니다. '만약 그 행위가 그와 같은 확신을 갖고 행해졌고, 모두에게 필수적인 것으로 받아들여졌다면, 그들은 내가 모르는 뭔가를 알고 있었을 것이다.' 나는 그렇게 생각했고, 그걸 알아내려고 애썼습니다. 하지만 아무리 애를 써도, 나는 이후에도 그걸 알아내지 못했어요. 알아내지 못했기에 예전에 희망했던 것처럼 군복무를 신청해 갈 수도 없었고, 군복무를 못했을 뿐만 아니라 그 어느 곳에서도 근무하지 않아, 보시다시피 쓸모없는 인간이 되어버리고 만 겁니다."

"당신이 쓸모없는 인간이라는 건 우리가 잘 알지요." 우리 중 한사람이 말했다. "하지만 당신이 없었더라면 대체 얼마나 많은 사람들이 쓸모없게 되었을까요? 차라리 이것을 말씀해주시는 게 더 낫겠어요."

"그건 이미 바보 같은 이야기예요." 정말로 질렸다는 듯 이반 바실리에비치가 말했다.

"그런데 사랑은 어떻게 되었죠?" 우리가 물었다.

"사랑 말입니까? 그날 이후로 내 사랑은 식어버렸죠. 언제나 그랬듯이 미소띤 그녀가 떠오르기만 하면, 나는 광장에서 목격한 대령을 떠올리고는 어색하고 불편한 기분이 들었고, 더이상 그녀를 만나지 않게 되었죠. 그렇게 사랑도 끝장나버린 겁니다. 자, 이제 어떻게 사건이 벌어지고 무엇으로 인해 사람의 인생 전체가 변질되어 방향이 뒤바뀌게 되는지 아시겠죠. 그런데도 당신들은……" 그는 그렇게 말을 맺었다.

〔박종소 옮김〕

더 읽을거리

『전쟁과 평화』 『안나 까레니나』와 같은 똘스또이의 대표적인 장편소설은 세계문학사의 걸작이자 인류 문화의 보고(寶庫)이다. 아울러 똘스또이의 말년에 집필된 「크로이체르 쏘나타」나 『악마』 같은 중편들은 그의 작품 세계의 다양성을 풍요롭게 펼쳐 보여준다. 이 중편들은 『크로이체르 소나타』(이기주 옮김, 웅진씽크빅 2008)로 국내에도 번역 소개되어 있다.

АНТОН Чехов

| 안똔 체호프 |

1860~1904

체호프는 러시아가 낳은 최고의 단편작가이자 극작가이다. 농노를 할아버지로, 가난한 잡화상을 아버지로 둔 체호프는 러시아제국에 농노해방령이 선포되기 일년 전, 남부 러시아의 항구도시 따간로끄에서 태어났다. 어려운 환경 속에서 모스끄바대학교 의학부를 마치고 몇년간 개업의로 활동했으나, 대학시절에 부업 삼아 대중잡지와 신문에 기고했던 유머 단편들이 주목을 끌면서 19세기말 러시아 문학을 선도하는 대작가로 거듭나게 되었다. 체호프는 프랑스의 모빠쌍과 나란히 현대 단편소설의 형식을 개척한 작가로 손꼽힌다. 육백여편의 단편 및 꽁뜨를 썼으며 그 가운데서도 수십편이 문학사의 걸작으로 남아 있다. 극작가로서의 체호프는 사실주의 희곡의 정수를 성취했을 뿐만 아니라 현대 연극이 가야 할 이정표를 세워놓은 작가로 평가된다.

■   슬픔 Тоска

「슬픔」은 비교적 초기에 씌어진 소품임에도 불구하고 체호프 단편소설의 일반적인 특성을 명징하게 보여준다. 체호프 이전의—어떤 의미에서는 지금까지도—단편소설들에서 독자들이 기대하는 것은 무엇보다도 극적인 사건과 예기치 못한 반전이었다. 「슬픔」에는 어떤 사건이 있는가? 물론 '마부 이오나의 아들의 죽음'이라는 사건이 있다. 그런데 그 사건은 며칠 전에 이미 일어난 일이다. 따라서 사건이 벌어지기까지의 긴장된 과정은커녕, 사건 당시의 충격조차도 더이상 남아 있지 않다. 똑같이 마부를 주인공으로 내세운 현진건의 단편 「운수 좋은 날」에서 아내의 죽음이라는 사건이 어떻게 역할하고 있는가를 비교해보면 이 문제의 핵심을 쉽게 간파할 수 있다. 불길한 예감에 불안해하면서도 이런저런 이유로 집에 돌아가지 못하는 마부의 안타까운 심정은 이 소설의 긴장을 끝까지 지탱한다. 필경 체호프의 「슬픔」에서 작품 구상의 단서를 얻었을 현진건의 「운수 좋은 날」은 오히려 체호프가 결별한 19세기 단편소설의 전형으로 되돌아가고 있는 것이다. 물론, 이제 막 서구의 근대문학을 받아들이기 시작한 당대 한국문학의 환경에서 현진건의 그러한 결정은 충분히 합리적이었다. 그러나 체호프는 다른 길을 갔다. 체호프가 주목한 것은 사건 자체가 아니라 이미 일어난 사건을 견디는 인간의 모습이다. 이오나는 아들의 죽음을 누군가에게 이야기하며, 자신의 슬픔을 나누고 싶다. 하지만 아무도 그의 이야기를 들어주지 않는다. 그리하여 말하고 싶어하는 이오나와 이를 들으려 하지 않는 타인들 사이에, 사건으로 인해 만들어지던 긴장과는 근본적으로 다른 새로운 종류의 긴장이 만들어진다.

■   입맞춤 Поцелуй

「입맞춤」은 「슬픔」에 비하면 분량도 훨씬 긴데다가, 누가 보더라도 매혹적인 사건을 담고 있다. 그러나 근본적인 구조에 있어서는 위의 「슬픔」에서 언급한 특성이 여기서도 여전히 실현되고 있다고 할 것이다. '입맞춤' 사건은 비록 「슬픔」에서처럼 며칠 전은 아니더라도 충분히 앞쪽(텍스트의 대략 3분의 1 지점)에서 벌어진다. 다음 만남에 대한 기대가 지속적으로 랴보비치를 사로잡고 있는 것은 사실이지만, 랴보비치는 사건 속으로 돌입해야 할 순간에 스스로 그것을 거부한다. 자신에게 벌어진 일을 진지하게 들어줄 사람이 아무도 없다는 것 또한 「슬픔」과 마찬가지다. 랴보비치는 이오나처럼, 그리고 후기 작품의 대다수 주인공들처럼 홀로 이미 벌어진 사건의 무게를 견디고 있다.

물론 「입맞춤」의 중심사건은 위와 같은 사실들에도 불구하고 여전히 경이롭고 매혹적인 사건임에 틀림없다. 랴보비치는 결국 그 여인이 과연 누구였는지, 왜 그런 일이 벌어졌는지 영원히 알 수 없을 것이다. 사실 그런 의문들에 대한 답은 아무런 의미가 없으며, 이는 결말에 이르러 더욱 분명해진다. 여기서 중요한 것은 어두운 방 안에서의 입맞춤이 갖는 상징성, 혹은 그 자체의 이미지일 것이다. 어쩌면 그것은 대체로 공허하고 따분한 인간의 일생에서 드물게 한번쯤 스쳐지나가는 지고한 행복의 순간을 상징하는지도 모른다. 어쩌면 그것은 찰나적인 인생 전체에 대한 상징일지도 모른다. 독자들의 숙고 속에서 나온 모든 의견들은 이 질문에 대한 가능한 답이 될 수 있다. 그리고 단언컨대, 체호프 자신에게도 그에 대한 정답은 없다. 끝없는 사색을 생성해내는 이 검은 방을 만들어놓은 데까지가 작가의 할 일이었다.

슬픔

내 슬픔 누구에게 호소하리?……

저녁 어스름. 촉촉한 함박눈이 이제 막 밝혀진 가로등 주위를 게으르게 맴돌다가, 얇고 포근한 너울이 되어 지붕 위에, 말 잔등 위에, 어깨 위에, 털모자 위에 쌓이고 있다. 마부 이오나 뽀따뽀프는 마치 유령처럼 온통 하얀색으로 덮여 있다. 그는 살아 있는 육체가 할 수 있는 최대한으로 몸을 웅크리고서 마부석 위에 앉아 꼼작도 안한다. 설령 눈더미가 덮친다 해도 그는 그 눈을 털어낼 필요를 못 느낄 것 같다……그의 말 또한 하얗게 덮인 채 움직임이 없다. 꼼작 않고 있는 모습이며 각이 진 형상, 거기다 막대기처럼 뻣뻣한 다리 때문에 말은 가까이에서 보더라도 마치 말 모양으로 찍어낸 일전짜리 당밀과자 같았다. 말은 아무리 보아도 깊은 생각에 빠져 있는 것 같았다. 난데없이 쟁기에서 풀려나 익숙한 잿빛 시골 풍경에서 분리되어 괴기스러운 불빛과 그칠 줄 모르는 소음과 이리저리 달려가는 사람들로 가득 찬 이 아수라장에 팽개쳐졌으니, 생각을 안하려야 안할 수 없을 게다……

이오나와 그의 말이 한자리에서 꼼짝 않고 있은 지는 벌써 오래되었다. 점심 전에 일찌감치 숙소에서 나왔는데 아직 마수걸이도 못한 상태다. 그런데 시내에는 지금 저녁 어둠이 깔리고 있다. 창백하던 가로

등 불빛은 차츰 선명한 빛깔로 바뀌어가고, 거리의 소음은 점점 심해져간다.

"마부, 브이보르스까야 거리로!" 이오나에게 목소리가 들린다. "마부!"

이오나는 부르르 몸을 떨고 눈이 달라붙은 속눈썹 너머로 두건이 달린 외투를 입은 군인을 본다.

"브이보르스까야 거리!" 군인이 다시 말한다. "뭐야, 자는 거야? 브이보르스까야 거리로 가자고!"

알았다는 표시로 이오나가 고삐를 당기자, 그 바람에 말 잔등과 이오나의 어깨에서 눈더미가 우수수 떨어진다…… 군인은 썰매에 앉는다. 마부는 쩟쩟 혀를 차고는 백조처럼 목을 길게 빼면서 몸을 일으킨다. 그리고 꼭 필요해서라기보다는 습관적으로 채찍을 휘두른다. 말 또한 목을 빼더니 자신의 막대기 같은 다리를 구부리고 망설이듯 자리에서 천천히 걸음을 옮긴다……

"어디로 가는 거야, 이 산적 놈아!" 이제 막 시작인데, 앞뒤로 움직이는 시커먼 군중으로부터 벌써 고함소리가 들린다. "어디로 가? 젠장! 오른쪽으로 가야지!"

"너 말 몰 줄 모르나! 오른쪽으로 가라고!" 군인이 화를 낸다.

사륜마차의 마부가 욕설을 퍼붓는다. 급히 길을 건너려다가 말 주둥이에 어깨를 부딪힌 행인이 소매에서 눈을 털어내며 험상궂게 노려본다. 이오나는 바늘방석 위에라도 앉은 듯 마부석 위에서 허둥거리며 팔꿈치를 이리저리 내두르는가 하면, 마치 자기가 어디 있는지 왜 여기 있는지 모르는 광인처럼 이리저리 눈을 굴린다.

"하나같이 더러운 놈들이야!" 군인이 비아냥거린다. "마차에 부딪히거나 말밑에 깔릴 기회만 노리는 거야. 다 짜고서 하는 수작들이지."

이오나는 승객 쪽을 돌아보며 입술을 움찔거린다…… 그는 아마도 뭔가를 말하고 싶어하는 것 같은데, 목에서는 쉭쉭거리는 소리밖에 나오지 않는다.

"뭐?" 군인이 묻는다.

이오나는 미소를 지으려 입술을 비틀어올리고는, 목을 쥐어짜서 쉰 소리를 낸다.

"나리, 제 아들이 말입니다…… 이번주에 죽었네요."

"흠!…… 어쩌다 죽었는데?"

이오나는 승객 쪽으로 몸을 있는 대로 돌리고서 말한다.

"그걸 누가 안답니까! 아마 열병이겠지요…… 사흘을 병원에 누워 있다가 그만 갔어요…… 주님의 뜻이지요."

"비켜, 이 마귀야!" 어둠속에서 목소리가 들린다. "뭘 꾸물거리냐, 이 늙은 개새끼야? 눈 똑바로 뜨고 다녀!"

"자, 좀 달리자, 달려……," 승객이 말한다. "이래 가지고는 내일까지도 못 가겠네. 더 몰아보라고!"

마부는 다시 목을 길게 빼면서 몸을 일으키고, 느릿한 원호를 그리며 채찍을 휘두른다. 그는 그후에도 몇번인가 승객을 돌아보지만, 승객은 눈을 감은 채 이야기를 들어줄 기색이 아니었다. 승객을 브이보르스까야 거리에 내려준 뒤, 마부는 선술집 앞에 마차를 세우고 마부석 위에 앉아 몸을 웅크린다. 그리고 다시 움직임을 멈춘다…… 축축한 눈은 다시 그와 말을 하얗게 색칠한다. 한 시간, 두 시간이 지나고……

인도 위로 세 명의 젊은이들이 저벅저벅 요란스러운 덧신 소리와 함께 서로 욕을 해대며 지나가고 있다. 그중 두 명은 키가 크고 말랐으며, 나머지 한명은 키가 작고 등이 곱아 있었다.

"마부, 뽈리쩨이스끼 다리!" 꼽추가 질그릇 깨지는 소리로 외쳤다.

"세 사람에 20꼬뻬이까!"

이오나는 고삐를 당기며 쩟쩟 혀를 찬다. 20꼬뻬이까는 터무니없는 가격이지만 그에겐 상관이 없다…… 루블이든 5꼬뻬이까든 지금은 마찬가지다. 그저 승객만 있으면 되니까…… 젊은이들은 서로 떠밀고 쌍욕을 해대면서 썰매 있는 쪽으로 다가오더니 세 명이 한꺼번에 좌석으로 기어오른다. 결정지어야 할 문제가 생겼다. 자리는 두 개인데 누가 앉고 누가 설 것인가? 한참 동안을 서로 욕하고 따지며 법석을 떨던 그들은 가장 작은 꼽추가 서서 가야 한다는 결론에 도달한다.

"자, 달려!" 꼽추가 자리를 잡고서 이오나의 뒤통수에다 입김을 불어대며 질그릇 깨지는 소리를 낸다. "갈겨라! 이 친구, 털모자 하고는! 뻬쩨르부르그에서 이것보다 더 형편없는 모자는 없겠다……"

"흐흐…… 흐흐……" 이오나는 웃는다. "그렇네요……"

"그렇기는 잘도 그렇겠다. 달려! 계속 이런 식으로 갈 거야? 엉? 머리통을 한대 갈겨줄까?……"

"머리가 깨지네……" 키다리 중 하나가 말한다. "어제 두끄마쏘프네 집에서 나하고 바씨까 둘이 꼬냑을 네 병 마셨거든."

"이해가 안 간다니까, 뭐 하러 거짓말을 하는지!" 다른 키다리가 화를 낸다. "돼지처럼 주절대기는."

"거짓말이면 내가 천벌을 받는다. 정말이야……"

"그게 정말이면 우리집 벼룩이 기침을 하는 것도 정말이지."

"흐흐!" 이오나가 히죽거리며 웃는다. "재미있는 분들이시네!"

"쳇, 넌 또 뭐냐!……" 꼽추가 벌컥 화를 낸다. "염병할 영감탱이야 말이나 제대로 몰아. 정말 이런 식으로 갈 거야? 채찍으로 좀 갈겨봐! 엉, 이 마귀야! 그렇지! 제대로 갈겨!"

이오나는 자기 등뒤로 꼽추의 움직임과 목소리의 떨림을 느낀다. 자

기에게 하는 욕을 듣기도 하고, 사람들을 보기도 하면서, 그의 고독감
은 조금씩 조금씩 가슴에서 사라져간다. 꼽추는 목이 메어서 나중에는
기침을 터뜨릴 때까지 다채로운 육두문자로 끊임없이 욕을 하고 있다.
키다리 두 명은 나제쥬다 뻬뜨로브나라는 여자에 대해서 이야기하고
있다. 이오나는 이들을 돌아본다. 그는 잠깐 대화가 멈춘 사이를 기다
렸다가 다시 한번 돌아보고 더듬거리며 말한다.

"이번주에 말입니다…… 저…… 제 아들이 죽었네요!"

"사람은 누구나 죽어……" 꼽추는 기침으로 더러워진 입술을 닦으
며 한숨을 쉰다. "자, 어서 달리자, 달려! 여보게들, 정말이지 이런 식
으로는 못 가겠군! 이 친구가 언제쯤 우리를 데려다줄 것 같은가?"

"자네가 뒤통수에다 가볍게 한방 먹여주지그래!"

"염병할 영감탱이야, 들었지? 머리통을 갈겨버릴 거라고!…… 이건
무슨 영구차도 아닌데, 걷는 것이랑 다를 바 없잖아!…… 내 말 들려,
이 느림보 구렁이 영감아? 아니면, 우리 말이 말 같지 않은 거야?"

이오나는 뒷통수를 맞으면서도 아픔을 느끼기보다는 오히려 그 소리
에 열중한다.

"흐흐……" 그는 웃는다. "재미있는 분들이네…… 복 받으시오!"

"어이 마부, 결혼은 했어?" 키다리가 묻는다.

"저요? 흐흐…… 재미있는 분들이네! 시방 저한테 마누라가 있긴
한데, 그건 바로 이 축축한 땅이네요…… 히히히……, 무덤 말입니
다!…… 아들놈은 죽고, 나는 살고…… 희한한 일이지 뭡니까, 저승사
자가 문을 잘못 찾았네요…… 나한테 오는 대신에 아들한테 갔네
요……"

그러면서 이오나가 자기 아들이 어떻게 죽었는지 이야기하려고 몸을
돌리는 찰나, 꼽추가 안도의 한숨을 쉬며 마침내 신의 가호로 목적지

에 도착했다고 선언한다. 20꼬뻬이까를 받고나서도 이오나는 컴컴한 현관 입구로 사라져가는 건달들의 뒷모습을 오랫동안 지켜본다. 다시금 그는 외롭다. 다시금 그에게 정적이 닥친다…… 잠시 잦아들었던 슬픔이 다시 찾아와서 더욱 거센 힘으로 그의 가슴을 찢어놓는다. 이오나의 불안한 시선은 거리의 양쪽을 지나다니는 군중들을 고통스럽게 뒤쫓는다. 이 수천명의 군중 속에서 그의 말을 들어줄 사람을 한명도 찾을 수 없단 말인가? 그러나 군중들은 이오나도, 이오나의 슬픔도 아랑곳하지 않고 바삐 걸어갈 뿐이다…… 이오나의 슬픔은 끝을 모를 만큼 거대하다. 만약에 이오나의 가슴이 찢어지고 거기서 슬픔이 터져나온다면 온 세상에 흘러넘치고 남을 것이다. 하지만 기막히게도 그것은 보이지 않는다. 이오나의 비천한 몸뚱이 속에 자리잡은 슬픔은 대낮에 불을 밝히고 보아도 보이지 않을 것이다……

이오나는 가마니를 들고 있는 청소부가 눈에 띄자 말을 걸어보기로 한다.

"여보시게, 지금 몇신가?" 그가 묻는다.

"아홉시…… 근데 여기 서서 뭐 해? 어서 가!"

이오나는 마차를 몇걸음 움직여보지만 이내 몸을 웅숭그리고 슬픔에 빠져든다…… 그는 이제 사람들에게 말해보았자 소용이 없음을 깨닫는다. 그러나 오분도 채 못돼서 그는 마치 갑작스러운 통증이라도 느낀 듯 몸을 펴고 체머리를 흔들더니 고삐를 움켜쥔다…… 마음이 급했다.

"숙소로 가자." 그는 생각한다. "숙소로!"

말은 그의 생각을 읽기라도 한 듯 속보로 달리기 시작한다. 한시간 반쯤 뒤, 이오나는 벌써 커다랗고 지저분한 뻬치까 옆에 앉아 있다. 혹은 뻬치까 위에서, 혹은 마룻바닥 위에서, 혹은 평상 위에서 사람들이 코를 골며 자고 있다. 방 안을 채운 후텁지근한 공기는 숨막힐 정도다…… 자고 있는 사람들을 보던 이오나는 몸을 긁적이며 이렇게 일찍 귀가한 것을 후회한다……

"귀리 값도 못 벌었네." 그는 생각한다. "그러니 이렇게 울적하지. 자기 할 일을 제대로 하는 사람은 자기도 배부르고 말도 배불러서, 걱정할 일이 없는 법인데……"

구석빼기 한쪽에서 젊은 마부가 일어나더니 잠에 젖은 목소리로 웅얼거리며 물통이 있는 쪽으로 몸을 뻗친다.

"물 마시려고?" 이오나가 묻는다.

"보면 모르나!"

"그러게나…… 마시라고…… 그런데, 이보게, 우리 아들이 죽었네…… 내 말 들어? 이번주에 병원에서 갔네…… 기막힌 일이지!"

이오나는 자신의 말이 어떤 효과를 불러일으킬지 기다려보지만 아무런 반응도 돌아오지 않는다. 젊은이는 머리끝까지 이불을 뒤집어쓰고 벌써 잠이 들었다. 노인은 한숨을 쉬고 몸을 긁적인다…… 젊은이가 물을 마시고 싶어했던 것처럼 그는 말이 하고 싶다. 아들이 죽은 지 벌써 일주일이 되어가는데, 그는 아직 그 누구와도 제대로 말을 해보지 못했다. 그리고 말을 하려면 제대로 뜻이 통하게 해야 하는 것이다. 가끔 사이도 둬가면서…… 아들이 어떻게 아프기 시작했고, 어떻게 괴로워했으며, 죽기 전에 무슨 말을 했고, 어떻게 죽어갔는지…… 장례식 풍경은 어땠는지 이야기해주어야 되고, 고인의 옷을 가지러 병원에 갔던 일도 이야기해야 한다. 시골에는 딸아이 아니씨야가 남겨져 있다. 물론 그 아이에 대해서도 이야기해야 한다…… 지금 그가 할 이야기가 오죽 많겠는가? 듣는 사람은 탄식도 하고, 한숨도 쉬고, 맞장구도 치고 해야 한다…… 여편네들이랑 이야기하면 더 낫다. 여편네들이 좀 어리석기는 하지만, 두 마디만 들어도 이내 곡을 할 것이다.

"가서 말을 봐야지." 이오나는 생각한다. "잠이야 언제든 잘 수 있으니까…… 원하면 얼마든지 잘 수 있잖아……"

그는 옷을 입고 자기 말이 있는 마구간으로 간다.

그는 귀리와 건초와 날씨에 대해서 생각한다…… 혼자 있을 때는 아들에 대해서 생각할 수가 없다…… 누군가와 이야기할 때에는 아들 생각을 할 수 있지만, 혼자서 생각하거나 아들 모습을 떠올리는 것은 견딜 수 없이 두렵다……

"먹고 있니?" 이오나는 자기 말의 반짝이는 눈을 보며 묻는다. "그래, 먹어, 먹어…… 귀리는 못 벌었지만, 건초는 먹을 수 있지…… 그래…… 난 마차 몰기에는 너무 늙었어. 내가 아니라 아들이 해야 할 일인데 말이다…… 그놈이 제대로 된 마부였는데…… 그놈이 살아만 있다면……"

이오나는 잠시 침묵하다가 다시 말을 잇는다.

"그래, 이 친구야…… 이제 꾸지마 이오느이치는 없어…… 하느님이 데려가셨지…… 이렇게 허망하게 죽고 말았구나…… 시방 너한테 새끼말이 있다고 치잔 말이다, 너는 개 엄마고…… 그런데 갑자기 이 새끼말을 하느님이 데려갔다고 해봐…… 너라도 슬프지 않겠니?"

말은 건초를 씹으면서 이야기를 듣기도 하고 주인의 손 위로 숨을 내쉬기도 한다……

열중한 이오나는 말에게 모든 이야기를 들려준다……

입맞춤

5월 20일 저녁 여덟시, 야영지로 이동중이던 포병 N-예비여단 소속 여섯 중대 전체는 메스쩨치끼 마을에 머물러 하룻밤을 보냈다. 어떤 장교들은 대포를 손본다, 어떤 장교들은 숙영계의 말을 들으러 교회 울타리 옆의 공터에 갓다온다, 이러면서 한창 난리법석이 펼쳐지고 있는 가운데, 민간인 복장의 한 남자가 이상한 말을 타고 교회 뒤쪽에서 나타났다. 이 작은 암갈색 말은 잘 빠진 목에 짤막한 꼬리를 하고 있었는데, 어찌된 일인지 마치 다리에 채찍이라도 맞은 것처럼 잔 게걸음으로 깡충깡충 춤추듯 스텝을 밟고 있었다. 장교들에게 다가온 그 남자는 모자를 살짝 들어올려 인사하면서 이렇게 말했다.

"이곳 지주이신 폰 라베끄 중장 각하께서 다과라도 함께 나누시자고 장교님들을 저택으로 초대하셨습니다만……"

말은 고개를 까딱여 인사를 하더니만 다시 춤을 추기 시작하면서 게걸음으로 후진했다. 남자는 다시 한번 모자를 살짝 들어올리고는 눈 깜짝할 사이에 자신의 이상한 말과 함께 교회 뒤쪽으로 사라져버렸다.

"뭐 하자는 거야!" 몇몇 장교들이 숙소로 흩어지면서 투덜거렸다. "졸려죽겠는데 폰 라베끄인지 다과인지 무슨 상관이람! 그 다과회가 어떤 건지 다들 잘 알잖아!"

여섯 개 중대의 모든 장교들은 지난번 기동훈련 때 있었던 일을 생생하게 떠올렸다. 그때도 바로 이런 식으로 까자끄 연대 소속 장교들과 함께 어떤 퇴역군인이자 백작인 지주로부터 다과 초대를 받았던 것이다. 손님 받기를 즐기는 친절한 백작은 이들을 극진히 맞아들여 음식과 술을 마음껏 대접했으며, 장교들이 마을의 숙소로 되돌아가게 놔두지 않고 저택에서 재워주었다. 물론 이 모든 것들이 다 좋았으며, 또한 더 좋을 필요도 없었다. 다만 불행하게도 이 퇴역군인이 도에 넘치도록 젊은이들을 환대했다는 것이 문제였다. 백작은 새벽동이 틀 때까지 화려했던 자신의 과거 이야기를 장교들에게 해주었을 뿐만 아니라, 방마다 데리고 다니면서 값비싼 그림이며 오래된 동판화며 희귀한 무기들을 구경시켜주었고 고위인사들의 친필 서한을 읽어주었다. 지치고 싫증난 장교들은 이야기를 듣고 구경을 하긴 했으나, 속으로는 잠자리를 갈망하면서 소맷부리에 몰래 하품을 했다. 집주인이 이들을 놔주었을 때는 이미 잠자리에 들기에 늦은 시간이었다.

이 폰 라베끄라는 사람도 같은 부류가 아닐까? 그렇든 아니든, 달리 어쩔 도리가 없었다. 장교들은 옷을 갈아입고 장화를 닦은 다음, 떼지어 지주의 저택을 찾아나섰다. 교회 옆 공터에서 사람들이 하는 말에 따르면 지주 댁에 가는 방법은 아랫길과 윗길 두 가지가 있었다. 교회 뒤쪽에 있는 강으로 내려가서 강기슭을 따라가면 정원이 나오는데, 거기서부터 오솔길로 접어들면 지주 댁으로 이어지는 것이 아랫길이었고, 교회 앞에서 대로를 따라 곧장 달리면, 마을에서 반 베르스따 떨어진 곳에 지주 댁의 창고들이 나오는데, 그것이 윗길이라는 것이었다. 장교들은 윗길로 가기로 결정했다.

"이 폰 라베끄라는 사람은 도대체 누구지?" 장교들은 길을 가면서 추측을 했다. "뻘레브나 전투에서 N-기병사단을 지휘했던 그 사람 아니야?"

"아니, 그건 폰 라베끄가 아니라 그냥 '라베'야, 폰을 빼고."

"그나저나, 날씨 참 좋다!"

첫번째 지주 댁 창고 앞에서 길은 두 개로 갈렸다. 한쪽 길은 곧장 뻗어서 저녁 안개 속으로 사라져갔고, 다른 한쪽 길은 오른쪽으로 굽어져서 지주 저택으로 이어지고 있었다. 오른쪽으로 방향을 돌린 장교들은 아까보다 조용조용 말하기 시작했다…… 길 양쪽을 따라 붉은 지붕을 얹은 석조창고들이 늘어섰는데, 육중하고 험상궂은 모습이 꼭 군청소재지에 있는 병영건물을 닮아 있었다. 지주 저택의 창문 불빛이 저 앞쪽에서 빛나고 있었다.

"신사 여러분, 좋은 징조입니다!" 장교들 중 한사람이 말했다. "우리 부대 사냥개가 행렬을 앞지르고 있네요. 냄새를 맡았다는 이야기죠. 먹이가 있겠네요!……"

행렬을 앞질러간 로브이뜨꼬 중위는 키가 크고 건장했지만 수염이 전혀 없는 친구로서(스물다섯은 족히 넘었을 것 같은데, 어쩐 일인지 이 친구의 둥글고 통통한 얼굴 위에는 아직 풀 한포기도 보이지 않았다), 먼 거리에서도 여자들의 존재 여부를 알아맞힐 수 있는 후각과 능력으로 전 여단에서 명성이 자자했다. 그런 그가 돌아와서 말했다.

"여기에는 틀림없이 여자들이 있어. 나는 본능으로 안다고."

사복 차림의 폰 라베끄는 몸소 저택 입구에 나와 장교들을 맞아들였다. 예순쯤 되어 보이는 단아한 노인이었다. 그는 손님들과 악수를 나누며 매우 반갑고 기쁘다고 했지만, 유감스럽게도 장교분들께 자고 가시라고는 할 수 없어서 죄송하다는 뜻을 확고한 어조로 말했다. 두 누이가 아이들을 데리고 찾아온데다가 형제들과 이웃들까지 와 있어서 빈방이 하나도 남지 않았다는 것이었다.

장군은 우리 모두와 악수를 나누며 사과를 구하고 미소도 지었지만, 그의 태도가 작년에 우리를 반겼던 그 백작의 경우와는 영 거리가 멀다는 것, 그리고 장교들을 초대한 것은 단지 그렇게 하는 것이 예의에 맞기 때문이라고 생각한다는 것을 얼굴 표정에서 금방 알 수 있었다. 폭신한 계단을 오르며 장군의 이야기를 듣는 장교들 자신 또한, 자신들이 이 집에 초대 받은 이유는 단지 그렇게 하지 않으면 주인이 난처해질 수 있기 때문이라는 사실을 느끼고 있었다. 대문이다, 현관이다, 등불을 밝히러 분주하게 오르락내리락하는 하인들의 모습에서도, 자신들이 이 집의 평정을 깨뜨리고 소동을 몰고 왔다는 느낌은 분명해 보였다. 아마도 집안의 어떤 축일이나 행사 때문에 모여 있을 두 누이와 아이들 그리고 형제들과 이웃들에게, 열아홉 명이나 되는 낯선 장교들의 존재가 편하게 느껴질 리 있겠는가?

홀로 통하는 위층 입구에서 손님들을 맞은 것은, 검은 눈썹과 갸름한 얼굴이 외제니 황후를 닮은 늘씬한 몸매의 노부인이었다. 그녀는 상냥하면서도 위엄있는 미소를 지으며, 손님들을 맞게 되어 반갑고 기쁘다, 다만 오늘은 피치 못할 사정으로 장교님들에게 잠자리를 제공할 수 없게 되어 저나 남편이나 죄송하게 생각한다고 말했다. 이런저런 일로 손님들에게서 고개를 돌릴 때마다 그녀의 아름답고 위엄있는 미소가 순식간에 사라져버리는 것으로 미루어 짐작건대, 그녀는 이제껏 허다한 '장교님'들을 보아왔으며 지금 그들에게 아무런 관심도 없다는 것이 분명했다. 그녀가 그들을 집으로 초대하고 지금 사과를 구하는 것은 단지 그녀가 받은 교육과 사교계의 체면이 시키는 일일 따름이었다.

장교들이 커다란 식당으로 들어가보니, 나이 지긋한 신사숙녀들과 젊은이들 십여명이 긴 식탁의 한쪽 끝에 앉아 차를 마시고 있었다. 이

들이 앉은 의자 뒤로는 엷은 씨가 연기에 둘러싸인 남자들의 무리가 어슴푸레하게 보였다. 그들 가운데 붉은 구레나룻을 기른 깡마른 청년이 일어서서 큰 소리로 무엇인가를 영어로, 그것도 혀짤배기 발음으로 떠들고 있었다. 그 남자들 너머 문틈 사이로 푸른색 가구들이 놓인 밝은 방이 보였다.

"신사 여러분, 너무 많은 분들이 오셔서 일일이 소개하기는 불가능할 것 같네요!"

장군은 꽤나 즐거운 듯이 보이려 애쓰며 큰 소리로 말했다. "각자 편하게 인사들 나누세요!"

어떤 장교들은 너무 심각해서 엄해 보일 정도의 표정을 짓고 있는가 하면, 어떤 장교들은 억지로 미소를 짓기도 했지만, 이들 모두는 너나 할 것 없이 매우 어색한 느낌으로 어영부영 인사를 하며 자리에 앉았다.

누구보다도 어색해하는 것은 이등대위 랴보비치였다. 그는 작은 키에 등은 구부정했으며, 살쾡이처럼 뻗친 구레나룻을 하고 있는 안경잡이 장교였다. 한편에서 그의 동료들이 심각한 표정을 짓거나 억지 미소를 짓고 있는 동안, 랴보비치의 얼굴과 살쾡이 같은 수염과 안경은 마치 이렇게 말하고 있는 것 같았다. "나는 우리 연대에서 가장 소심하고, 가장 볼품없고, 가장 눈에 띄지 않는 장교랍니다!" 식당으로 들어가서 식탁 앞에 앉는 동안, 그는 어느 한사람의 얼굴에도, 어느 한가지 대상에도 주의를 집중할 수가 없었다. 얼굴들, 부인들의 의상, 꼬냑이 들어 있는 크리스털 술병, 찻잔들로부터 모락모락 피어오르는 김, 석고 벽장식——이 모든 것들이 하나의 거대한 이미지로 합쳐져서 어떤 두려움을 불러일으키는 바람에 랴보비치는 어디엔가 머리라도 처박고 숨고 싶은 심정이었다. 그는 마치 청중 앞에 처음 나서는 연사처럼 눈앞에 있는 모든 것을 볼 수 있었지만, 어쩐 일인지 그 보이는 것들을 잘 이해할 수가 없었다(보면서도 이해하지 못하는 이런 상태를 생리학자들은 '심리적인 실명'이라고 부른다). 얼마간 시간이 흐른 뒤 정신이 돌아온 랴보비치는 분별력을 갖고 주위를 관찰하기 시작했다. 소심하고 사교성없는 사람들이 으레 그렇듯, 무엇보다도 먼저 그의 눈에 띈 것은 자신에게 항상 부족한 점이었는데, 그것은 바로 새로 알게 된 이 사람들의 남다른 대담함이었다. 폰 라베끄와 그의 아내, 두 명의 중년 부인, 연보랏빛 드레스 차림의 아가씨, 그리고 나중에 라베끄의 막내 아들로 밝혀진 붉은 구레나룻의 청년——이들은 마치 리허설이라도 미리 해둔 것 마냥 아주 교묘하게 장교들 사이로 자리를 잡더니, 그 즉시로 다른 손님들이 끼어들지 않고는 배길 수 없는 열띤 논쟁을 지펴놓는 것이었다. 연보랏빛의 아가씨는 포병이 기병이나 보병보다 훨씬 편하게 생활한다는 것을 열을 올려 증명하기 시작했고, 라베끄와 중년부인들은 그 반대쪽을 주장하고 있었다. 십자포화 같은 열띤 공방이 시작되었다. 랴보비치는 연보랏빛의 아가씨가 자신과는 거리가 먼데다 별 관심도 없는 주제에 관해 잔뜩 열을 내며 논쟁하는 모습을 바라보고 있었다. 마음에 없는 미소가 그녀의 얼굴에 잠깐 떠올랐다 사라지는 것이 보였다.

폰 라베끄와 그의 식구들은 장교들을 논쟁 속으로 능숙하게 끌어들이면서도, 한편으로는 손님들의 잔과 입을 주도면밀하게 살피면서, 모두가 술을 마시고 있는지, 디저트는 다 돌아갔는지, 누구누구는 왜 비스킷을 안 먹거나 꼬냑을 안 마시는지 확인하고 있었다. 랴보비치는 보면 볼수록, 들으면 들을수록, 마음에 없는 짓을 하고 있긴 하지만, 그래도 기막히게 훈련이 잘된 이 가족이 좋아졌다.

다과 시간이 끝난 뒤에 장교들은 홀로 들어갔다. 로브이뜨꼬 중위의 후각은 거짓말을 하지 않았다. 홀은 아가씨들과 젊은 부인들로 한가득

이었으니 말이다. 사냥개 중위는 벌써 까만 드레스를 입은 한참 어린 금발 아가씨 옆에 서서, 마치 장검이라도 뒤에 짚은 듯 당당한 몸짓으로 허리를 젖히고는, 만면에 미소를 띠우며 교태스럽게 어깨를 움찔거리고 있었다. 그가 매우 따분한 헛소리를 했을 것이 분명했는데, 왜냐하면 금발 아가씨가 어쩔 수 없으니 참아준다는 표정으로 그의 통통한 얼굴을 바라보면서, 이따금 심드렁하게 "그래요?"라고 묻고 있었기 때문이다. 영리한 사냥개라면 이 맥빠진 "그래요?"라는 한마디만으로도 달려들 먹이가 아니라는 사실을 눈치챘을 것이다.

피아노가 울리기 시작했다. 홀에서 울리는 쓸쓸한 왈츠 곡조는 활짝 열린 창밖으로 날아갔고, 사람들 모두가 문득 창밖에는 지금 봄이라는 것을, 오월의 저녁이라는 것을 상기했다. 사람들 모두가 공기 속을 감도는 어린 포플러잎의 향기와 장미 향기와 라일락 향기를 느꼈다. 음악과 꼬냑으로 들뜬 랴보비치는 창문을 흘낏 보고는 미소를 지으며 여인들의 움직임을 눈으로 좇았다. 그에게는 이미 장미와 포플러와 라일락의 향기가 정원이 아니라 여인들의 얼굴과 옷에서 배어나는 것처럼 보였다.

라베끄의 아들이 어떤 말라깽이 아가씨에게 춤을 청해서 그녀와 두 바퀴를 돌았다. 로브이뜨꼬는 마룻바닥을 미끄러지듯 가로질러 연보랏빛 아가씨에게 달려가더니 그녀와 함께 홀을 누비기 시작했다. 무도회가 시작된 것이다…… 랴보비치는 춤을 추지 않는 사람들이 모여 있는 문가에 서서 사람들을 관찰했다. 그는 일생 동안 한번도 춤을 춘 적이 없었으며, 여염집 여인의 허리를 안아본 적 또한 없었다. 사람들이 모두 보는 앞에서, 모르는 여자의 허리를 남자가 손으로 감고 자기 어깨 위에 그녀의 손을 올려놓게 한다는 것은 너무나 멋져 보였다. 하지만 자신을 그 남자의 자리에 세워놓는 상상은 도저히 할 수가 없었다. 한때는 동료들의 용기와 민첩함을 부러워하며 마음속으로 괴로워했던 적도 있었다. 자신이 소심하며, 등이 구부정하고, 평범하며, 긴 허리에 살쾡이 수염을 하고 있다는 자각은 그에게 깊은 좌절감을 안겨다주었다. 하지만 세월이 지나면서 그런 생각에도 익숙해져서, 이제는 춤을 추거나 큰 소리로 떠드는 사람을 보더라도 더이상 부러워하지 않고 그저 서글픈 마음을 달랠 뿐이었다.

카드리유가 시작되었을 때, 젊은 폰 라베끄가 춤을 추지 않는 무리 쪽으로 와서 두 명의 장교에게 당구 게임을 청했다. 장교들은 제의를 받아들여서 그와 함께 홀을 나갔다. 달리 할 일이 없었던 랴보비치는 사람들이 움직이는 데 같이 끼어 있기라도 하자는 생각으로 그들 뒤를 어슬렁어슬렁 쫓아갔다. 홀에서 나온 그들은 응접실을 지나서 유리로 만들어진 좁은 복도를 지났고, 거기서 다시 어떤 방으로 들어갔다. 하인 복장을 하고 있는 세 남자들이 소파 위에서 졸고 있다가 그들이 들어온 것을 보고 기겁하여 튀어 일어났다. 별별 방들을 다 통과하고 나서, 마침내 젊은 폰 라베끄와 장교들은 당구대가 놓인 작은 방에 들어섰다. 게임이 시작됐다.

카드놀이 외에 잡기라곤 해본 적이 없는 랴보비치가 당구대 옆에 서서 무심히 선수들을 바라보고 있는 동안, 선수들은 겉옷 단추를 풀어젖히고 손에는 큐를 들고서 이리저리 돌아다니며 농을 주고받는가 하면, 알아듣지 못할 당구 용어를 외치곤 했다. 선수들은 그의 존재를 의식하지 못하다가, 이따금 누군가가 팔꿈치로 그를 건드린다거나 잘못해서 큐로 찌른다거나 하는 일이 생기면 그제야 뒤를 돌아보고 "빠르동(Pardon, "실례"라는 뜻의 프랑스어―옮긴이)" 하고 사과했다. 첫번째 게임이 채 끝나지도 않았지만 그는 이미 지루해졌고, 자신이 불필요한 존재일 뿐만 아니라 방해가 되고 있다는 생각이 들었다…… 홀로 돌아가는 것이 낫겠다 싶어 그는 방을 나왔다.

돌아가는 도중에 그는 작은 사건을 하나 겪게 되었다. 반쯤 왔을 무렵, 자기가 길을 잘못 들었다는 사실을 깨달은 것이다. 그가 분명히 기억하는 대로라면 가는 도중에 졸고 있는 세 명의 하인들을 만나야 했지만, 대여섯 개의 방을 지나왔는데도 이들은 마치 땅속으로 꺼져버리기라도 한 듯 보이질 않았다. 자신의 실수를 깨달은 그가 오던 길을 조금 되돌아가서 오른쪽 길로 접어들자, 이번에는 당구장으로 갈 때 보지 못했던 어둑한 서재가 나왔다. 그는 여기서 삼십초 정도 가만히 서 있다가 첫번째로 눈에 들어온 방문을 딱히 확신도 없이 열고 완전히 깜깜한 방으로 들어갔다. 바로 앞 쪽에 있는 문틈으로 선명한 빛줄기가 새어나오고 있었고, 방문 너머로 쓸쓸한 마주르카 곡조가 어렴풋이 들려왔다. 홀에서처럼 이 방도 창문이 활짝 열려 있어서 포플러와 라일락과 장미의 향기가 풍겨왔다……

랴보비치는 잠시 머뭇거리며 서 있었다…… 바로 그때, 난데없이 잰 발걸음소리와 치마 스치는 소리가 들리더니 어떤 여인의 숨가쁜 음성이 이렇게 속삭였다. "아, 마침내!" 보드랍고 향기로운, 의심할 바 없는 여인의 손이 그의 볼을 감쌌다. 따뜻한 볼이 그의 볼에 포개지면서 동시에 입맞춤 소리가 났다. 그러나 입을 맞춘 여인은 곧바로 가벼운 외마디 소리를 질렀고——랴보비치의 생각으로는——혐오감 때문에 뒤로 화들짝 물러섰다. 그 또한 거의 비명을 지를 뻔하다가, 빛이 새나오는 문틈 쪽으로 달려갔다……

홀로 돌아왔을 때는 가슴이 두근거리고 눈에 띌 정도로 손이 떨려서, 그는 황급히 등뒤로 손을 감추어야 했다. 처음에 그는 어떤 여인이 자신을 껴안고 입을 맞추었다는 사실을 홀 전체가 알고 있을 것만 같아서 두렵고 창피스러웠다. 그는 몸을 잔뜩 움츠리고 걱정스럽게 주위를 둘러보았다. 홀 안의 사람들이 아까와 마찬가지로 아무 일 없이 춤추거나 떠들고 있다는 사실을 확인한 그는 이제까지 살면서 한번도 경험해보지 못한 새로운 느낌에 푹 빠져들었다. 뭔가 이상한 일이 그에게 벌어진 것이다…… 방금 전, 보드랍고 향기로운 손에 감싸였던 그의 목은 마치 기름을 바른 느낌이었다. 그 미지의 여인이 입을 맞춘 왼쪽 콧수염 근처의 볼에는, 마치 박하 향유를 한방울 떨어뜨린 것처럼, 가볍고 상쾌한 청량감이 감돌고 있었다. 그가 그 자리를 문지르면 문지를수록 청량감은 더 강하게 느껴졌으며, 그의 머리부터 발끝까지를 가득 채운 이 느낌은 점점 커져만 갔다…… 그는 갑자기 춤추고 싶었고, 말하고 싶었고, 정원을 뛰어다니고 싶었고, 큰 소리로 웃고 싶어졌다…… 그는 자신의 등이 구부정하며 평범한 인상에 살캥이 수염을 하고 있다는 것, 그리고 "생기다 만 외모"(여자들이 대화 도중에 그의 외모를 그렇게 표현하는 것을 어느날 우연히 들은 적이 있었다)라는 사실도 완전히 잊어버렸다. 라베끄 장군 부인이 그의 옆을 지나갈 때, 그가 어찌나 입이 찢어지게 상냥한 미소를 지었던지 장군 부인이 멈춰서서 의아한 눈길로 그를 쳐다보았을 정도였다.

"장군님 댁이 너무나 마음에 드네요!……" 그는 이렇게 말하고 안경을 고쳐썼다.

장군 부인은 미소를 짓더니, 이 집은 아직 그녀 아버지의 소유라고 말해주었다. 그러고 나서 그녀는 그의 부모가 살아계시는지, 군복무한 지는 얼마나 됐는지, 왜 그렇게 몸이 말랐는지 등을 물어왔다…… 질문에 대한 대답을 들은 그녀는 가던 걸음을 다시 옮겼다. 그녀와 대화를 나누고 나서 그는 더욱 상냥한 미소를 지으며 세상에서 가장 멋진 사람들이 자신을 둘러싸고 있다고 생각했다……

저녁식사 자리에서 랴보비치는 차린 음식을 전부 기계적으로 먹고 마시면서, 옆에서 들려오는 대화에 귀를 닫은 채, 방금 일어났던 사건을 스스로에게 설명해보려고 애썼다…… 이 사건에 신비스럽고 낭만적인 면이 있기는 하지만 설명하기는 어렵지 않았다. 아마도 어떤 아가씨나 부인이 그 캄캄한 방에서 누군가와 만날 약속을 했던 것이리라. 그리고 오랫동안 기다리던, 그래서 신경이 날카로워진 그녀는 랴보비치를 자기 애인으로 오인한 것이다. 그도 그럴 것이, 랴보비치는 그 컴컴한 방을 지나가던 도중에 잠깐 멈추어서서 머뭇거렸던 것이고, 바로 이것이 누군가를 기다리는 사람의 모습처럼 보였던 것이다……그는 자기에게 주어진 입맞춤을 그렇게 스스로에게 설명했다.

'그런데 그녀는 도대체 누굴까?' 그는 여자들의 얼굴을 둘러보며 생각했다. '그녀는 필경 젊은 여자일 거야. 늙은이들이 밀회를 할 리는 없을 테니까. 그리고 지적인 여자야, 그 치마 스치는 소리며, 향기며, 목소리로 보건대……'

그는 연보랏빛 아가씨에게 시선을 멈추었는데, 이 아가씨는 참으로 그의 마음에 들었다. 그녀는 아름다운 어깨와 팔을 가지고 있었으며 명민해 보이는 얼굴에 목소리도 훌륭했다. 랴보비치는 그녀를 바라보면서, 다른 사람이 아닌 바로 그녀가 아까의 미지의 여인이었으면 좋겠다고 생각했다…… 그런데 무슨 일인가로 그녀가 가식적인 웃음을 터뜨리며 자신의 긴 코를 찡그렸을 때, 그는 왠지 그 모습이 나이 들어 보인다고 생각했다. 그래서 이번에는 까만 드레스를 입은 금발 아가씨에게로 시선을 옮겼다. 옆얼굴이 매력적인 이 아가씨는 더 어리고, 더 소박하고, 더 진실해 보였으며, 매우 우아한 자세로 술을 마시고 있었다. 이제 랴보비치는 이 아가씨야말로 그 미지의 여인이었으면 좋겠다고 생각했다. 그러나 얼마 안 가서 그녀의 얼굴이 넙적하다는 것을 알게 된 그는 다시 그 옆의 여인에게로 시선을 옮겼다.

‘알아맞히기가 힘드네.’ 그런 생각을 하면서 그는 상상의 나래를 폈다. ‘이 연보랏빛 아가씨에게서 어깨와 팔만 취하고, 거기에 금발 아가씨의 옆얼굴을 보태고, 눈은 로브이뜨꼬 왼쪽에 앉아 있는 저 아가씨 것을 취하면 말이지, 그러면……’

그는 머릿속에서 이런 조합을 꾸며내어, 그에게 입맞춘 아가씨를 자기가 바라는 이미지대로 만들었지만, 그것은 이 자리에서는 결코 찾을 수 없는 여인이었다……

저녁식사가 끝난 뒤, 배도 부르고 술도 얼큰해진 손님들은 감사의 말을 전하며 작별인사를 나누기 시작했다. 주인 부부는 다시 한번 재워드리지 못해 죄송하다고 말했다.

“정말, 정말 반가웠습니다, 여러분!” 장군이 이번에는 진심으로 그렇게 말했다(바로 이런 이유 때문에 사람들은 손님을 맞을 때보다 배웅할 때 더 진실해지는 것 같다). “정말 반가웠어요! 부대로 복귀하시는 길에도 들러주세요! 부담 갖지 마시고! 어디로 가시려고? 윗길로 가시는 겁니까? 아니에요, 정원을 지나서 아랫길로 가세요. 이쪽이 더 가까워요.”

장교들은 정원으로 나섰다. 밝은 조명과 떠들썩한 소음 속에 있다가 나와서 보는 정원은 퍽이나 어둡고 적막했다. 그들은 아무 말 없이 쪽문까지 걸어갔다. 얼큰하게 취해서 유쾌하고 만족스러운 그들이었지만, 어둠과 정적은 그들을 잠시 생각에 잠기게 만들었다. 그들 모두가, 아마도 랴보비치와 마찬가지로, 한가지 생각을 하고 있었을 것이다. 언젠가는 그들에게도 라베끄처럼 커다란 저택과 가족과 정원을 갖게 되는 날이 찾아올까? 그래서 비록 진심은 담기지 않았을지언정, 사람들을 상냥하게 대접하고 배불리 먹고 마시게 해주고 만족스럽게 해줄 수 있는 날이 찾아올까?

쪽문을 나선 그 즉시로 그들 모두는 떠들기 시작했고, 별 이유도 없이 큰 소리로 웃음을 터뜨렸다. 벌써 그들은 아래쪽 강으로 이어지는 오솔길을 따라 걷고 있었다. 오솔길은 바로 강가를 따라 이어지면서, 강가에 자란 수풀과 웅덩이, 물위에 드리운 버드나무들을 굽어 돌며 뻗어 있었다. 강둑과 오솔길은 어렴풋이 보일 뿐이었고, 건너편 강둑은 아예 어둠속에 잠겨 있었다. 컴컴한 수면 위로 별들이 떠 있었다. 별빛이 떨리기도 하고 부서져 흩어지기도 해서, 그 모습을 보고서야 강물이 빠르게 흐르고 있다는 것을 짐작할 뿐이었다. 고요했다. 건너편 강둑에서는 졸린 도요새가 꿍얼거리고 있었고, 이쪽 강둑의 수풀 어딘가에서는 꾀꼬리 한마리가 장교들 일행을 아랑곳하지 않고 시끄럽게 노래부르고 있었다. 장교들이 수풀 옆에 멈춰서서 꾀꼬리를 살짝 건드려보았는데도 꾀꼬리는 노래를 계속했다.

"이거 봐라?" 일행들이 감탄하는 소리가 들렸다. "우리가 옆에 있는데 신경도 안 쓰네! 뻔뻔한 자식!"

다 와갈 무렵에 오솔길은 오르막길이 되더니 교회 울타리 옆에서 큰길로 이어졌다. 산길을 걷느라 피곤해진 장교들은 여기서 잠시 앉아 담배를 피웠다. 건너편 강가에 빨갛고 희미한 불빛이 보였는데, 달리할 일도 없었던 장교들은 그 불빛이 모닥불이네, 창문 불빛이네 하면서 한참 동안 시간을 죽였다. 랴보비치도 그 불빛을 보았지만, 그에게는 이 불빛이 입맞춤 사건을 알고 있다는 듯 미소를 지으며 윙크하는 것처럼 보였다.

숙소에 돌아온 랴보비치는 서둘러 옷을 벗고 자리에 누웠다. 이 농가에는 그 말고도 로브이뜨꼬와 메르즐랴꼬프 중위가 묵고 있었다. 메르즐랴꼬프 중위는 과묵하고 왜소했지만 또래들 사이에서는 교양있는 장교로 알려져 있었는데, 『유럽 통보』를 항상 몸에 지니고 다니면서 틈만 나면 어디서나 그걸 읽는 친구였다. 로브이뜨꼬는 옷을 벗고 나서도 오랫동안 성이 안 차는 표정으로 방 안을 서성거리다가 당번병에게 맥주 심부름을 시켰다. 메르즐랴꼬프는 머리맡에 촛불을 갖다놓고 자리에 누워 『유럽 통보』에 빠져들었다.

'그녀는 도대체 누굴까?' 랴보비치는 연기에 그을린 천장을 바라보며 생각했다.

목은 아직까지도 기름을 바른 느낌이었고 입 주변에도 박하 향유를 떨어뜨린 것 같은 청량감이 남아 있었다. 그의 공상 속에서 연보랏빛 아가씨의 어깨와 팔이, 금발 아가씨의 옆얼굴과 진정 어린 눈빛이, 그리고 까만 드레스 아가씨의 허리와 눈썹이 어른거렸다. 랴보비치는 그 형상들을 찬찬히 바라보려 애썼지만, 형상들은 튀어오르기도 하고, 흩어져버리기도 하고, 다시 나타나는가 하면 또 사라지곤 했다. 넓고 검은 배경 —사람들이 눈을 감았을 때 보이는— 위에서 이 형상들이 완전히 사라지고 나자, 이제는 잰 발소리와 치마 스치는 소리와 입맞춤 소리가 들리기 시작했다. 그러면서 원인을 알 수 없는 강렬한 희열이 그를 사로잡았다…… 그가 이 희열에 마음을 빼앗기고 있는 동안, 당번병이 돌아와서 맥주가 없다고 보고하는 소리가 들렸다. 로브이뜨꼬는 분통을 터뜨리며 다시 방 안을 서성거리기 시작했다.

"뭐 이런 바보가 다 있나?" 그는 랴보비치 앞에서 걸음을 멈추기도 하고, 메르즐랴꼬프 앞에서 멈추기도 하면서 말했다. "얼마나 멍청하기에 맥주 하나 못 찾아낸단 말이야! 엉! 그놈이 사기친 거 아니야?"

"당연히 여기서는 맥주를 찾을 수 없지." 메르즐랴꼬프는 『유럽 통보』에서 눈을 떼지 않은 채 말했다.

"그래? 그렇게 생각하신단 말이지?" 로브이뜨꼬는 고집을 꺾지 않았다. "이거 보세요, 나를 달나라에 내팽개쳐도, 나는 거기서 당장 맥

주와 여자를 찾아낼 수 있다고! 지금 나가서 찾아올 테니까…… 못 찾
으면 날 사기꾼이라고 불러도 좋아.”

그는 한참을 걸려 옷을 입고 장화를 신고서, 말없이 담배를 한대 피
우고는 밖으로 나섰다.

“라베끄, 그라베끄, 르아베끄.” 그는 문가에서 걸음을 멈추며 중얼거
렸다.

“젠장, 혼자서 가긴 싫은데. 랴보비치, 같이 산책이나 하는 게 어때
요? 네?”

대답이 없자 그는 되돌아와서 천천히 옷을 벗고 자리에 누웠다. 메르
즐랴꼬프는 한숨을 쉬더니 『유럽 통보』를 한쪽으로 밀어두고 촛불을
껐다.

“음, 그래, 뭐……” 로브이뜨꼬가 어둠속에서 담배를 피우며 중얼거
렸다.

랴보비치는 머리끝까지 이불을 뒤집어쓰고 몸을 웅크린 채, 상상 속
에서 명멸하는 형상들을 모아서 하나의 전체적인 모습으로 합쳐보기
시작했다. 하지만 아무리 해도 잘되지 않았다. 얼마 못 가서 그는 잠이
들었는데, 잠들기 직전 마지막으로 그에게 떠오른 생각은 누군가 그를
어루만져주고 기쁘게 해주었다는 것, 그의 인생에 무언가 이상하고 황
당하지만 굉장히 멋지고 즐거운 일이 벌어졌다는 것이었다. 이 생각은
꿈속에서도 그를 떠나지 않았다.

다음날 깨어났을 때, 목의 촉촉한 느낌이나 입술 주위의 박하 같은
청량감은 이미 없었으나, 희열은 어제와 마찬가지로 가슴속에서 일렁
거리고 있었다. 그는 황홀감 속에서 떠오르는 햇살에 반사되어 황금빛
으로 빛나는 창틀을 바라보았고, 밖에서 사람들이 움직이는 소리들을
들었다. 창문 바로 밖에서 누군가 큰 소리로 떠들고 있었다. 지금 막

여단 일행을 따라잡은 랴보비치 소속 중대의 중대장 레베제쯔끼였다. 조용히 말하는 습관이 붙어 있지 않은 그는 우렁찬 목소리로 중대 상사와 대화하고 있었다.

"그리고 또 뭔가?" 중대장이 소리쳤다.

"네 중대장님, 어제 편자를 갈다가 '골루브치끄'의 발굽에 상처가 났습니다. 군의관님이 식초를 섞은 진흙을 발라주었습니다. 지금 대열 밖으로 이동시키는 중입니다. 그리고 중대장님, 어제 공병 아르쩨미예프가 과음을 해서 중위님이 그자를 예비 포차 선두에 태우라고 명령하셨습니다."

상사는 이어서, 까르뽀프가 나팔에 달 새 끈과 천막의 말뚝 챙기는 걸 잊어버렸으며, 어젯밤 장교님들이 폰 라베끄 장군 댁에 초대를 받아서 갔다오셨다는 등의 보고를 했다. 대화 도중에 창문으로 붉은 수염이 난 레베제쯔끼의 얼굴이 보였다. 그는 근시안인 눈을 찡그리고 잠이 덜 깬 장교들의 행색을 바라보며 안부를 물었다.

"다들 이상없나?" 그가 물었다.

"선두마 한마리가 목을 다쳤습니다." 로브이뜨꼬가 하품을 하며 대답했다. "새로 얹은 멍에 때문에요."

중대장은 한숨을 쉬고 잠시 생각해보더니 우렁찬 목소리로 말했다.

"나는 알렉산드라 예브그라포브나에게 한번 더 갔다 와야 할 것 같네. 인사를 해야 하거든. 그럼, 잘 가게. 저녁에 합류하겠네."

십오분 후, 여단은 행군을 시작했다. 부대가 장군 댁 창고들 옆의 길을 따라 이동하고 있을 때, 랴보비치는 오른쪽에 있는 저택을 바라보았다. 창문들에는 발이 드리워져 있었다. 집안 사람들은 아직도 자고 있는 것이 분명했다. 어제 랴보비치에게 입을 맞춘 그 여인도 자고 있을 터였다. 랴보비치는 그녀가 자고 있는 모습을 떠올려보고 싶어졌다. 활짝 열린 침실 창문, 창문 너머를 기웃거리는 초록색 나뭇가지들, 아침의 신선한 공기, 포플러와 라일락과 장미의 향기, 그리고 침대와 의자, 어제 사각거리던 드레스가 놓인 의자, 작은 슬리퍼, 테이블 위의 작은 시계—이 모든 것들을 그는 또렷하게 그려볼 수 있었지만, 정작 얼굴 모양이며 잠결의 귀여운 미소 같은 중요하고 핵심적인 것들은 수은이 손가락 사이로 새어나가듯 그의 공상 속에서 미끄러져나갔다. 반 베르스따쯤 지나서 그는 뒤를 돌아다보았다. 노란색 교회, 저택, 강과 정원 위로 햇빛이 쏟아지고 있었다. 짙은 초록색 강둑으로 둘러싸인 강은 자기 안에 푸른 하늘을 담고서 햇빛을 받아 여기저기 은빛으로 빛나고 있었다. 무척 아름다운 광경이었다. 마지막으로 메스쩨치끼 마을을 바라보던 랴보비치는 마치 어떤 굉장히 가깝고 정든 존재와 헤어지는 것처럼 슬픈 느낌이 들었다.

눈앞에 보이는 길에는 하나같이 오래전부터 익숙해진 시시한 풍경들만 펼쳐져 있었다…… 들판 좌우로는 까마귀들이 껑충거리는 어린 호밀밭과 메밀밭, 앞을 보면 먼지와 앞 사람들의 뒤통수, 뒤를 돌아보면 또 먼지와 사람들의 얼굴…… 맨 앞에는 네 사람이 군도를 들고 행진하는데, 이것이 전위대다. 그 뒤로 합창대가 따르고, 합창대 뒤로는 나팔수들이 말을 타고 간다. 전위대와 합창대는, 장례행렬에서 횃불 든 사람들이 그러하듯, 정해진 거리를 시도때도없이 무시하고 저 앞으로 한참을 가버리곤 한다. 랴보비치는 5중대의 선두 대포를 맡고 있다. 그 앞에서 가고 있는 4개 중대가 전부 보인다. 민간인들에게는 여단이 이동할 때 통상적으로 전개되는 이 길고 굼뜬 행렬이 기괴스럽고 이해하기 힘든 난리판처럼 보일 것이다. 대포 하나에 웬 병사들이 저리도 많이 달라붙어 있는지, 저렇게 많은 말들을 괴상하게 생긴 마구들로 엮어서 끌고 가야 할 만큼 대포가 정말 그다지도 무거운지를 사람들은 이해하기 힘들 것이다. 그러나 랴보비치는 이 모든 일에 훤하다. 그렇기 때문에 아무런 흥미도 못 느낀다. 그는 어째서 각 중대 선두에 장교 한명과 건장한 포병 하사관이 말을 타고 함께 가는지, 그리고 이 하사관이 왜 선두마라고 불리는지 오래전부터 익히 알고 있다. 이 하사관 뒤로는 제1기마병과 중간기마병이 가고 있는데, 이들이 타고 있는 말 중에서 왼쪽 말들은 안장마(鞍裝馬), 오른쪽 말들은 보조마라고 불린다는 사실 또한 랴보비치는 알고 있다. 따분한 이야기다. 안장마 뒤에는 두 마리의 주축마가 따른다. 어제의 먼지를 뒤집어쓰고 오른쪽 다리에는 꼴사납고 우스꽝스러운 나무판때기를 덧대놓은 기마병이 그중 한마리에 타고 있다. 랴보비치는 그 나무판때기의 용도를 잘 알고 있기에 우습다는 느낌도 없다. 기마병들은, 그들이 몇명이 되었건간에, 하나같이 가죽채찍을 기계적으로 휘두르며 이따금 소리를 질러댄다. 대포 또한 꼴불견이다. 앞쪽에는 방수포에 덮인 귀리 자루들이 놓여 있는데다가, 찻주전자며 병사들의 배낭이며 포대자루 같은 것들이 사방에 주렁주렁 매달려 있다. 이건 마치 작고 순한 짐승 한마리가 영문도 모른 채 사람과 말 들에게 둘러싸여 있는 꼴이다. 바람 불지 않는 쪽 측면에서는 여섯 명의 포수가 팔을 휘저으며 걷고 있다. 대포 뒤로는 또다시 새로운 선두마, 중간마, 주축마 들이 이어지고, 그들 뒤로 앞의 대포만큼 꼴사납고 볼품없는 다음 대포가 끌려간다. 2번 대포 뒤로 3번 대포, 4번 대포, 4번 대포 앞에 장교 한명, 뭐 이런 식이다. 1개 여단에는 6개 중대가 있고, 각 중대에는 4문의 대포가 있다. 행렬은 반 베르스따쯤 늘어지다가 보급차로 끝나게 되는데, 그 앞에는 얼굴이 몹시 잘생긴 당나귀 '마가르'가 길쭉한 대가리를 푹 숙이고 생각에 잠겨 걷고 있다. 어떤 중대장 한명이 터키에서 데려온 놈이다.

랴보비치는 앞쪽과 뒤쪽을, 뒤통수와 얼굴 들을 무심하게 바라보았다. 다른 때 같았으면 졸고 있었겠지만, 지금 그는 온통 자신의 새롭고 즐거운 공상에 빠져 있는 것이다. 여단이 행군을 막 시작했을 때만 해도 그는 이렇게 자신을 설득하려 했다. 요컨대 이 입맞춤을 둘러싼 일을 그저 작고 신비스러운 사건으로 생각한다면 흥미로울 수도 있겠으나, 근본적으로는 별날 것도 없는 일이다. 따라서 거기에 대해 진지하게 생각한다는 것은 아무리 좋게 보더라도 어리석은 짓이라는 것이다. 그러나 곧이어 그는 이런 논리를 내던져버리고 몽상에 마음을 맡겼다…… 그는 연보랏빛 아가씨나 까만 옷의 금발 소녀를 닮은 아가씨와 라베끄의 응접실에 나란히 앉아 있는 장면을 상상했다. 또는 눈을 지그시 감고 무어라 형언할 수 없는 얼굴을 하고 있는 완전히 낯선 아가씨와 함께 있는 자신을 그려보기도 했다. 그는 마음속으로 그녀에게 말을 하고, 어루만지고, 어깨에 기대본다. 그리고 또 상상한다. 전쟁이 일어나서 헤어지고, 그러다 다시 만나고, 아내가 되어 저녁을 함께 먹고, 아이들도 생기고……

"제동 걸어!" 내리막길이 나올 때마다 들리는 명령이었다.

랴보비치도 그 때마다 "제동 걸어!"라고 외쳤지만 이 소리가 그의 몽상을 깨뜨리고 그를 현실 속으로 밀어내지나 않을까 두려웠다.

어떤 지주의 영지를 통과할 때, 랴보비치는 울타리 너머로 정원을 바라보았다. 노란 모래가 뿌려지고 어린 자작나무들이 심어진, 자처럼 길고 반듯한 오솔길이 그의 눈에 들어왔다. 공상에 사로잡힌 사나이들 특유의 탐욕스러움으로 그는 노란 모랫길을 밟고 가는 여자의 작은 두 발을 떠올렸다. 그리고 정말 느닷없이, 그에게 입을 맞추었던 여인이 어제 저녁식탁에서 생각했던 그 모습으로 떠올랐다. 그 모습은 그의 뇌리에 새겨진 채 떠나질 않았다.

정오가 되었을 때, 보급차가 있는 뒤쪽에서 고함소리가 들려왔다.

"차렷! 좌로 봐! 장교들 집합!"

백마 한쌍이 끄는 마차를 탄 여단장이 지나갔다. 그는 2중대 옆에 멈추더니 도통 알아듣기 힘든 소리로 뭐라고 외쳤다. 장교들 몇명이 그쪽으로 달려갔는데, 랴보비치도 그중 한사람이었다.

"아, 그래서? 뭐?" 충혈된 눈을 깜박거리며 장군이 물었다. "환자가 있다고?"

키가 작고 깡마른 장군은 입맛을 다시며 잠시 생각을 해보더니 장교들 중 한사람을 향해 말했다.

"귀관의 3번 대포 주축마 기마병이 무릎받이를 벗어서 대포 앞에다가 걸어놓았던데. 이 망할 놈을 처벌하도록."

장군은 랴보비치 쪽으로 시선을 옮기고 이어서 말했다.

"귀관은 고삐가 너무 긴 것 같은데……"

그밖에도 시시한 지적을 몇가지 더 하던 장군은 로브이뜨꼬를 바라보고 웃음을 터뜨렸다.

"그런데 귀관은 말일세, 로브이뜨꼬 중위, 오늘 왜 그렇게 슬픈 표정을 하고 있나?" 장군이 말했다. "로뿌호바가 보고 싶은 건가? 응? 제군들, 이 친구 로뿌호바가 보고 싶은가봐!"

로뿌호바는 오래전에 마흔을 넘긴, 굉장히 키가 크고 뚱뚱한 여자였다. 키 큰 여자라면 나이를 불문하고 유달리 끌리는 장군은 자기 부하 장교들도 똑같은 기호를 가지고 있으리라고 지레 짐작했다. 장교들은 예의바르게 미소를 지었다. 나름대로 웃기고 신랄한 한마디를 날렸다는 데에 만족한 여단장은 한바탕 껄껄거리더니, 마부의 등을 건드려 출발을 알리고 경례를 했다. 마차는 다시 앞으로 나아갔다……

"내가 지금 꿈꾸고 있는 모든 것들, 지금은 나에게 불가능한 피안의 세계처럼 보이는 것들이 사실은 매우 평범한 것들인지도 몰라." 장군의 마차 뒤에서 피어오르는 먼지 구름을 바라보며 랴보비치는 생각했다. "이 모든 것들은 굉장히 평범할뿐더러, 모든 사람들이 다 겪는 일이란 말이지…… 가령, 이 장군도 한때 사랑을 했고, 지금은 결혼해서 자식들이 있지. 이 바흐쩨르 대위조차도 결혼을 해서 사랑받고 있지 않은가 말이야, 꼴사나운 시뻘건 목덜미에 허리는 보이지도 않는데…… 살마노프는 거친데다가 따따르 놈처럼 생겼지만, 이런 그에게도 로맨스가 있었고 마침내 결혼으로 결말이 났지…… 나도 다른 이들과 마찬가지야. 조금 이르거나, 조금 늦거나 하는 차이일 뿐이지, 나도 똑같은 일을 겪게 될 거야……"

자신이 평범한 인간이며 자신의 인생도 평범할 것이라는 생각은 그를 기쁘게 하고 용기를 북돋아주었다. 그는 이제 거리낌없이 그녀의 모습과 자신의 행복을 그릴 수 있었다. 그리고 자신의 공상에 대해 아무런 부끄러움도 가지지 않게 되었다……

부대는 저녁에 목적지에 도착했고, 장교들은 천막에서 휴식을 취했다. 랴보비치와 메르즐랴꼬프와 로브이뜨꼬는 트렁크를 둘러싸고 앉아서 같이 저녁을 먹었다. 메르즐랴꼬프는 서두르지 않고 음식을 느긋하게 씹으며 무릎 위에 놓인 『유럽 통보』를 읽고 있었다. 로브이뜨꼬는 쉴새없이 지껄이면서 자기 잔에 연방 맥주를 부어댔고, 하루종일 공상을 하느라 머릿속에 뿌연 안개가 가득 찬 랴보비치는 말없이 술을 마시고 있었다. 세 잔째 마시고서 얼큰해지고 긴장이 풀린 랴보비치는 자신의 새로운 느낌을 동료들과 나누고 싶은 욕망이 간절해졌다.

"그 라베끄네 집에서 좀 묘한 일이 있었어……" 그는 자신의 말투가 되도록 무심하고 냉소적으로 들리게끔 애쓰면서 그렇게 시작했다. "그러니까, 당구장엘 갔거든……"

그는 이 입맞춤 사건을 매우 자세하게 이야기하려고 했지만, 정작 일분만에 할말이 떨어졌다…… 이 일분 동안 모든 것을 이야기해버린 것이다. 이 이야기에 그처럼 짧은 시간밖에 필요가 없었다는 사실은 그를 몹시 놀라게 했다. 그 입맞춤에 관한 이야기는 아침까지라도 할 수 있을 것이라고 생각했는데 말이다. 자기가 항상 거짓말을 하기 때문에 남의 말도 믿지 않는 로브이뜨꼬는 그의 이야기를 다 듣고 나서 의심스러운 눈초리로 그를 쳐다보고는 코웃음을 쳤다. 메르즐랴꼬프는 눈썹을 찡긋 하더니, 『유럽 통보』에서 눈을 떼지 않은 채 조용히 말했다.

"그것 참 별일이군!…… 누군지 확인도 안하고 달려들더란 말이지…… 정신병자나 뭐 그런 거겠지."

"그래, 맞아, 정신나간 여자지……" 랴보비치도 동의했다.

"언젠가 나한테도 그런 일이 있었어……" 로브이뜨꼬가 눈을 둥그렇게 뜨며 말했다. "작년에 꼬브노로 가던 길이었는데…… 이등석 표를 샀거든…… 객실이 완전히 만원이라서 잠을 잘 방법이 없더란 말이지. 그래서 차장에게 5꼬뻬이까를 건네줬지. 그 친구가 내 가방을 들어서 꾸뻬(네 명 단위로 별도의 방이 있는 높은 등급의 객실—옮긴이)로 옮겨주더군…… 자리에 누워서 이불을 덮고 있는데 말이야…… 알다시피 방이 어둡잖아. 갑자기 누가 내 어깨를 건드리면서 얼굴에 입김을 불지 않겠어. 내가 이렇게 팔을 움직여보니까 누군가의 팔꿈치가 느껴지더란 말이지…… 눈을 떠보니까, 맙소사 여자가 앞에 있는 거야! 까만 눈동자에다가 입술은 싱싱한 연어처럼 빨갛지, 콧구멍은 욕정으로 벌름거리고, 가슴은 완충기처럼 팽팽하지……"

"잠깐만," 메르즐랴꼬프가 조용히 말을 잘랐다. "가슴은 그렇다 치고, 어두웠다면서 입술은 어떻게 봤나?"

로브이뜨꼬는 꼬리를 내리며 메르즐랴꼬프의 빈곤한 상상력을 비웃었다. 이 일은 랴보비치의 기분을 잡쳐놓고 말았다. 그는 트렁크 옆을 떠나서 자리에 누우며 앞으로 다시는 사람들에게 마음을 털어놓지 않겠다고 다짐했다.

야영지의 생활이 시작됐다. 어제가 오늘 같고 오늘이 내일 같은 날들이 흘러갔다. 이런 나날들 속에서도 랴보비치는 애틋한 감정을 느끼고 사색하면서 마음속 사랑을 간직하고 있었다. 매일 아침 당번병이 세숫물을 가져오면, 그는 머리에 찬물을 쏟아부으면서 자신의 삶 속에 멋지고 따뜻한 뭔가가 있다는 것을 항상 떠올렸다.

저녁이 되어 동료들이 연애와 여자에 관한 이야기를 시작하면, 그는 귀를 기울이며 그쪽으로 바짝 다가가서, 마치 자신이 참전한 전투에 관한 이야기를 들을 때 병사들의 얼굴에 으레 떠오르는 바로 그런 표정으로 그 이야기를 듣곤 했다. 술취한 상급 장교들이 사냥개 로브이뜨꼬를 괴수로 삼고 근처 부락으로 '돈 후앙'식 습격을 감행하는 저녁에는 랴보비치도 동참했다. 그러나 이런 습격 뒤에는 매번 우울한 기분이 되어서 마음속 그녀에게 깊은 죄책감을 느끼며 용서를 구하는 것이었다…… 일과중 할 일이 없는 시간이나 잠이 안 오는 밤, 어린시절이며 부모형제며 온갖 가까운 사람들이 떠오르는 그런 때에, 그는 문득 문득 메스쩨치끼 마을과 그 이상한 말을 회상하곤 했다. 그리고 라베끄와 외젠느 황후를 닮은 그의 부인, 컴컴한 방, 문틈으로 새어나오던 밝은 빛도……

8월 31일에 그는 야영지로 다시 오고 있었다. 그러나 이번에는 여단 전체가 아니라 2개 중대만 해당하는 행군이었다. 길을 가는 내내 그는 마치 고향에 가는 것처럼 기대에 부풀어 있었다. 이상한 말과 교회와 라베끄의 가식적인 가족들을, 그리고 그 캄캄한 방을 다시 한번 보고 싶은 생각에 그는 몸이 달았다. 사랑에 빠진 사람들을 곧잘 기만하는

'내면의 목소리'는 그가 어떻게든 곧 그녀를 보게 될 것이라고 속삭이고 있었다. 그러나 다른 질문들이 그를 괴롭혔다. 어떻게 그녀와 만나지? 그녀와 무슨 이야기를 하지? 그녀는 그때의 입맞춤을 잊지는 않았을까? 그는 생각했다. 설령 일이 잘 안 풀려서 그녀를 만나지 못하게 될지라도, 그 컴컴한 방을 지나가면서 그 일을 회상할 수 있다면 그것만으로도 기쁠 텐데……

저녁 무렵 지평선 위로 눈에 익은 교회와 하얀 창고 들이 보였다. 랴보비치의 심장이 박동치기 시작했다. 말을 타고 그의 옆으로 다가온 장교가 뭐라고 하는 말도 들리지 않았다. 그는 모든 것을 잊어버리고 저 멀리서 저물어가는 햇살을 받으며 빛나는 강과 저택의 지붕을, 비둘기들에게 둘러싸인 비둘기장을 탐욕스럽게 바라보았다.

교회에 도착해서 숙영계의 보고를 듣는 동안, 그는 울타리 뒤쪽에서 말 탄 남자가 나타나서 장교들을 다과에 초대하기를 이제나 저제나 하며 기다렸다…… 숙영계의 보고가 끝나고 장교들이 마을로 바삐 흩어져갈 때까지도 말 탄 사나이는 보이지 않았다.

'이제 농부들에게서 우리가 왔다는 소식을 듣게 되면 라베끄가 사람을 보내겠지.' 이런 생각을 하면서 랴보비치는 농가로 들어갔다. 동료가 촛불을 켜고 당번병이 서둘러 싸모바르(러시아에서 물을 끓이는 데 사용하는 주전자—옮긴이)를 올려놓는 모습들이 그에게는 처음 보는 장면처럼 낯설게 여겨졌다.

견디기 힘든 조바심이 그를 사로잡았다. 그는 자리에 누웠다 일어나기를 되풀이하며 창밖을 연방 내다보았다. 말 탄 남자는 언제 오지? 그러나 남자는 끝내 오지 않았다. 그는 다시 자리에 누웠다가 삼십분 만에 일어났다. 조바심을 참지 못하고 밖으로 나간 그는 교회를 향해 걸어갔다. 교회 울타리 근처의 공터는 어둡고 적막했다…… 병사들 세

명이 내리막길 바로 입구에 말없이 서 있었다. 랴보비치를 본 그들이 화들짝 놀라더니 경례를 붙였다. 그는 경례를 하고 낯익은 오솔길을 따라 아래쪽으로 걸어내려갔다.

강 건너편 하늘은 온통 자줏빛으로 물들어 있었다. 달이 떠 있었다. 아낙네 둘이서 큰 소리로 이야기를 주고받으며 밭에서 양배춧잎을 따고 있었고, 밭 저편에는 농가 몇채가 가물가물하게 보였다. 이쪽 편 강가의 모습은 오월에 보았을 때와 똑같았다. 오솔길, 수풀, 물위에 드리워진 버드나무…… 다만 대담한 꾀꼬리의 울음은 들리지 않았고 포플러 향기도 어린 풀들의 향기도 없었다.

정원에 다다른 그는 쪽문 안쪽을 들여다보았다. 정원은 어둡고 조용했다. 보이는 것은 단지 가까이 있는 자작나무의 하얀 줄기들과 오솔길뿐, 나머지는 전부 어둠속에서 한덩어리로 섞여 있었다. 랴보비치는 열심히 귀를 기울이며 뚫어져라 앞을 바라보았지만, 십오분 남짓 서 있는 동안 아무런 소리도 불빛도 없는 걸 확인하고 느릿느릿 발걸음을 돌렸다……

그는 강가로 다가갔다. 앞쪽으로 장군 댁 수영장과 다리 난간에 걸쳐진 시트가 희끄무레하게 보였다. 그는 다리에 올라서서 무심하게 시트를 만져보았다. 시트는 까슬까슬하고 차가웠다. 그는 아래 있는 강물을 바라보았다. 강은 빠르게 흐르면서 수영장 말뚝 근처에서 들릴 듯 말 듯 졸졸거리는 소리를 내고 있었다. 왼쪽 강 위로 붉은 달이 비쳐 보였다. 작은 물결이 달그림자 위를 스치며 길게 늘이기도 했다가 산산이 부수어버리기도 했다. 마치 달을 어디론가 데려가겠다는 듯……

'멍청하구나! 멍청해!' 랴보비치는 흐르는 물살을 바라보며 생각했다. '어쩌면 그리도 어리석은가!'

그가 아무것도 기다리지 않고 있는 지금, 입맞춤을 둘러싼 일들이며 조바심이며 막연한 기대며 환멸 같은 것들이 무슨 의미를 갖는지 명백해졌다. 장군 댁의 말 탄 남자가 나타나지 않은 것은 이상한 일이 아니었다. 그를 우연히 다른 남자로 오인하고 입맞춘 그 여인을 결코 만나지 못한다는 것도, 마찬가지로 이상한 일이 아니다. 오히려 그 여인을 만나게 된다면 그게 더 이상한 일일 것이다……

강물은 어디로 가는지, 왜 가는지도 모르는 채 흘러간다. 오월에도 강물은 그렇게 흘러갔다. 오월의 실개천을 흐르던 물은 큰 강으로 합쳐지고, 강에서 다시 바다로 합쳐진 다음, 증발하고 그래서 다시 비가 되어 내렸을 것이다. 어쩌면 그때의 강물이 지금 랴보비치의 눈앞에서 다시 흘러가고 있는지도 모른다…… 무엇을 위해? 왜?

랴보비치에게는 이 세상이 그리고 모든 삶이 불가해하고 목적없는 농담처럼 여겨졌다…… 강물에서 눈을 거두고 하늘을 바라본 그는, 운명이 낯선 여인의 모습으로 무심하게 그를 어루만졌던 일을, 여름날의 꿈과 이미지들을 다시 한번 떠올렸다. 그러자 자신의 삶이 그에게는 말할 수 없이 빈궁하고 초라하고 무미건조하게 느껴졌다.

그가 농가로 돌아와보니 동료들이 하나도 보이지 않았다. 당번병이 그에게 보고하기를, '폰뜨랴프낀 장군'이 말 탄 사람을 보내서 장교들을 초대했으며, 모두 그 장군 댁에 갔다는 것이었다…… 한순간 랴보비치의 가슴속에는 기쁨의 불꽃이 반짝 타올랐지만, 그는 곧바로 그 불을 껐다. 그리고 운명을 저주하며 잠자리에 누웠다. 장군 댁에 가지 않음으로써 운명의 여신에게 항거라도 하듯.

〔박현섭 옮김〕

더 읽을거리

대중적으로 널리 알려진 체호프의 작품들은 근 한세기에 걸쳐서 수다한 역자들에 의해 반복적으로 번역되어왔으며, 근년 들어서는 체호프에 관한 국내의 연구서들도 간간히 출간되기 시작했다. 「귀여운 여인」 「개를 데리고 다니는 여인」 「약혼녀」 그리고 3부작으로 불리는 「상자 속의 사나이」 「나무 딸기」 「사랑에 관하여」는 체호프 단편소설의 매력과 특성을 저마다 다른 측면에서 음미할 수 있게 해주는 주요한 작품들이다. 체호프의 4대 장막극 『갈매기』 『바냐 아저씨』 『세 자매』 『벚꽃동산』을 통해서 소설의 문제의식이 희곡 속에서 어떤 식으로 변주되고 있는가를 살펴보는 것도 흥미롭겠다.

Максим Горький

| 막심 고리끼 |

1868~1936

알렉쎄이 뻬쉬꼬프라는 본명의 고리끼는 니즈니 노브고로드에서 가난한 목공의 아들로 태어났다. 일찍 양친을 여의고 열한살부터 생활을 꾸려나가기 위해 심부름꾼, 접시닦이, 부두 노동일을 하며 가혹한 삶의 현실을 체험한다. 왕성한 지적 욕구를 독학으로 채우며 대학입학이 좌절되자 마르크스주의 사상에 눈뜨게 된다. 1892년 「마까르 추드라」를 발표하면서 등단한다. 이후 「첼까쉬」, 희곡 「밑바닥에서」, 장편소설 『어머니』를 발표하면서 명성을 얻는다. 1934년에 사회주의 리얼리즘을 표방하는 쏘비에뜨작가동맹의 의장으로 선출되며 1936년에 석연찮은 경위로 사망한다.

■　　　스물여섯과 하나 Двадцать шесть и одна

　　이 단편은 1899년 『삶』(жизнь)이라는 잡지에 처음 실렸다. 초기 창작에 해당하는 이 작품의 소
재는 고리끼가 까잔 빵공장에 일했던 시절에서 가져온 것이다. 대학입학에 실패하고 생계를 위해 중노동
을 하면서 지내던 까잔 시절은 고리끼의 창작세계가 형성되는 데에 큰 영향을 끼쳤다. 단편 「스물여섯과
하나」는 이 시절의 작품으로서 밑바닥 사회의 어두운 면과 밝은 면을 그 내부에서 파헤치고 있다.

　　햇볕도 들어오지 않는 지하실에서 새벽부터 밤늦게까지 빵을 구워내는 스물여섯 명의 인부를
묘사하면서 이야기는 시작한다. 역겨운 지하실에서의 고된 노동과 매일 똑같은 생활의 반복은 이 스물여
섯 명의 남자를 인간이 아니라 기계와 짐승 사이를 오가는 비참한 존재로 만든다. 고달프고 지루한 삶 속
에 아침마다 마치 햇살처럼 들르는 열여섯살의 여직공 따냐는 그들의 유일한 빛이자 희망이다. 여신처럼
그녀를 섬기고 챙겨주던 그들이 어느날 그녀의 순결무구를 시험하게 되고, 이와 함께 자신의 희망과 믿음
을 시험한다. 그 결과 그들은 자신들의 유일한 희망의 빛을 잃게 되고, 더욱 어둡고 암울한 밑바닥 생활로
전락하게 된다.

　　비인간적인 조건 속에서 스물여섯 명의 인부는 한무리의 짐승들처럼 행동하면서 점점 타락하
게 되지만, 반면에 그들 눈에 타락해 보이게 된 한명의 그녀는 비인간적인 주변을 당당하게 벗어난다.

스물여섯과 하나

　우리는 스물여섯 명의 인간, 아니 축축한 지하실에 갇힌 스물여섯 개의 살아 있는 기계였다. 그곳에서 우리는 아침부터 저녁까지 반죽을 개서 크렌젤리나 둥근 비스킷을 구웠다. 우리 지하실의 창문은 창문 앞에 파인 웅덩이를 향해 있었는데, 웅덩이에 둘러쳐진 벽돌들은 습기로 인해 퍼렇게 되어 있었다. 창문틀 밖에는 가는 철망이 쳐져 있었고, 밀가루 먼지가 가득 낀 창문을 통해서는 햇빛이 잘 들어오지 않았다. 우리 주인이 창문을 철망으로 막아버린 것은, 우리가 그의 빵 한조각을 거지나 일이 없어 굶어 죽어가는 우리 동료에게 줄까 하는 노파심 탓이었다. 주인은 우리를 좀도둑이라 불렀고, 점심에는 고기 대신에 썩은 내장을 던져주기 일쑤였다.

　우리는 그을음과 거미줄로 뒤덮인 낮고 묵직한 천장 아래, 마치 돌궤짝 같은 곳에서 답답하고 비좁게 살고 있다. 때와 곰팡이로 얼룩진 두툼한 벽 안에서 괴롭고 메스꺼웠다…… 우리는 충분한 수면을 취하지 못한 채 아침 다섯시에 일어났는데, 그러니까 멍하니 무심코 기계적으로, 이미 아침 여섯시가 되면, 우리가 자는 동안 다른 동료들이 준비해놓은 반죽으로 크렌젤리를 만들기 위해 자리에 앉아 있곤 했다.

그리고 하루종일 매일 아침부터 밤 열시까지 우리 가운데 몇몇은 작업대에 앉아서 반죽이 굳지 않도록 이리저리 흔들면서 손으로 반죽을 늘렸다 폈다 했고, 그동안 다른 몇몇은 밀가루에 물을 부어 반죽을 만들었다. 그리고 크렌젤리를 찌는 솥에서는 하루 온종일 침울하고 구슬프게 물 끓는 소리가 났다. 빵 굽는 이는 주걱 같은 삽으로 악의에 가득 차 화로 밑을 기민하게 긁어내어 뜨거운 벽돌 위에 반들반들하게 쩌진 반죽 덩어리를 올려놓는다. 아침부터 밤까지 집 안 한편에서는 화로의 장작이 타고 있었고, 붉은 불길은 작업장 벽에 반사되어 마치 우리를 조롱하듯 소리없이 떨리고 있었다. 커다란 화로는 동화 속 괴물의 흉측한 머리를 닮았다. 그것은 마치 마루 밑에서 솟아올라 새빨간 불로 가득 찬 거대한 아가리를 벌려 우리에게 열기를 내뿜는 것만 같았고, 난로 아궁이 위의 시커먼 두 개의 배기구로 마치 우리의 끝없는 작업을 노려보는 듯했다. 이 두 개의 깊숙한 배기구는 마치 무자비하고 무감각한 괴물의 눈같이, 한결같이 어두운 눈초리로 우리를 쏘아보았고, 마치 싸늘한 지혜의 시선으로 우리 노예들, 더이상 인간적인 것을 전혀 기대할 수 없는 우리 노예들을 바라보는 데 지쳤다고 말하는 듯했다.

날이면 날마다, 밀가루 먼지와 뜰에서 우리 발에 묻어온 먼지를 뒤집어쓴 채 역한 냄새가 나는 후텁지근한 공기 속에서 반죽을 개어 우리의 땀으로 전 크렌젤리를 만들었다. 우리는 이 일을 극도로 증오했기에, 차라리 흑빵을 먹지 제 손으로 만든 크렌젤리는 결코 먹지 않았다. 우리는 길게 늘어진 작업대에 아홉 사람씩 마주 앉아 장시간 그저 기계적으로 손과 손가락을 놀리고 있었다. 각자의 일에 완전히 익숙해져 있었기 때문에 자신의 움직임에 신경쓸 필요가 전혀 없었다. 또한 우리는 서로 늘 얼굴을 맞대고 있었으므로 서로의 얼굴에 난 주름살 하나까지도 세세히 알고 있을 정도였다. 우리는 특별히 말할 것도 없었고, 그런 것에 익숙했기 때문에 욕할 때를 제외하고는——사람에게, 특히 동료에게는 항상 욕할 거리가 남아 있는 법이다——항상 침묵했다. 하지만 우리는 욕도 그나마 드물게 했다. 이미 절반은 죽은 것처럼, 모든 감정이 노동에 짓눌려 무감각해져버려 마치 막대기처럼 되어버린 인간이 무슨 잘못이 있겠는가? 하지만 침묵은 이미 죄다 말해버려 더 이상 말할 것이 없는 사람들에게만 두렵고 고통스러운 것이다. 자기의 말을 아직 시작하지 않은 사람들에게 침묵은 간단하고 가벼운 법이다…… 우리는 가끔 노래를 불렀는데, 우리의 노래는 이런 식으로 시작되곤 했다. 일하는 중에 갑자기 누군가가 마치 지친 말처럼 깊은 한숨을 쉬고는 조용히 한 곡조를 뽑아낸다. 그리고 그 노래의 처량하고 부드러운 멜로디는 언제나 노래하는 사람의 마음의 노고를 위로해주는 것이다. 한사람이 노래를 하면, 처음에는 나지막하게 그의 쓸쓸한 노래를 듣기만 한다. 짓누르는 듯한 지하실 천장 밑에서, 그 노래는 마치 뿌연 하늘이 납 지붕처럼 대지 위에 매달려 있는 촉촉한 가을밤 초원에서 타고 있는 작은 모닥불처럼 가물거리다가 사그라진다. 그런 다음에는 또다른 사람이 그 노래에 맞춰 부른다——그렇게 해서 이제 두 목소리가 조용하고 구슬프게, 옹색한 구덩이의 답답한 공기 속을 흘러간다. 그러다가 갑자기 단번에 몇몇 목소리가 그 노래를 받는다——그 노래는 물결처럼 들끓다가 점점 힘차게 한껏 고조된다. 마치 우리 돌 감옥의 축축하고 육중한 벽을 밀쳐버리는 것처럼……

스물여섯 사람 모두가 함께 부른다. 오랫동안 함께 불러온 우렁찬 목소리가 작업장을 가득 채운다. 작업장이 비좁다. 노래는 돌벽에 부딪히며 울어댄다. 간지럼을 태우는 듯 고즈넉한 아픔으로 심장을 깨우고, 오래된 상처를 자극해 애수를 불러일으킨다…… 노래 부르는 사람들은 깊고 무거운 한숨을 내쉰다. 어떤 사람은 갑자기 노래를 그치고 동료들의 노랫소리에 한동안 귀를 기울이기도 한다. 그러다가는 다시 모든 이의 합창에 자신의 목소리를 보탠다. 또 어떤 이는 "아!" 하고 애수에 차서 외친다, 아마도 이 우렁차고 폭넓은 소리의 울림이 그에게 어딘가 멀리 뻗은 길, 밝은 태양이 비치는 넓은 길을 떠올리게 했으리라. 그는 그 길을 걷고 있는 자신의 모습을 보고……

화로의 불길은 쉴새없이 춤춘다. 제빵공은 계속해서 삽으로 벽돌을 긁어대고, 솥에서는 물이 펄펄 끓는다. 벽에 비친 불꽃은 여전히 우리를 조롱하듯 벽에서 떨고 있다…… 그리고 우리는 낯선 말들로 각자의 답답한 슬픔과, 햇빛을 빼앗긴 채 살아가는 사람들의 무거운 애수, 즉 노예들의 애수를 노래하고 있다. 그렇게 우리 스물여섯은 커다란 돌 집 지하실에서 살아가고 있었다. 우리의 생활은 마치 이삼층 석조 건물 전체가 우리의 어깨 위에 세워진 것처럼 괴로웠다……

그러나 우리에게는 노래 말고 또다른 좋은 것이 있었다. 우리가 사랑했던 그것은, 아마도 우리에게 태양을 대신하는 것이었다. 이 건물 이층에 수예점이 있었다. 많은 여직공들 틈에 열여섯살짜리 따냐라는 여급사가 있었다. 그녀는 매일 아침 현관에서 우리의 작업장으로 통하는 문에 낸 조그마한 창구멍의 유리에, 파랗고 쾌활한 눈을 머금은 장밋빛 갸름한 얼굴을 갖다대고는 상냥하고 낭랑한 목소리로 우리에게 이렇게 소리쳤다.

"죄수 아저씨들! 크렌젤리 좀 주세요!"

우리는 모두 이 맑은 소리가 나는 쪽으로 얼굴을 돌리고 우리에게 생글생글 기분좋은 웃음을 짓고 있는, 깨끗하고 티 없는 소녀의 얼굴을 유쾌하게 바라보곤 했다. 유리창에 짓눌려 납작해진 코, 미소띤 얼굴에 앵두 같은 입술 사이로 반짝이는 작고 흰 이를 볼 수 있었던 것은,

정말 우리에겐 한없이 기쁜 일이었다. 우리는 앞다투어 달려가 그녀에게 문을 열어준다. 그러면, 그녀는, 밝은 얼굴로 작업장에 들어와 귀여운 앞치마를 들고서 우리 앞에 선다. 고개를 약간 갸우뚱한 채 여전히 생글생글 웃으며 서 있는 것이다. 길고 숱이 많은 밤색 머리칼은 어깨를 지나 가슴까지 내려와 있다. 우리, 불결하고 침울하며 추한 인간들인 우리는 그녀를 우러러본다. 문턱은 작업장 바닥보다 네 단이나 높았다. 우리는 고개를 젖힌 채 그녀를 바라보면서, 아침인사를 건네며 뭔가 조금이라도 색다른 말을 하려 애쓴다. 그것은 우리가, 오직 그녀에게만 쓰는 말이었다. 그녀와 이야기할 때 우리는 음성도 부드러워지고 농담도 가볍게 던졌다. 그녀를 위한 것이라면 우리는 뭐든지 특별했다. 제빵사는 뻬치까에서 가장 잘 구워진 불그스름한 크렌젤리를 꺼내어 따냐의 앞치마에 살짝 던져준다.

"조심해, 주인에게 들키지 않게!" 이렇게 그녀에게 주의를 주면 그녀는 명랑하게 웃으며 이렇게 외친다.

"안녕히 계세요, 죄수 아저씨들!" 그러고는 생쥐처럼 금세 사라져버린다.

그게 전부였다…… 하지만 우리는 그녀가 사라진 뒤에도 오랫동안 그녀에 대해 유쾌하게 서로 이야기를 주거니 받거니 한다. 어제나 며칠 전이나 똑같은 이야기였지만, 그것은 그녀나 우리나 우리 주위의 모든 것이 언제나 으레 똑같았기 때문이다…… 인간이 멀쩡하게 살아 있는데, 그 주위에 있는 것들에 아무런 변화도 없다면 그건 정말이지 따분하고 고통스러운 일이다. 비록 그것이 그의 영혼을 죽음에 이르게 하지는 않을지라도, 그가 살아가면 살아갈수록 주변의 변하지 않는 환경은 점점 더 고통스러워질 것이다…… 우리는 언제나 여자 이야기가 나오면, 가끔 자기도 모르게 귀를 틀어막고 싶을 정도로 입에 담을 수 없는 쌍스러운 소리를 지껄여대곤 했다. 이건 이해할 만한데, 왜냐하면 우리가 아는 여자들이란 대개 이런 말 말고 다른 말을 할 만한 자격이 없는 여자들이었기 때문이다. 하지만 따냐에 대해서는 절대로 나쁘게 말하지 않았다. 우리 중 어느 누구도 그녀의 손가락 하나 건드리려 하지 않았다. 아니, 그뿐 아니라, 그녀는 우리 입에서 단 한 번도 주책스러운 농담이라도 들은 일이 없을 것이다. 그 이유는 그녀가 우리에게 와서 오래 머물지 않고 잠시 다녀가는 까닭도 있겠지만——그녀는 하늘에서 떨어지는 별똥별처럼 우리 앞에 번뜻 나타났다가는 홀연 사라져버린다——그밖에도 아마, 그녀가 아직 어렸고 너무나 아름다웠기 때문일 것이다. 모든 아름다움은 우리와 같이 막돼먹은 인간들의 마음속에도 존경을 불러일으키기 때문이다. 게다가 우리의 고된 노동일이 우리를 거세당한 소처럼 만들었을지라도, 그래도 우리는 여전히 인간으로 남아 있었으며, 다른 모든 사람들처럼 우리도 역시 존경할 만한 그 무엇이 없이는 살 수 없었던 것이다. 그녀 이상의 존재는 우리에게 없었고, 또 그녀 외엔 누구 한사람, 이 집에는 수십명의 사람들이 살고 있었지만, 지하실에 틀어박힌 우리에게 주의를 기울이지 않았다. 그리고 마지막으로, 아마도, 이게 가장 중요한데, 우리 모두는 그녀를 어쩐지 자신의 것으로, 그러니까 우리 크렌젤리 덕분에 살아갈 수 있는 어떤 존재로 여겼던 것이다. 그래서 우리는 그녀에게 따끈한 크렌젤리를 대접하는 것을 의무처럼 여겼고, 우리에게는 우상에게 바치는 매일매일의 제물과도 같은 어떤 것이 되었다. 이것은 우리에게 거의 거룩한 의식처럼 되었고 날이 갈수록 우리를 그녀에게 더욱더 밀착되게 했다. 크렌젤리 말고도 우리는 춥지 않게 좀 두껍게 옷을 입으라든가, 층계를 조급하게 뛰지 말라든가, 무거운 장작 다발을 나르지 말라든가 하는 따위의 수많은 충고와 주의 사항을 따냐에게 일러주곤 했다. 그녀는 생글생글 웃으면서 우리의 충고를 들었고 웃음으로 그 충고에 대답했지만, 한번도 우리의 충고를 따른 적이 없었다. 하지만 우리는 그런 일에 화를 내지 않았다. 우리는 다만 그녀를 걱정하고 있다는 것을 보여주는 것으로 만족했기 때문이다.

그녀는 자주 무거운 창고 문을 열어달라든가 장작을 쪼개달라든가 하는 따위의 여러 가지 도움을 청하곤 했다. 그러면 우리가 기꺼이, 아니 자랑삼아 그녀의 청이나 그밖에도 그녀가 원하는 모든 것을 돌보아 주었다.

그러나 언젠가 우리 중 한사람이 단벌뿐인 셔츠를 수선해달라고 부탁했을 때, 그녀는 멸시하듯이 콧방귀를 뀌고는 이렇게 말했다.

"이것 보세요! 대체 날 뭘로 보고!……"

우리는 그 바보 녀석을 크게 비웃었다. 그리고 더이상 그녀에게 아무것도 부탁하지 않았다. 우리는 그녀를 사랑했다. 이 한마디로 모든 것이 설명된다. 인간이란 언제나 누구에겐가 자신의 사랑을 쏟고 싶어한다. 비록 때로는 그것으로 억압하고, 때로는 더럽히며, 가까운 사람의 생명을 자신의 사랑으로 해칠 수 있는데도 말이다. 왜냐하면 사랑하지만 존경하지는 않기 때문이다. 어쨌든 우리는 따냐를 사랑하지 않을 수 없었는데, 그녀 말고는 어느 누구도 사랑할 만한 이가 없었기 때문이다.

때로는 우리 중 누군가가 불쑥 이렇게 말하기 시작할 때도 있었다.

"대체 무엇 때문에 우리가 저 계집애의 응석을 받아줘야 하지? 그 계집애가 뭐기에! 응? 대체 뭣 때문에 그렇게 떠받들어줘야 하는 거야!"

이런 말을 입밖에 내기로 결심한 자를 우리는 즉시 엄하게 꾸짖었다. 우리는 무언가를 사랑해야만 했다. 우리는 각자 스스로를 위해 그 대상을 발견했고 사랑했다. 우리, 스물여섯 명이 사랑하는 그것은 신성한 것으로 우리 각자에게 불가침의 영역이어야만 했기 때문에, 이 점에서 우리에게 반대하는 자는 곧 우리의 적이었다. 우리는 진실로 그렇게 좋지 못한 어떤 것을 사랑했을지도 모른다. 그러나 우리는 스물여섯 명이었고, 따라서 우리에게 소중한 것이 다른 사람에게도 신성하게 보이기를 원했던 것이다.

우리의 사랑은 증오 못지않게 괴로웠다…… 그리고 아마도 그래서 일부 건방진 자들이 우리의 미움이 사랑보다 더 달콤하다고 했는지 모르겠다…… 한데 만일 그렇다면 그치들은 왜 우리를 떠나지 않았을까?

크렌젤리 제빵장 외에도 우리 주인에게는 흰 빵(러시아어의 '블로취나야'를 옮긴 것이다—옮긴이)을 만드는 제빵장이 하나 있었다. 그것은 같은 건물 안에 우리의 움과 벽 하나를 사이에 두고 있었다. 그러나 흰 빵 굽는 직공들은—그들은 네 명이었다—자기들 일이 우리 일보다 훨씬 청결하며, 고로 자기들이 우리보다 낫다고 여기며 우리를 멀리했다. 우리 일터에는 얼씬거리지도 않았으며 마당에서 우리를 볼라치면 모멸하듯이 우리를 비웃곤 했다. 우리 또한 그들에게 얼씬도 하지 않았다. 주인이 우리가 버터 넣은 흰 빵을 훔치기라도 할까봐 금지했던 것이다. 우리는 그들을 좋아하지 않았는데, 왜냐하면 그들을 부러워했기 때문이다. 그들의 일은 우리 일보다 수월했지만, 우리보다 급료를 더 많이 받았고 급식도 더욱 우수했다. 그들에게는 넓고 밝은 작업장이 있었고, 그들 모두 우리와는 달리 건강하고 청결했다. 우리는 모두 누렇거나 회색이었다. 우리 중 셋은 매독에 걸렸고, 몇몇은 옴이 올랐으며, 한명은 류머티즘으로 완전히 불구가 되었다. 그들은 휴일이나 축제일에 일을 쉬게 되면, 새 양복을 입고 삐걱거리는 가죽장화를 신고, 그들 중 두 사람은 아코디언을 들고, 다 함께 공원으로 산책을 나간다. 한편 우리는 더러운 누더기를 입고 닳아빠진 구두나 나막신을 신고 다니는 형편이었으므로 공원엘 가더라도 경찰이 들여보내주지 않는다. 이러니 흰 빵 굽는 직공들을 우리가 사랑할 수 있었겠는가?

그러던 어느날 우리는 그들의 제빵공 한사람이 술을 진탕 마셔 주인이 그를 해고하고 다른 사람을 앉혔으며, 그자는——병사 출신으로, 비단 조끼를 입고 금줄이 달린 회중시계를 매달고 다닌다는 사실을 알게 되었다. 우리는 호기심에 가득 차 이 멋쟁이를 바라보았고, 그를 만날 기대에 틈만 있으면 번갈아서 자주 마당으로 나가곤 했다.

그런데 그가 스스로 우리 작업장에 나타났다. 그는 발길로 문을 걷어차 열고는 문턱에 서서 웃으며 우리에게 말했다.

"이런 세상에나! 안녕들 하시오, 여러분!"

찬바람이 짙은 구름처럼 문으로 쏟아져 들어와 그의 발 앞에서 소용돌이쳤다. 그는 여전히 문턱에 버티고 서서 우리를 위에서 내려다보았다. 잘 다듬은 수염 밑에서 크고 누런 이가 번쩍번쩍 빛났다. 그가 입은 조끼는 특별한 것이어서, 푸른색에다 꽃무늬 자수가 놓여 있어 전체가 번쩍번쩍했으며, 단추는 무슨 붉은 돌로 되어 있었다. 그리고 금 시곗줄이……

병사 출신의 이 사내는 미남이었다. 키가 후리후리하고 건강했으며, 혈색이 좋은 얼굴엔 밝고 맑은 눈이 빛나고 머리에는 풀이 빳빳한 흰색 요리사 모자가 얹혀 있었다. 주름 하나 없는 앞치마 밑으로 윤이 반짝이는 장화 코끝이 보였다.

우리 제빵공이 공손하게 문을 닫아달라고 부탁했다. 그는 서두르지 않고 문을 닫더니 우리에게 주인에 관해 이것저것 물어보았다. 우리는 앞다투어 그에게 주인은 구두쇠이고 사기꾼인데다 악당이며, 사람을 못살게 구는 자라느니—여하튼 여기 옮겨적을 수 없는 것을 포함해 주인에 관해 말할 수 있는 것과 말해야 하는 것 모두를—말했다. 병사 출신 사내는 수염을 쫑긋거리고 이야기를 듣더니 온화하고 밝은 눈길로 우리를 바라보았다.

"여긴 아가씨들이 많다던데……"라고 그는 불쑥 말했다. 우리 중 몇몇은 공손하게 웃었고, 다른 이들은 알랑거리듯 찌푸렸다. 또 누군가는 그에게 총 아홉 명의 아가씨가 있다고 설명해주기까지 했다.

"재미들 좀 보지요?"라고 눈을 찡긋하며 이 병사 출신 사내가 물었다.

우리는 또 당황한 웃음을 조그맣게 웃었다…… 우리 중 많은 이가 이 병사 출신 사내에게 자기도 그 못지않은 위세 좋은 젊은이라는 것을 보여주고 싶었지만, 아무도 그렇게 하지 못했다. 누군가가 이를 인정하며 조용히 말했다.

"우리가 어떻게 그런 짓을……"

"아무래도 그렇군요. 당신들에겐 어렵겠어!" 그는 우리를 뚫어지게 바라보면서 자신있게 말했다.

"당신들에겐, 뭔가가…… 부족해…… 근성이 없어…… 단정한 생김새도 그렇고…… 요컨대 외모 말이야! 여자들이란, 사람의 외모를 사랑한단 말이지! 풍채가 좋아야 해, 모든 게 말쑥해야지! 게다가 여자는 힘센 사람을 존경하거든…… 팔이 이 정도는 되어야지!"

그는 셔츠 소매를 팔꿈치까지 걷어붙인 팔을 호주머니에서 꺼내 우리에게 보여주었다…… 반짝반짝 빛나는 황금빛 솜털이 수북하게 난 희고 힘센 팔이었다.

"다리, 가슴, 모든 게 단단해야 해…… 다시 말하지만 옷차림이 단정해야 하고, 다시 한번 이야기하지만, 옷차림이 단정해야 하지……

사물의 아름다움이 그걸 요구하니까…… 여기 나를 봐, 여자들이 좋아하잖아. 난 그들을 부르거나 유혹하지 않지. 그들 쪽에서 한꺼번에 다섯 명씩 달려들어 목에 매달리는 거야."

그는 밀가루 부대에 몸을 기대고 여자들이 그를 어떻게 사랑하고, 그가 여자들을 어떻게 대담하게 다루는가에 대해 한참 동안 장광설을 풀었다. 이윽고 그가 돌아가고 그의 등뒤에서 문이 삐거덕 소리를 내면서 닫혔다. 우리는 한참 동안이나 그와 그의 이야기를 되새기면서 생각에 잠겨 있었다. 그러고 나서 어떤지 갑자기 모두들 떠들어대기 시작했고, 곧 그가 우리 모두의 마음에 들었음이 분명해졌다. 그처럼 솔직하고 멋쟁이인 자가 우리에게 와서 앉았다가 이야기를 했다. 우리에게는 아무도 오지 않았고, 아무도 이야기하지 않았다, 우리와 그렇게 친근하게…… 우리는 늘 그에 관해, 그리고 수예방 아가씨들 사이에서 그가 거둘 성공에 대해 이야기했다. 그녀들은 마당에서 우리와 자주 마주치는데, 그때마다 멸시하듯 입술을 오므리거나 옆으로 피해가거나, 심지어 우리 따위는 안중에도 없다는 듯이 우리 사이를 똑바로 뚫고 지나갔다. 우리는 마당에서 그녀들을 만날 때나 그녀들이 우리가 있는 공장 창문 앞을 지날 때면, 그저 맥없이 얼빠진 모양으로 물끄러미 쳐다볼 뿐이었다. 그녀들은 겨울에는 어떤 특별한 모자에 외투를 입고 여름에는 꽃이 달린 모자를 쓰고 여러 가지 색깔의 양산을 들고 다닌다. 한편 우리는 그녀들에 관해, 만일 우리 말을 들었다면 수치스러움과 분노로 기절해 나자빠질 만큼 험한 말을 서로 늘어놓았던 것이다.

"하지만 그자가 따냐는…… 망쳐놓지 않았으면 좋겠는데!" 별안간 제빵공이 근심스럽게 말했다.

우리는 이 말에 모두 충격을 받아 잠잠해져버렸다. 우리는 어째서인지 따냐에 대해서는 깡그리 망각하고 있었다. 저 병사 출신 사내가 어쩌면 그 크고 아름다운 풍채로 따냐를 우리에게서 갈라놓을지도 몰라.
곧 떠들썩한 언쟁이 벌어졌다. 어떤 친구는 따냐는 결코 그따위 놈을
가까이 하지 않을 것이라고 말했다. 또 어떤 친구는, 따냐가 도저히 그
병사 출신에게 배겨나지 못할 것이라고 주장하기도 했다. 세번째 친구
는, 마침내 만일 그자가 따냐를 귀찮게 굴면 놈의 갈빗대를 분질러놓
겠다고 으름장을 놓기도 했다. 최종적으로 모두가 그 병사 출신 사내
와 따냐를 잘 감시하고 그녀에게는 그놈을 조심하도록 일러두기로 결
정했다. 이것으로써 언쟁은 끝났다.

그후 한달쯤 지나갔다. 병사 출신 사내는 흰 빵을 굽기도 하고 수예
방 처녀들과 함께 산책도 했다. 우리 작업장에도 종종 들렀다. 그러나
처녀들을 정복한 이야기는 하지 않고 노상 수염만 비비 꼬며 먹고 싶
은 듯이 혀로 입술만 핥을 뿐이었다.

따냐는 매일 아침 크렌젤리를 얻으러 우리한테 왔다. 전처럼 명랑하
고 귀여운 그녀는 상냥하게 우리를 대해주었다. 우리가 그녀에게 병사
출신 남자에 관해 이야기를 꺼내면, 그녀는 놈을 '퉁방울눈 송아지'라
느니, 다른 우스꽝스러운 별명으로 불렀고, 그녀의 이런 태도는 우리
를 한결 안심시켰다. 우리는 다른 여직공들이 그놈의 꽁무니를 쫓아다
니는 것을 볼 때마다 우리의 소녀가 자랑스러웠다. 따냐의 그에 대한
태도는 우리 모두를 우쭐하게 만들었다. 우리는 그녀의 태도에 이끌려
우리 자신들도 병사 출신 사내에게 멸시하는 태도를 비치기 시작했다.
그리고 우리는 모두 그녀를 더욱더 좋아했고, 전보다 더 기꺼이 더 친
절히 매일 아침 그녀를 맞이했던 것이다.

그러던 어느날 그 병사 출신 사내가 술이 얼큰해져서 우리를 찾아왔
다. 그는 털썩 주저앉아 낄낄대기 시작했다. 뭐가 우습냐고 물으니 그
는 설명했다.

"두 계집애가 나 때문에 싸웠단 말이지…… 그루시까와 리지까가 말이요…… 그년들이 어쨌는지 아시겠소들? 하하! 한 년이 다른 년의 머리칼을 움켜쥐고 현관 바닥에 자빠뜨려 그 위에 올라탔단 말이지…… 하하하! 얼굴을 할퀴고…… 꼴불견이었지! 왜 이 계집애들은 정직하게 싸움을 못하는 거지? 왜 할퀴고 난리야, 응?"

벤치에 걸터앉은 그는 그토록 건강하고 맑고 즐거워 보였고 계속해서 깔깔대며 웃어댔다. 우리는 침묵했다. 웬일인지 이번에는 그가 마음에 들지 않았다.

"그럼 그렇지, 내겐 여자 복이 있다니까, 안 그래? 웃을 일이지! 눈 한번 깜짝하면, 이미 준비되어 있는 거야, 망할 놈 같으니!"

그는 금빛 솜털이 무성하게 난 팔을 치켜올렸다가 탁 소리를 내며 무릎을 치기도 했다. 그는 정말로 믿을 수 없다는 듯 놀란 시선으로 우리를 바라보며 왜 이렇게 여복이 많은지 의아해했다. 피둥피둥하고 붉은 그의 얼굴은 만족스럽고 행복한지 번지르르했다. 그는 늘 입맛을 다셔가며 혀로 입술을 핥고 있었다.

우리 편 제빵공 하나가 화가 나서 힘껏 삽으로 뻬치까의 앞턱을 긁더니 비웃듯이 이렇게 말했다.

"잔 나무 가지쯤은 손쉽게 넘기겠지, 하지만 소나무라면 다를 걸……"

"그러니까, 지금 그거 내게 말한 건가?" 병사 출신 사내가 물었다.

"네게 한 말이지."

"무슨 말이야?"

"아무것도 아닐세…… 관두게나!"

"아니, 넌 가만있어봐! 무슨 일이야? 소나무가 뭐 어째?"

우리의 제빵공은 서둘러 화로에서 삽을 놀리며 대답하지 않았다. 솥에서 찐 크렌젤리를 화로에 처넣고 다된 것을 꺼내어 소년들이 있는 쪽마루에 던져놓으면, 소년들이 그것을 보리수나무 껍질에 꿰고 있었다. 병사 출신 사내와의 지금까지의 대화도 잊은 것 같았다. 그러나 병사 출신 사내는 갑자기 무슨 영문인지 몹시 동요했다. 그는 벌떡 일어서더니 허공에서 불규칙하게 번쩍이고 있는 삽자루에 가슴을 부딪힐 뻔하면서 화로 앞으로 바싹 다가섰다.

"아냐, 너 말해봐—그게 누구지? 넌 나를 모욕했어…… 나 말이야? 그 어떤 여자도 내 손에서 빠져나가지 못해. 못하고말고! 근데 네가 내게 그런 모욕적인 말을 했다 이거지……"

그는 정말로 모욕을 당한 것처럼 보였다. 틀림없이 그에게는 여자 낚는 솜씨를 빼놓으면 자기 자신을 존경할 만한 점이 아무것도 없었을 것이다. 아마도 그 솜씨를 제하면 그에게는 살아 있다 할 만한 것이 아무것도 없었을 것이다. 그래서 오직 그것만이 스스로를 살아 있는 인간으로 느끼게끔 해주었던 것이다.

자신들의 삶에서 가장 가치있고 훌륭한 것이 다름아닌 그들의 정신이나 육체의 어떤 병인 사람들이 있다. 그런 사람들은 평생 그 병을 자랑 삼아 짊어지면서 사는 보람을 느끼는 것이다. 그 병으로 고생하면서도, 그들은 그 병으로 연명하며, 그 병에 대해 우는소리를 늘어놓으며, 그것을 통해 주변 사람들의 관심을 끌려고 한다. 이 병을 미끼로 사람들의 동정을 사려고 한다. 이것 말고는 그들에게 아무것도 없다. 만일 그들에게서 이 병을 제거해버린다면, 다시 말해 그들을 치료해준다면 그들은 오히려 불행해질 것이다. 왜냐하면 그것은 유일한 생활수단을 잃게 되는 것을 의미하기 때문이다. 그렇게 되면 그들은 텅 비어버릴 것이다. 때로 인간의 삶이란, 자신의 허물을 소중히 여기고 그것에 기대어 살아가지 않을 수 없을 만큼 그렇게 빈곤해질 수 있다. 그리고 종종 사람들은 무료함 때문에 악해지기도 하는 것이다.

병사는 화를 내면서 우리 제빵공에게 달려들며 으르렁댔다.

"자, 말해봐! 누구지?"

"말해줄까?" 제빵공이 갑자기 그에게로 돌아섰다.

"말해봐."

"따냐, 알고 있지?"

"그런데?"

"바로 그애야. 한번 해보라고."

"내가 말인가?"

"그래 네가!"

"그애 말인가? 내겐 식은 죽 먹기지."

"우리가 지켜볼 거야!"

"지켜본다고! 하하!"

"그앤 자네 따위는……"

"기한은 한달!"

"허풍떨지 말라고, 병사 나리!"

"두주면 충분해! 내 보여주지! 난 또 누구라고! 따냐쯤이야……
흥!"

"그럼 이제 꺼지게. 방해가 되는군."

"두주면 끝이야! 너 이 자식!"

"꺼지라고 했잖아."

우리 제빵공은 갑자기 흉포해져서 삽을 휘둘렀다. 병사 출신 사내는
깜짝 놀라 그에게서 물러서더니 우리를 쳐다보고 잠시 침묵하더니, 조
용하지만 악의에 찬 목소리로 "좋아, 어디 두고보자!"라고 말하고는 가
버렸다.

이런 언쟁을 하는 동안 우리는 흥미를 느끼며 모두들 잠자코 있었다. 그러나 병사 출신 사내가 가버리자 갑자기 우리는 활기를 띠고 큰 소리로 떠들기 시작했다. 누군가 제빵공에게 소리쳤다.

"엉뚱한 짓을 저질렀구나, 빠벨!"

"부지런히 일이나 해!"라고 제빵공은 화가 나서 대답했다.

우리는 병사 출신 사내가 정곡을 찔려 따냐에게 위험이 닥쳐오리라고 절감했다. 우리는 그 점을 느꼈고 동시에 타는 듯한 즐거운 호기심이 일었다. 무슨 일이 일어날 것인가? 따냐는 병사 출신 사내에게 끝까지 버틸 수 있을까? 그리고 거의 모두가 확신에 차서 외쳤다.

"따냐? 그녀는 버틸 거야! 빈손으로 그애를 가질 수는 없어!"

우리는 우리 여신의 강인함을 시험해보고 싶어 죽을 지경이었다. 우리는 긴장해서 서로에게 우리의 여신은 강인한 여신이어서 이 싸움에서 승리자가 될 것이라고 설득했다. 마침내 우리는 병사 출신 사내를 화나게 하고도 부족하며, 따라서 그 언쟁을 잊어버릴지 모르니 그의 자존심을 더욱 참담하게 해줄 필요가 있다고까지 여기게 되었다. 그날부터 우리는 어떤 특별하고 긴장되고 흥분된 삶을 살게 되었다. 이전까지 우리는 그런 삶을 살지 않았다. 우리는 아침부터 저녁까지 연일 서로 논쟁을 벌였다. 모두들 점점 분별력이 생겨 제법 그럴듯한 말을 많이 하게 되었다. 우리는 따냐를 걸고 악마와 무슨 노름을 하고 있는 것 같았다. 흰빵 굽는 직공들에게 병사 출신이 드디어 '우리 따냐를 쫓아다니기 시작했다'는 말을 들었을 때, 우리는 미칠 듯이 기분이 좋아졌고 너무나 강렬한 호기심에 사로잡혀, 주인이 우리의 흥분상태를 이용해 하루 작업량에 반죽 14푸트(구러시아의 중량 단위. 1푸트는 16.38킬로그램—옮긴이)나 더한 것조차 알아차리지 못할 정도였다. 우리는 일을 하고서도 피로를 느끼지 못했고, 따냐의 이름은 온종일 우리 입에서 잠시도 떠나지 않았다. 우리는 매일 아침 초조한 기분으로 그녀를 기다리고 있었다. 혹시 오늘 나타나는 그녀가 어제까지의 따냐가 아닌 어떤 다른 따냐가 아닌가 하고 가끔 상상해보기도 했다. 그러나 우리가 병사 출신 사내와 언쟁한 것은 그녀에게 조금도 이야기해주지 않았다. 또 이쪽에서도 그녀의 신상에 대해 아무것도 묻지 않고 전과 같이 그녀를 귀엽게 잘 대해주었다. 그러나 따냐와 우리의 관계에 지금까지 전혀 느끼지 못했던 어떤 새로운 것이 스며들기 시작했다. 그것은 날카로운 호기심이었다. 그렇다, 비수처럼 예리하고 차가운 호기심이다……

"이보게들! 오늘이 약속된 기한이라네!" 어느날 아침 제빵공이 일을 시작하며 말했다.

우리는 그가 귀띔해주지 않아도 익히 알고 있었지만 그래도 역시 가슴이 두근거렸다.

"그앨 잘 보라고들, 이제 곧 올 거야!" 제빵공이 말했다.

누군가가 유감이라는 듯 외쳤다.

"그냥 보기만 해서 뭘 알 수 있겠나?"

그렇게 해서 또다시 우리 사이에서는 생생하고 소란스러운 언쟁이 불붙었다. 오늘 드디어 우리가 가장 애지중지하는 그릇이 얼마나 깨끗하며 때묻지 않았는지를 알게 된다. 이날 아침 우리는 즉시, 그리고 처음으로 느끼게 될 것이다. 진실로 커다란 도박에 이겼으며, 우리 여신의 순결함에 대한 시험이 우리를 위해 그 녀석을 납작하게 해줄 것이라는 사실을. 요 며칠 사이 우리는 병사 출신 사내가 끈덕지고 끈질기게 따냐를 쫓아다닌다는 소식을 들었지만, 웬일인지 아무도 따냐에게 그를 어떻게 대하고 있는지 묻지 않았다. 그리고 그녀는 평소와 다름없이 단정하게 매일 아침 크렌젤리를 가지러 우리에게 나타났다.

그리고 바로 그날 우리는 곧 그녀의 목소리를 들었다.

"죄수 아저씨들! 제가 왔어요!"

우리는 서둘러 그녀를 맞이했다. 그리고 그녀가 들어왔을 때 평소와 는 다르게 그녀를 침묵으로 맞이했다. 그녀를 뚫어지게 바라보면서 우리는 그녀 앞에 멍청하고 덤덤하게 몰려 서 있었다. 그녀는 평소와 달리 자신을 맞이하는 데 몹시 놀라는 눈치였다. 그리고 우리는 돌연 그녀가 창백해져서 안절부절못하는 것을 보았다. 그녀는 그 자리에서 우물쭈물하다가 쥐어짜는 듯한 목소리로 물었다.

"왜들 그러세요…… 뭐죠?"

"그러는 넌?" 그녀에게서 눈을 떼지 않은 채 제빵공이 무뚝뚝하게 물었다.

"내가 뭘요?"

"아, 아무것도 아니야."

"자, 빨리 크렌젤리나 주세요."

그전에는 한번도 그녀 쪽에서 재촉한 일이 없었는데……

"서두르는 거냐?" 제빵공은 움직이지 않은 채 그녀의 얼굴에서 눈을 떼지 않고 말했다.

그러자 그녀는 갑자기 획 돌아서더니 마당으로 사라져버렸다.

제빵공은 삽을 들고 화로로 돌아서서 조용히 뇌까렸다.

"결국, 당했다는 거군!…… 대단한 놈이야…… 비열한 자식!"

우리는 양떼처럼 앞다투어 작업대로 가서 잠자코 앉아 맥없이 일하기 시작했다. 곧 누군가가 입을 열었다.

"하지만, 어쩌면 아직……"

"그래, 그래, 어디 한번 말해보시지!" 제빵공이 외쳤다.

우리는 모두 그가 영리한 사람이라는 것, 우리보다 똑똑하다는 점을 알고 있었다. 그의 외침은 병사 출신 사내의 승리가 확실함을 뜻한다는 것을 우리는 받아들였다…… 우리는 서글퍼졌고 불안해졌다.

점심시간, 열두시에 병사 출신 사내가 찾아왔다. 그는 전과 같이 말쑥하고 멋진 옷차림이었으며 평소와 같이 우리를 빤히 바라보았다. 그런데 우리는 그를 보는 것이 불편했다.

"자, 고결한 신사분들, 원하신다면 내가 당신들에게 병사의 용맹함을 보여드리죠."——그가 거만하게 웃으면서 말했다. "그럼 현관으로 나와서 문틈으로 엿보란 말이야, 알아듣겠나?"

우리는 얼른 나가서 거의 겹치다시피 해서 마당 쪽으로 이어진 판자벽에 찰싹 달라붙었다. 우리는 얼마간 기다렸다…… 곧 바쁜 걸음으로 초조한 낯빛을 한 채 눈이 녹아 고인 물구덩이를 뛰어넘으면서 따냐가 종종걸음으로 뜰을 가로질러 헛간 문 뒤로 사라져버렸다. 그 뒤를 이어 그 병사 놈이 어슬렁어슬렁 휘파람을 불며 걸어들어갔다. 양손을 호주머니에 넣은 채 수염을 찡끗거리며.

비가 내리고 있었다. 우리는 빗방울이 물구덩이에 떨어져 수면 위에 동그라미가 그려지는 것을 바라보고 있었다. 축축하고 어두침침한 날씨였다. 몹시 지루한 날이었다. 지붕엔 아직도 덜 녹은 눈이 있었고 땅 위엔 이미 검은 흙이 드러나 있었다. 지붕 위의 눈도 역시 불그스레하고 지저분하고 엷은 층으로 되어 있었다. 비는 처량한 소리를 내며 부슬부슬 내렸다. 우리는 한기를 느끼며 기다리는 것이 불쾌해졌다……

헛간에서 먼저 나온 것은 병사였다. 그는 여전히 수염을 쭝긋거리면서 손을 호주머니에 찌르고 천천히 마당으로 걸어나왔다. 평상시와 다름없는 모습이었다……

얼마 후 따냐도 나왔다. 그녀의 눈은…… 그녀의 눈은 환희와 행복으로 빛났고 입술에는 미소가 번져 있었다. 그녀는 마치 꿈꾸는 듯이 휘청거리는 걸음으로 비틀거리며 걷고 있었다……

우리는 그 꼴을 보고 참을 수가 없었다. 모두가 문을 박차고 와아 하고 밀려가서 그녀에게 휘파람을 불어대면서 큰 소리로 난폭하고 잔인하게 야유하기 시작했다.

그녀는 우리를 보고 움찔하더니 진창에 못 박힌 듯 그 자리에 우뚝 서버렸다. 우리는 그녀를 빙 둘러싸고는 마음껏 그녀에게 입에 담을 수 없는 욕지거리를 퍼붓고 더러운 말을 쏟아냈다.

우리는 그녀가 우리에게 둘러싸여 옴짝달싹 못하는 것을 보고, 크게 소리치지 않고 서두르지도 않고 그녀를 마음껏 조롱했다. 왜 그런지는 모르지만, 우리는 그녀를 때리지는 않았다. 그녀는 우리 가운데 서서 고개를 이쪽저쪽으로 돌리며 욕설을 듣고 있었다. 우리는 점점 더 심하고 점점 더 강하게 욕설과 악담을 퍼부었다.

그녀의 얼굴에서는 핏기가 가셨다. 조금 전까지 그토록 행복에 빛나던 파란 눈은 동그랗게 떠지고, 힘겹게 숨을 몰아쉬며 입술은 파르르 떨리고 있었다.

우리는 그녀를 둘러싸고 그녀에게 앙갚음을 하고 있었던 것이다. 그녀가 우리를 강탈했기 때문이다. 그녀는 우리 것이었다. 우리는 우리의 가장 좋은 것을 그녀에게 주었고, 이 최상의 것이 비록 거지들의 별것 아닌 것이라고 해도, 우리 스물여섯 명에게 그녀는 유일했다. 그러니까 그녀는 고통받아도 싸고, 죗값을 받아도 싼 것이다! 우리는 얼마나 그녀를 모욕했던지!…… 그녀는 끝내 입을 열지 않았고, 시종일관 사나운 눈초리로 우리를 바라보면서 부들부들 떨고 있었다.

우리는 웃고 아우성치고 호통쳤다…… 어디선지 다른 사람들이 우리에게 몰려들었다. 우리 중 누군가가 따냐의 재킷 소매를 낚아챘다.

갑자기 그녀의 눈이 번쩍였다. 그녀는 서두르지 않고 손을 머리로 올

려 머리칼을 매만지더니 큰 소리로, 하지만 침착하게 우리의 얼굴을
정면으로 보며 말했다.

"에이, 당신들, 불쌍한 죄수들 같으니라고!"

그리고 그녀는 마치 우리가 그녀 앞에 없었다는 듯이, 우리가 길을
가로막지 않았다는 듯이, 똑바로 우리를 향해 걸어왔다. 그래서 우리
중 아무도, 실제로 그녀의 길을 가로막지 않았다.

우리의 포위를 빠져나가자 그녀는 돌아보지도 않고 아까처럼 큰 소
리로 도도하게 깔보듯이 말했다.

"에이, 당신들, 돼지 같으니라고 더러운 것들……"

그리고 그렇게 꼿꼿하고 아름답고 도도하게 사라져버렸다.

우리는 비를 맞으며 태양도 없는 회색 하늘 아래, 더러운 마당 한가
운데 남아 있었다……

그러고 나서 조용히 각자의 돌로 된 축축한 움으로 되돌아갔다. 전처
럼 창문을 통해 태양빛은 우리에게 닿지 않았고, 따냐도 더이상 우리
를 찾아오지 않았다!……

〔박종소 옮김〕

막심 고리끼 스물여섯과 하나

Михаил Булгаков

| 미하일 불가꼬프 |

1891~1940

미하일 불가꼬프는 1891년 끼예프에서 태어났다. 1916년에 끼예프대학 의학부를 졸업하고 우끄라이나와 러시아 각지를 돌아다니며 의사로 일했다. 혁명 후 불가꼬프는 볼셰비끼와 백위군 사이의 내전에 휘말리게 되고, 이때의 경험이 그후 창작활동의 소재가 되었다. 1921년 그는 모스끄바 여러 신문사와 잡지사에 글을 실으며 호평을 받았다. 내전을 배경으로 한 소설 『백위군』의 희곡 버전인 『뚜르빈의 나날들』은 무대에 올려 큰 인기를 누렸지만, 1920년대말 스딸린 체제의 강화와 함께 불가꼬프의 모든 작품은 상연 및 출판이 전면 금지되었다. 그는 스딸린에게 망명을 요청하지만 거절당했으며 1940년 사망할 때까지 단 한 편의 작품도 출판하지 못했다.

■　　철로 된 목 Стальное горло

　　단편 「철로 된 목」은 러시아 벽지를 돌아다니며 의사로 일하던 시기를 배경으로 한 단편집 『젊은 의사의 수기』에 실린 소설이다. 의학부를 막 졸업한 스물네살의 주인공은 시골 벽촌으로 발령받아 지루하고 외로운 나날들을 보내면서 위독한 환자가 나타날까 조마조마하고 있다. 그러던 어느날 밤 디프테리아로 호흡곤란을 겪는 세살짜리 아이를 데리고 두 시골 아낙네 ─ 어머니와 할머니 ─ 들이 병원으로 들이닥친다. 무지와 미신으로 아이를 죽을 지경까지 방치해둔 두 시골 아낙네가 의심에 찬 마음으로 젊은 의사에게 수술을 허락한다. 젊은 주인공은 의사로서의 의무와 경험과 자신감의 부재로 인한 책임회피 사이에서 망설이다가 자기도 모르게 본 적도 없는 기도절제술을 하게 된다. 우여곡절 끝에 수술은 성공적으로 끝난다. 그후 젊은 의사가 '철로 된 목'을 만들어주어 사람을 살렸다는 소문이 퍼지면서 주인공은 유명해진다.

　　단편집 『젊은 의사의 수기』의 다른 이야기들과 마찬가지로 「철로 된 목」은 독자로 하여금 시종일관 긴장감을 놓지 못하도록 잘 짜여진 구성이다. 드라마틱한 이야기 전개와 생생하고 재치가 넘치는 묘사가 최근 인기를 끄는 의학 드라마 못지않게 세련되고 현대적이다.

철로 된 목

그렇게 나는 혼자 남겨졌다. 내 주위에는 눈보라가 소용돌이치는 십일월의 어둠뿐이다. 집은 온통 눈에 파묻혔고 굴뚝에서는 웅웅거리는 소리가 났다. 나는 내 삶의 스물네 해 동안 줄곧 거대한 도시에서 살았으므로 눈보라가 울부짖는 일은 소설에서나 일어나는 줄 알았다. 그러나 눈보라는 진짜로 울부짖는다는 것이 밝혀졌다. 여기서 밤은 예사롭지 않게 길고, 푸른색 갓 밑의 등불이 검은 창문에 비쳐 보였다. 나는 내 왼쪽 편의 팔에서 비치는 얼룩을 보며 상상에 잠겼다. 이 지역의 도시에 관한 상상에. 도시는 내가 있는 곳에서 40베르스따 거리에 있었다. 나는 내가 있는 이곳 분원에서 그곳으로 정말 달아나고 싶었다. 거기에는 전기가 있고 의사가 네 명 있었다. 그들에게 물어볼 수도 있고 어쨌든 이렇게 두렵지는 않겠지. 그러나 달아날 수 있는 가능성은 없었다. 게다가 나 스스로도 가끔씩 이것이 소심함임을 안다. 도대체 이러자고 내가 의과대학에서 공부를 했단 말인가……

'여자가 실려왔는데 출산에 문제가 생긴다면? 아니면 환자가 왔는데 탈장이라면? 나는 어떻게 하지? 제발 알려주세요. 나는 48일 전 의대를 우등으로 졸업했지만, 우등상은 우등상이고 탈장은 탈장이다. 교수

님이 탈장 수술을 하는 것을 한번 보았다. 그는 수술을 했고 나는 관람석에 앉아 있었다. 그리고 다만……'

탈장에 대한 생각을 하자 차가운 땀이 내 등을 따라 여러 번 흘러내렸다. 매일 밤 나는 차를 마시며 같은 자세로 앉아 있다. 내 왼쪽에는 산부인과에 관련한 모든 지침서들이 쌓여 있고 맨 위에 도데를라인의 작은 책(라틴어 사전—옮긴이)이 놓여 있다. 또 오른쪽에는 외과수술에 관한 그림이 있는 여러 종류 책들이 열 권 놓여 있다. 나는 넋두리를 하며 담배를 피우고 차가운 홍차를 마시곤 했다……

그리고 나는 잠이 들었다. 그날 밤을 잘 기억한다. 11월 29일, 나는 문에서 요란한 소리를 듣고 잠에서 깼다. 약 오분쯤 지나 나는 바지를 입으면서도 기도하는 마음으로 외과수술에 관한 신성한 책들에서 눈을 떼지 못했다. 마당에서 썰매가 삐걱거리는 소리가 들렸다. 내 귀는 몹시 예민해져 있었다. 탈장보다, 아이가 거꾸로 나오는 것보다 더 무서운 일이 벌어졌다. 밤 열한시에 니꼴스끄 지역병원의 내게 데려온 것은 여자아이였다. 보조간호사가 분명하지 않은 목소리로 말했다.

연약한 어린애가 죽어가요, 제발, 선생님, 병원으로……

기억난다. 나는 마당을 질러 병원 현관에 걸려 있는 석유등 쪽으로 걸어갔다. 나는 무언가에 홀린 듯이 등불이 깜박이는 것을 바라보았다. 진찰실은 이미 불이 켜져 있었고 조수들 모두가 이미 옷과 가운을 걸친 채 나를 기다리고 있었다. 조수 데미얀 루끼치, 그는 아직 젊지만 매우 능력있는 사람이었다. 그리고 두 명의 노련한 수술보조 간호사, 안나 이바노브나와 펠라게야 이바노브나가 있었다. 나는 겨우 두 달 전 의과대학을 갓 졸업하고 니꼴스끄 병원의 책임자로 배치된 스물네 살짜리 의사일 뿐이었다.

조수는 보무도 당당하게 문을 열어젖혔고 환자의 어머니가 나타났다. 그녀는 장화를 신은 채로 미끄러져 마치 날아들어오는 것 같았다. 그녀가 머리에 쓴 스카프 위에는 눈이 채 녹지 않았다. 그녀는 보통이를 팔에 안고 있었는데 그것이 규칙적으로 쌕쌕거리는 소리를 냈다. 어머니는 얼굴을 일그러뜨린 채 소리없이 울고 있었다. 그녀가 외투와 스카프를 벗어던지고 보통이를 풀자 세살가량의 여자아이가 보였다. 나는 그 아이를 보고 잠시 외과수술도, 고독도, 쓸모없는 대학시절의 짐도 잊었다. 그 아이의 아름다움 때문에 모든 것을 완전히 잊어버렸다. 그 아이를 무엇에 비교할 수 있을 것인가? 과자 상자에나 그런 아이들이 그려져 있는 것 아닌가. 자연 그대로의 머리카락은 익은 귀리빛으로 곱슬거렸다. 눈은 푸르고 커다랗고 뺨은 인형의 것 같았다. 천사들이 이런 모습으로 그려지곤 한다. 그러나 기묘한 고통이 아이의 눈 깊숙이 깃들어 있었고 나는 이것이 공포임을 알아차렸다. 아이는 숨을 쉬지 못하고 있었다. '이 아이는 한 시간이면 죽을 것이다.' 나는 완전히 확신을 갖고 생각했다. 그리고 내 가슴은 아프게 죄어들었다……

아이가 숨을 쉴 때마다 목이 우묵하게 당겨 들어가곤 했고 힘줄이 부풀었다. 얼굴은 분홍빛에서 약한 보랏빛으로 변했다. 얼굴빛을 보고 나는 금방 알아차렸다. 무슨 문제인지 즉시 생각해보았다. 처음에 진단을 바로 정확하게 내렸다. 중요한 것은 수술보조 간호사들과 동시였다는 점이다. 그들도 매우 경험이 많은 이들이었기 때문이다. "아이는 디프테리아로 인한 호흡곤란입니다. 이미 목이 박막들로 가득 차서 곧 꽉 틀어막힐 겁니다……"

"아이가 며칠이나 아팠습니까?" 나는 직원들이 조심스럽게 침묵하는 중에 물었다.

"닷새, 닷새째예요." 아이 어머니는 대답하고 난 뒤, 마른 눈으로 나를 깊숙이 바라보았다.

“디프테리아로 인한 호흡곤란입니다.” 나는 이를 악물고 조수에게, 그리고 아이 엄마에게는 이렇게 말했다. “당신은 무슨 생각을 한 겁니까? 도대체 무슨 생각이었어요?”

이때 내 뒤에서 우는 목소리가 들렸다.

“닷새째예요, 선생님, 닷새째요!”

뒤돌아보자 스카프를 쓴 조용하고 둥근 얼굴을 한 여자가 서 있었다. ‘세상에 이런 여자들이 아예 없었으면 좋았을 것을.’ 나는 위험에 대한 슬픈 예감 속에서 이렇게 생각하며 말했다.

“아주머니는 조용히 하세요, 방해가 됩니다.” 그리고 아이 엄마에게 되풀이해서 말했다. “무슨 생각이셨던 거요? 닷새 동안이라니요? 네?”

아이 엄마는 갑자기 자동적으로 아이를 여자에게 넘겨주고 내 앞에 무릎을 꿇었다.

“애한테 물약을 주세요.” 그녀는 이렇게 말하고 바닥에 머리를 조아렸다. “아이가 죽으면 저는 목매고 죽어버리겠어요.”

“지금 당장 일어나요.” 나는 대답했다. “아니면 당신과 이야기하지 않겠소.”

아이 엄마는 넓은 치마로 부스럭거리는 소리를 내며 재빨리 일어나 여자에게 아이를 받아 어르기 시작했다. 여자는 문설주에 대고 기도를 하기 시작했고 아이는 여전히 뱀이 식식거리는 듯한 소리를 내며 숨을 쉬었다. 조수가 말했다.

“이 사람들은 모두 다 그렇답니다. 서민들이죠.” 이 말을 할 때 그는 콧수염이 옆으로 비뚤어졌다.

“그럼 이 아이가 죽는다는 건가요?” 나를 건너다보며, 내가 언뜻 보기에 어두운 분노를 품은 듯한 그녀가 말했다.

“죽습니다.” 나는 크지 않은 목소리로 결연하게 말했다.

그러자 여자는 옷자락을 말아쥐고 눈물을 닦기 시작했다. 아이 엄마는 내게 좋지 않은 목소리로 소리쳤다.

"애한테 약을 주란 말이야, 도와줘, 약을 주라고!"

나는 그녀가 내 처방을 기다리고 있는지 분명히 깨달았지만 태도를 바꾸지 않았다.

"무슨 약을 주란 말이오? 이야기해봐요. 애는 숨이 막혀갑니다. 목이 벌써 막혔던 말입니다. 당신은 나와 15베르스따 거리에 있으면서 닷새나 애를 잡고 있었으면서 이제 와서 내게 뭘 하라고 명령을 하는 겁니까?"

"선생님은 아는 게 부족하군요." 내 왼쪽 어깨 너머에 있던 여자가 짐짓 꾸민 듯한 목소리로 웅얼거렸다. 나는 당장 그녀를 증오하게 되었다.

"닥쳐요!" 나는 여자에게 말했다. 그리고 조수에게 대고 아이를 받으라고 말했다. 아이 엄마는 보조 간호사에게 몸부림치기 시작한, 아마도 비명을 지르고 싶지만 목소리가 나오지 않는 듯 보이는 아이를 내어주었다. 아이 엄마는 아이를 지키고 싶어했지만 우리는 그녀를 떼어놓았다. 나는 램프 '번개'의 빛 아래로 아이 목을 들여다볼 수 있었다. 나는 이제까지 가볍거나 금방 낫는 경우를 제외하면 디프테리아를 본 적이 없었다. 목에는 무언가 부글부글 끓는 허옇고 너덜너덜한 것이 보였다. 아이는 갑자기 숨을 내쉬며 내 얼굴에 가래를 뱉어냈다. 그러나 나는 생각에 사로잡혀 왠지 모르게 내 눈이 걱정되지는 않았다.

"이거 보십시오." 나는 스스로의 침착함에 놀라며 말했다. "상황은 이렇습니다. 늦었어요. 아이는 죽어가고 있습니다. 수술 말고는 다른 도리가 없어요."

그러고서 나는 겁이 났다. 왜 이런 말을 했는가, 하지만 말하지 않을 수 없었다. '이들이 동의하면 어쩌지?' 번뜩 이런 생각이 들었다.

"어떻게 하신단 말씀이에요?" 아이 엄마가 물었다.

"목 아래를 절개해서 아이가 숨을 쉴 수 있도록 은제 관을 삽입해야 합니다. 그러면 혹시 아이를 살릴 수도 있을 것 같습니다." 나는 이렇게 설명했다.

아이 엄마는 나를 미친 사람 보듯 했다. 그녀는 아이를 내게서 팔로 숨기려 했고, 여자는 다시 중얼거리기 시작했다.

"무슨 말씀이신지! 칼은 대지 마세요! 무슨 소리예요? 목을 자르다니?!"

"아주머니는 나가요!" 나는 증오심에 불타 말했다. "캠퍼 주사(강심제 주사—옮긴이)를 놓아주세요!" 나는 조수에게 말했다.

아이 엄마는 주사기를 보자 아이를 내주려 하지 않았다. 우리는 주사는 괜찮다고 설명했다.

"주사가 도움이 되나요?" 아이 엄마가 물었다.

"전혀 도움이 되지 않습니다."

그러자 아이 엄마는 흐느끼기 시작했다.

"그만하세요." 나는 말했다. 그리고 시계를 꺼내보며 덧붙였다. "오분 동안 생각할 시간을 드리지요. 수술에 동의하지 않으시면 오분 후엔 저도 안하겠습니다."

"동의 못해요!" 아이 엄마는 날카롭게 말했다.

"우린 동의 안합니다!" 여자도 덧붙였다.

"그럼 알아서 하세요." 나는 무심히 말하면서 이렇게 생각했다. '뭐, 이게 다군! 내겐 이런 상황이 더 쉽지. 내 이야기와 수술 제안에 간호사들의 놀란 눈 좀 보게. 이 사람들이 거절을 했으니 나는 살았군.' 그런데 이렇게 생각하는 순간, 내가 아닌 누군가가 낯선 목소리로 대신

이렇게 말하는 것이었다.

"아주머니들 어쩌자는 겁니까, 미쳤어요? 어떻게 동의를 안한다는 말씀이 나옵니까? 아이를 죽이시겠어요? 동의하세요. 당신들 아이가 불쌍하지도 않습니까?"

"안돼요!" 다시 아이 엄마가 소리쳤다.

나는 속으로 생각했다. '어떻게 하지? 내가 이거 아이를 죽이는 거 아닌가.' 그러나 나는 다른 말을 하고 있었다.

"이봐요, 빨리, 빨리 동의서를 쓰세요! 어서 동의하시란 말입니다. 애가 벌써 손톱이 파래지고 있어요."

"안돼요, 안돼!"

"이거 안되겠구먼, 이 사람들 병동으로 데리고 나가요, 거기 앉아 기다리라고 하세요."

직원들은 어두운 복도를 통해 그들을 데려갔다. 나는 여자들의 울음소리와 아이의 쌕쌕거리는 소리를 들었다. 그때 조수가 돌아와 말했다.

"아주머니들이 동의했어요!"

그러자 나는 속으로 완전히 굳어버렸다. 그러나 나는 분명히 말했다.

"빨리 메스를 소독하세요, 가위, 걸쇠, 탐침도 같이!"

그리고 일분도 되지 않아 나는 눈보라가 악마처럼 날뛰는 마당을 건너 숙소로 달려들어갔고, 몇분 동안 책을 뒤적여 기도절개술 그림을 찾아냈다. 그림에는 모든 것이 단순하고 분명했다. 목은 열려 있고 기도에 칼이 꽂혀 있다. 나는 책을 읽기 시작했지만 무슨 말인지 알 수가 없었다. 글자들이 눈에 뛰어드는 것 같았다. 나는 이전에 기도절개를 하는 것을 본 적이 없었다. '아, 지금은 이미 늦었다.' 나는 이렇게 생각하며 서글프게 푸른 등불을, 선명한 그림을 바라보았다. 나는 무언가 나에게 어렵고 무서운 일이 닥쳤음을 느끼며 눈보라도 잊은 채 병원

건물로 돌아갔다.

진찰실에는 부푼 치마들을 입은 그림자가 내게 달라붙었다. 다시 불평하는 목소리가 들렸다.

"선생님, 어떻게 어린아이 목을 자를 수가 있습니까? 도대체 생각할 수 있는 일인가요? 이 바보 같은 여편네가 동의해버렸지만 저는 그럴 수 없습니다. 물약 같은 걸로 고치는 일은 허락할 수 있어요, 하지만 목을 자르게 둘 순 없어요."

"이 아주머니를 좀 내보내요!" 나는 소리치고선 격분해서 이렇게 덧붙였다. "당신이 바로 바보요! 바로 아주머니가 말이에요! 저분은 차라리 현명합니다. 도대체 아무도 당신한테 묻는 사람은 없단 말입니다! 이 아주머니를 좀 데려가요!"

간호사는 여자를 꼭 껴안아 병동에서 밀어냈다.

"준비되었습니다!" 갑자기 조수의 목소리가 들렸다.

우리는 작은 수술실로 들어갔다. 나는 커튼 너머로 반짝거리는 수술 도구들, 눈이 부신 조명, 붕대…… 등을 보았다. 나는 마지막으로 아이 엄마에게로 갔다. 우리는 간신히 아이 엄마에게서 아이를 떼어냈다. 나는 그녀에게서 다만 훌쩍거리는 목소리를 들을 수 있을 뿐이었다. "남편은 없어요. 도시에 갔어요. 와서 내가 저지른 일을 알면 나를 죽일 거예요!"

"죽일 거야." 아주머니가 겁에 질려 내게 되풀이했다.

"이 사람들 수술실에 들여놓지 마세요!" 나는 이렇게 지시했다.

우리는 수술실에 남았다. 수술 보조진, 나 그리고 리드까라는 이름의 이 아이. 아이는 알몸으로 의자에 앉아 소리없이 울었다. 아이를 수술대에 눕히고 몸을 고정하고 아이 목을 세척하고 요오드로 닦아내고, 나는 메스를 들었다. 그러면서 나는 생각했다. '내가 무슨 짓을 하고 있는 것인가?' 수술실 안은 아주 조용했다. 나는 메스를 들어 부어오른 흰 목을 수직으로 그었다. 피가 한방울도 나오지 않았다. 나는 이미 내 메스에 피부가 눌려 생긴 흰 자국을 따라 다시 한번 그었다. 역시 피가 흐르지 않았다. 나는 천천히 해부도의 그림을 상기해내려 노력하면서 무딘 시탐기의 도움을 받아 얄팍한 조직을 절단하기 시작했다. 그러자 상처 밑 어딘가에서 검은 피가 솟구쳤고 금세 상처 부위 전체를 적시고 목을 따라 흘러내렸다. 조수는 솜으로 피를 닦아냈지만 피는 진정되지 않았다. 대학에서 본 것을 모두 기억해가며 나는 핀셋으로 상처 주위를 쥐어짰지만 여전히 아무것도 나오지 않았다.

　나는 오싹해졌다. 이마가 축축해졌다. 몹시 후회스러웠다. 의과대학에 왜 갔는지. 왜 이런 시골 구석에 처박혔는지. 고약한 낙담 속에서 나는 핀셋을 되는대로 휘저어 상처 부위 어딘가로 가서 핀셋으로 건드려보았다. 그러자 그 순간 피가 멈췄다. 우리는 가제 뭉치로 상처를 닦아냈다. 내 앞에 드러난 상처는 완전히 이해할 수 없게 보였다. 아이의 상처는 어떤 그림과도 들어맞지 않았다. 이삼여분이 더 지나갔고 그동안 나는 완전히 기계적으로 무의미하게 때로 메스로, 탐침으로 기도를 찾아 쑤셔댔다. 이분이 다 지나갈 무렵 나는 기도를 찾는 일을 포기했다. '끝이다.' 나는 생각했다. '왜 내가 이런 일을 저지른 걸까? 수술을 제안하지 않을 수도 있었을 텐데. 그러면 리드까는 병실에서 조용히 죽었을 것인데. 이제 이렇게 목이 헤쳐진 상태로 죽는다면 결코, 어떤 방식으로도 나는 이 아이가 어쨌든 결국은 죽었을 것이고, 내가 이 아이에게 해를 끼칠 수가 없었다는 사실을 증명하지 못할 것이다⋯⋯' 수술 보조원은 말없이 내 이마의 땀을 닦아주었다. '메스를 내려놓고 말해야겠다, 이다음에 뭘 해야 할지 모르겠다고.' 이런 생각이 들자 나는 아이 엄마의 눈이 생각났다. 나는 다시 메스를 들고 무의미하게도 더 깊고 날카롭게 리드까의 목에 메스를 그었다. 조직이 갈라지고 예기치 않게 내 앞에 기도가 나타났다.

"걸쇠!" 나는 쉰 목소리를 냈다.

조수는 수술 부위를 견인하기 위한 걸쇠를 건네주었다. 나는 걸쇠 하나를 한쪽에, 그리고 또 하나를 다른 한쪽에 찔러넣었다. 그리고 그중 하나를 조수가 당기고 있도록 했다. 이제 내게 보이는 것은 단 하나, 회색빛의 둥그런 고리 모양의 기도였다. 나는 날카로운 메스를 목 안에 찔러넣었다. 그러고는 갑자기 기절초풍했다. 기도가 상처로부터 들어올려졌던 것이다. 그 순간 내 머리를 스친 생각은 조수가 정신이 나간 게 아닌가 하는 것이었다. 그는 갑자기 아이의 목을 찢어버리려 했다. 내 등뒤에서 수술보조원들 둘 다 악 소리를 질렀다. 나는 눈을 들어보고 상황을 알아차렸다. 조수는 숨 막힐 듯한 공기에 걸쇠를 놓지 않은 채로 순간 기절해버렸기 때문에 기도를 찢어버릴 판이었다. '내게는 모든 게 엇나가는군, 운명이야.' 나는 이렇게 생각했다. '이제 분명히 우리는 리드까의 목을 칼로 자른 꼴이 되었군.' 그리고 나는 머릿속으로 엄하게 덧붙여 생각했다. '이제 집에 돌아가자마자 내 머리에 총을 쏘아버리겠어……' 이때 나이든 수술보조원이 어쩐지 거칠게 조수에게 달려들었다. 그녀는 아주 경험이 많았다. 그녀는 조수에게서 걸쇠를 빼앗아 잡고서는 이를 악물고 내게 말했다.

"선생님, 계속하세요……"

조수는 소리를 내며 넘어져 바닥에 부딪혔다. 그러나 우리는 그를 돌아보지 않았다. 나는 아이의 기도에 칼을 찔러넣고 은으로 만든 관을 기도에 삽입했다. 은제 관은 매끄럽게 밀려들어갔다. 그런데 리드까는 움직이지 않았다. 공기가 관을 통해 들어가야 하는데 그러지 못했던 것이다. 나는 깊이 심호흡을 하고 멈추었다. 이제 더이상 내가 할 수 있는 일이 없다. 나는 누군가에게 용서를 빌고, 의과대학에 들어간 스스로의 경솔함을 참회하고 싶었다. 침묵이 흘렀다. 리드까의 몸이 푸른색으로 변해가는 것을 나는 보았다. 나는 모든 것을 내던지고 울고 싶어졌다. 그런데 갑자기 리드까가 거칠게 몸을 떨었고 관을 통해서 찌꺼기 같은 핏덩어리를 분수처럼 뿜어냈다. 그리고 공기가 소리를 내며 아이의 목 속으로 빨려들어갔다. 그러자 아이는 숨을 내쉬고 소리질러 울기 시작했다.

조수는 이 순간 일어났다. 그는 창백하고 땀에 젖어 있었다. 그는 겁에 질려 멍하니 아이의 목을 바라보다가 내가 상처를 꿰매는 것을 돕기 시작했다.

비몽사몽중에, 그리고 눈을 가리는 땀방울을 통해 나는 수술보조원들의 행복한 얼굴을 보았다. 보조원 하나가 내게 말했다.

"선생님, 수술을 훌륭하게 마치셨어요."

나는 그녀가 나를 비웃는다고 생각하고 우울하게 눈을 치떠 그녀를 바라보았다. 그러고선 문이 활짝 열리고 신선한 공기가 불어 들어왔다. 리드까는 씨트에 싸여 나가고 곧 문간에 아이 엄마가 나타났다. 그녀의 눈은 마치 야생동물의 눈 같았다. 그녀는 내게 물었다.

"어떻게 됐어요?"

그녀의 목소리를 듣자 내 등에서는 식은땀이 흘렀다. 나는 그제야 리드까가 침상에서 죽었으면 어떤 일이 일어났을지 짐작했다. 그러나 나는 아주 조용한 목소리로 아이 엄마에게 대답했다.

"진정하세요. 아이는 살아 있습니다. 앞으로도 살아 있기를 바랍니다. 다만 아직 관을 빼지 않을 것이니 아무 말도 하지 못합니다. 그러니 겁내지 마세요."

그러자 여자가 갑자기 땅에서 솟아오른 듯 일어나 문손잡이를 향해,

나를 향해, 그리고 천장을 향해 성호를 그었다. 이미 나는 그녀에게 더 이상 화가 나지 않았다. 나는 돌아서서 리드까에게 캠퍼 주사를 놓고 교대로 지키라는 지시를 내렸다. 그리고 나는 마당을 건너 숙소로 돌아왔다. 나는 내 방에서 푸른 등불이 타고 있었던 것을, 작은 도데를라인 지침서가 놓여 있었던 것을, 책들이 뒹굴고 있었던 것을 기억한다. 나는 소파로 다가가 옷을 입은 채로 누웠다. 그리고 아무것도 보이지 않았다. 나는 잠이 들었고 꿈도 꾸지 않았다.

한달, 그리고 또 한달이 지났다. 나는 이미 너무 많은 것을 보았고 리드까의 목보다 더 끔찍한 경우도 있었다. 나는 그 일에 대해 잊었다. 주위엔 눈이 내려 있었다. 접수창구는 매일 더 붐비어갔다. 그리고 새해에 진찰실에 한 여자가 마치 뚱뚱한 탁자처럼 옷을 껴입힌 여자아이를 데리고 나를 찾아왔다. 여자는 눈을 반짝였고 나는 알아차렸다.

"아, 리드까? 그래, 어떻습니까?"

"다 괜찮아요."

리드까의 목을 풀게 했다. 아이는 수줍어하며 겁을 냈다. 그러나 나는 아이의 턱을 들어올려 상처를 볼 수 있었다. 분홍빛 목에는 수직으로 난 자줏빛 흉터가, 그리고 봉합으로 인해 생긴 두 개의 얄팍한 흉터가 나란히 나 있었다.

"모두 괜찮습니다." 나는 말했다. "더이상 오지 않으셔도 됩니다."

"감사합니다. 선생님, 고맙습니다." 아이 엄마가 말했다. 그러고선 아이에게 명령했다. "아저씨에게 고맙습니다 해!"

그러나 리드까는 내게 아무 말도 하고 싶어하지 않았다.

나는 살면서 더이상 그 아이를 보지 못했다. 나는 그 아이를 잊어갔다. 내가 진찰하는 환자의 수는 더 늘어갔다. 그렇게 내가 110명의 환자를 받게 되는 날이 왔다. 우리는 아침 아홉시에 진료를 시작해 저녁

여덟시에 마쳤다. 나는 비틀거리며 가운을 벗곤 했다. 나이든 수술보
조원이 내게 말했다.

"이렇게 많은 환자를 진찰하게 된 데에는 기도절제술에 감사해야 하
겠어요. 선생님, 마을에서 뭐라고들 하는지 아세요? 선생님이 아픈 리
드까에게 목 대신 철로 된 관을 심고 꿰맨 것 같다고 해요. 사람들이
그 아이를 보러 일부러 그 마을로 간대요. 선생님, 유명해지셨어요, 축
하드려요."

"그럼 철로 된 목을 하고 산다는 겁니까?" 나는 물어보았다.

"그렇게 산다고 말해요. 선생님, 정말 훌륭하셨어요. 어찌나 냉정하
게 수술을 하시던지, 멋졌어요!"

"음, 그래요…… 나는 아시다시피 흥분하는 일이 없지 않습니까."
나는 왠지 모르게 이렇게 말했다. 하지만 피곤해서 부끄러운 줄도 몰
랐다. 다만 옆으로 시선을 피했을 뿐이다. 나는 퇴근 인사를 하고 숙소
로 돌아왔다. 함박눈이 내려 세상을 온통 뒤덮고 있었다. 등불이 타고
있었다. 내 집은 외롭고 조용하고 엄숙했다. 돌아올 때면 나는 자고 싶
은 마음뿐이다.

〔박종소 옮김〕

더 읽을거리

미하일 불가꼬프의 대표작으로는 두 말할 나위 없이 장편소설 『거장과 마르가리타』
(김혜란 옮김, 문학과 지성사 2008)를 꼽아야 한다. 집필기간이 무려 십이년에 이르고 사망 직
전까지 수정과 보완을 거듭한 이 작품은 풍부한 상상력의 산물로서, 현실과 환상의 시공간을
자유롭게 넘나드는 재치와 깊이가 있는 환상소설이자 쏘비에뜨 사회에 대한 풍자소설이다. 이
소설은 불가꼬프 필생의 대표작이자 20세기의 가장 위대한 러시아 소설로 간주되고 있다.

Исаак Бабель

| 이삭 바벨 |

1894~1941

바벨은 20세기 전반의 가장 탁월한 문체주의자 중 한사람으로 평가된다. 그는 1894년, 지금은 우끄라이나의 영토가 된, 러시아 남부 오데싸의 유대인 거주지에서 상인의 아들로 태어났다. 유년시절의 배경이 되었던 유대인 공동체의 문화, 그리고 히브리어와 성서에 대한 지식은 바벨의 문학세계에 다른 러시아 작가들에게서 볼 수 없었던 독특한 색채를 가져다주었다. 1915년에 상뜨 뻬쩨르부르그로 옮겨온 바벨은 막심 고리끼의 후원 속에서 문필활동을 시작했다. 1917년, 볼셰비끼 군대에 자원 입대한 바벨은 이후 수년에 걸쳐 전방과 후방을 오가며 병사로서, 정보요원으로서, 혹은 종군기자로서 반혁명세력과의 전쟁에 참전했다. 전선에서 돌아온 뒤, 오데싸의 유대인 사회를 배경으로 한 연작단편집 『오데싸이야기』(1927)와 참전 경험을 토대로 한 연작단편집 『기병대』(1926)를 발표했다. 1939년 스딸린 정권의 '대숙청' 시기에 체포된 바벨은 1941년 원인불명(아마도 처형)으로 사망했다.

　　　붉은 군대의 까자끄 기병대원으로서 1920년의 대(對)폴란드 전쟁에 참전했던 작가는 자신이 직접 보고 겪은 전쟁의 체험을 연작단편집 『기병대』에서 생생하게 형상화했다. 『기병대』 안에는 전쟁의 온갖 참상들이 펼쳐지는데, 부자간의 살육전을 다루고 있는 「편지」의 참혹한 일화는 그 가운데에서도 정도가 심한 경우이다. 이 작품이 작가 스스로 체험한 전쟁을 소재로 하고 있다는 점, 더욱이 실존인물의 편지를 첨삭없이 그대로 싣는다는 설정은 사실성에 대한 독자의 기대를 한껏 끌어올리고 있다. 특히, 독자들은 주인공의 형이 아버지를 척살하는 장면이 대단히 생생한 현실감을 줄 것이며, 아마도 매우 비통한 분위기로 씌어지리라고 예상할 것이다. 이 편지를 받는 상대가 어머니라는 사실을 상기하다면 더욱 그렇다. 그런데 정작 눈앞에 펼쳐지는 장면은 어떠한가? 그 장면은 주인공이 앞뒤에 늘어놓고 있는 천연덕스러운 군소리들 가운데에 낀 채로, 마치 동화 속 등장인물들이 장난하듯, 혹은 영혼 없는 꼭두각시들이 대화를 주고받듯이 전개되고 있는 것이다.

　　　여기에는 물론 그럴듯한 현실적 근거들이 부여될 수 있다. 요컨대 주인공은 교육을 제대로 받지 못한 어린 병사이다. 그는 비극적인 감정을 감당할 만큼 충분히 성숙하지 못했거나, 혹은 자신의 감정을 충분히 표현할 수 있는 언어구사력이 없다. 어린 병사에게 무엇보다도 중요한 것은 당장의 배고픔과 추위이다, 등등. 이 정도로 된 것일까?

　　　이렇게도 생각할 수 있다. 부자가 서로를 쳐죽이는 이런 '초현실적인 현실'을 고스란히 담아낼 수 있는 언어가 과연 이 세상에 존재하겠느냐는 것이다. 묘사는 현실을 흉내낼 뿐 결코 현실 자체를 대체할 수 없다. 비극의 실체는 언어 너머, 꾸르쥬꼬프 집안사람들이 겪은 진짜 지옥의 심연에서 한치도 벗어날 수 없는 것이다. 부자가 나누는 동화 속 같은 대화는 전쟁이 빚은 언어도단의 현실에 대해 작가로서 반응할 수 있는 최대한의 역설이었는지도 모른다. 사실, 감정이 철저하게 배제되고 극도로 축약된 언어는 작가 바벨이 수인(手印)처럼 사용한 문체였다. 이 점은 작중 구술 내용의 진본성 여부에 대한 궁금증을 무색하게 한다.

편지

이것은 우리 발송계의 꼬마 꾸르쥬꼬프가 고향에 보내는 편지를 내가 받아쓴 것이다. 그냥 잊혀지기에는 아까운 내용이다. 나는 이 편지를 윤색하지 않고 한자도 빠짐없이, 진실에 입각하여 다시 옮겨적었다.

"사랑하는 엄마, 예브도끼야 표도로브나. 편지 첫머리에서 서둘러 고할 말씀은, 제가 주님의 은총으로 건강하게 살아 있다는 것이며, 엄마 또한 그러하다는 소식을 듣고 싶습니다. 아울러 젖은 땅에 흰 얼굴 닿도록 깊이 고개숙여 인사드립니다……"(이 뒤에는 친척이며, 세례 형제며, 대부 들의 이름이 이어진다. 이 내용은 건너뛰고 두번째 문단으로 가겠다.)

"보고 싶은 엄마, 예브도끼야 표도로브나. 서둘러 고할 말씀은, 제가 부존느이 동지 휘하의 적군(赤軍) 기병대에 있다는 것이며, 지금 적군 영웅이시고 저의 대부이신 니꼰 바씰리치께서도 여기에 같이 계시다는 것입니다. 이분께서 저를 정치부 발송계로 보내주셨는데, 여기서 우리는 책자나 신문들, 그러니까 『중앙집행위원회 모스끄바 이즈베스찌야』 『모스끄바 쁘라브다』 그리고 우리의 가차 없는 『붉은 기병』 같은 신문을 전선으로 배포하고 있습니다. 특히 『붉은 기병』은 최전선에 있는 전사들이 누구나 읽고 싶어하는 신문으로, 전사들은 이 신문을 읽은 다음에 영웅적인 정신으로 비열한 폴란드 지주놈들을 쳐죽일 수 있게 됩니다. 저는 니꼰 바씰리치 대부의 보살핌으로 너무나 근사하게 잘 지내고 있습니다.

보고 싶은 엄마, 예브도끼야 표도로브나. 형편 닿는 대로 무엇이든 보내주세요. 얼룩 수퇘지를 잡아서 소포로 고기를 좀 부쳐주시길 부탁드려요. 부쫀느이 부대 정치부, 바씰리 꾸르쥬꼬프 앞으로 보내시면 됩니다. 만날 쫄쫄 굶으면서 옷도 제대로 못 입고 자빠져 있자니 추워 죽겠어요. 편지에 스쬬빠 소식 좀 전해주세요, 살아 있는지 죽었는지. 걔를 좀 잘 살펴보시고 발굽 종양이 다 나았는지 아닌지, 앞다리에 옮았던 옴은 어떻게 됐는지, 편자는 박았는지, 꼭 편지에 써주세요. 보고 싶은 엄마, 예브도끼야 표도로브나, 제가 성상(聖像) 뒤에 비누를 놔두었는데, 그걸로 스쬬빠 앞다리를 꼭 닦아주시길 바라요. 만약에 아부지가 비누를 다 써버렸으면 끄라스노다르에 가서 사세요. 그러면 주님도 엄마를 버리지 않으실 겁니다. 여기 이 나라로 말할라치면, 지지리도 가난해요. 농부들은 우리 붉은 독수리들만 보면 말을 타고 숲속으로 숨어버리지요. 밀은 거의 나지도 않는데 낱알은 또 어찌나 잔지 웃음이 다 나옵니다. 땅주인들은 호밀도 뿌리고 귀리도 뿌리고 그래요. 여기서는 막대기 위에 홉을 기르는데, 그래서 그런지 잘 자라네요. 이 사람들은 그걸로 밀주를 만들어요.

이 편지 두번째 장에서는 아부지가 우리 형, 표도르 찌모페이치 꾸르쥬꼬프를 쳐죽인 일에 대해 서둘러 고할까 합니다. 지금부터 일년쯤 전 일이에요. 빠블리첸꼬 동지 휘하의 우리 붉은 여단은 로스또프 시로 진군하던 중이었는데, 부대 안에서 배신자들이 생겼어요. 근데 아부지가 그 당시 제니긴 아래서 중대장을 하고 있었지요. 아부지를 본 사람들 얘기로는 아부지가 제정 때처럼 훈장을 주렁주렁 달고 있다더라고요. 배신자들 때문에 우리는 전부 적에게 포로로 잡혔는데, 표도르 형이 아부지 눈에 띈 거예요. 그러니까 아부지는 갈보니, 빨갱이 개자식이니, 씹새끼니 온갖 욕을 하며 페쟈(표도르의 애칭—옮긴이)를 칼로 난도질하기 시작했어요. 날이 저물도록 그렇게 칼질을 당한 끝에, 표도르 형은 결국 죽었습니다. 저는 그때 엄마에게 당신의 페쟈가 십자가도 없이 누워 있다는 이야기를 편지로 썼지요. 그런데 아부지한테 편지 쓴 걸 들켰어요. 아부지가 그러대요, '그래, 너거들이 니 에미 새끼들이라 이거지. 전부 그 화냥년 씨앗들이라 이거지. 나는 니 에미에게 새끼를 배게 했고 앞으로 그럴 거다. 내 인생은 다 망쳤다. 나는 내씨를 전부 말려버릴 거다. 다 말려버릴 거란 말이다.' 저는 구세주 예수 그리스도만큼 고통을 겪었어요. 그러다가 아버지한테서 간신히 빠져나와서 우리 빠블리첸꼬 진영으로 도망쳤습니다. 그리고 우리 여단은 보로네슈 시로 가서 병력을 보충하라는 명령을 받았고, 거기서 병력뿐만 아니라 말, 배낭, 나간(Nagant, 19세기말에 개발된 리볼버 권총—옮긴이)식 권총 등, 우리에게 할당된 모든 것을 보충받았습니다. 보고 싶은 엄마, 예브도끼야 표도로브나, 보로네슈에 관해서 말할라치면, 되게 멋있는 도시이고 끄라스노다르보다 크다는 겁니다. 거기 사람들은 되게 잘생겼고, 강은 수영을 해도 될 정도로 넓어요. 우리는 하루에 빵 2푼뜨(0.41킬로그램에 해당되는 중량 단위—옮긴이), 고기 반 푼뜨에 설탕도 넉넉하게 지급받았어요. 거기다가 아침에 일어나면 달콤한 차를 마시고 밤에는 야참도 먹고 하면서 허기 같은 건 아예 잊어버렸습니다. 점심때는 쎄묜 찌모페이치 형한테 가서 블린(러시아식 빈대떡—옮긴이)이나 거위 고기를 먹고 나서 다리 뻗고 쉬는 게 일이었어요. 그 당시에 쎄묜

형은 용감무쌍하기로 소문이 나서 연대 전체가 형을 지휘관으로 모셔
가길 바랐는데, 부존느이 동지로부터 바로 부임 명령이 떨어져서 말
두 필에, 근사한 피복에, 개인 마차에, 적기(赤旗) 훈장까지 받았어요.
저도 형제라고 덩달아 대접을 받았습니다. 지금 엄마를 욕보이는 이웃
이 혹시라도 있으면 쎄묜 찌모페이치가 바로 목을 칠 겁니다. 그러고
서 우리는 제니낀 장군을 쫓기 시작해서 그놈들 몇천명을 베어 죽이고
흑해 쪽으로 몰아냈어요. 그러나 아부지 부대만은 어디서도 볼 수 없
었어요. 쎄묜 찌모페이치는 모든 전투 지역에서 아부지 부대를 샅샅이
뒤지고 다녔습니다. 페쟈 형을 그만큼 못 잊어했으니까요. 엄마도 잘
아시겠지만 아부지는 그 징한 성깔 그대로 처신했지요. 뻔뻔하게도 붉
은 턱수염을 새까맣게 염색하고 농사꾼 복장으로 마이꼬프 시에 있었
다니까요. 주민들은 아부지가 제정 때의 바로 그 순경이라는 사실을
몰랐지요. 그러나 진실은 스스로 모습을 드러내는 법, 엄마의 대부 되
시는 니꼰 바씰리치가 어떤 주민의 오두막에서 우연히 아부지를 보았
고, 이 일을 쎄묜 찌모페이치에게 편지로 알렸답니다. 우리는 말에 올
라타서 200베르스따를 내달렸습니다. 저, 쎄묜 형, 그리고 같은 까자끄
마을 출신 자원병들이 말이죠.

우리가 마이꼬프 시에서 무엇을 보았겠습니까? 후방에서는 전방에
무슨 일이 있건 신경도 안 쓴다는 걸 우린 알았어요. 사방에서 배신이
판을 치고, 제정 때나 매한가지로 유대놈들이 득시글대요. 그래서 쎄
묜 찌모페이치는 아부지를 내주지 않으려는 유대놈들과 대판 싸웠답
니다. 유대놈들은 아부지를 감방에 가두고 열쇠를 채운 채 이렇게 말
했대요. '포로를 죽이지 말라는 명령이 내려왔다. 우리가 자체적으로
재판을 할 테니까 너무 열내지 마라. 그자는 자기 죗값을 받을 거다.'
그러나 쎄묜 찌모페이치는 결국 자기가 의당 얻어내야 할 것을 얻어냈

고, 이로써 자신이 연대의 지휘관일 뿐만 아니라 부죤느이 동지로부터
적기 훈장을 받은 몸이라는 사실을 증명했습니다. 쎄묜 찌모페이치는
아부지의 신병에 대해 찍자를 놓거나 못 내어주겠다고 하는 놈들은 전
부 죽여버리겠다고 으르렁거렸고, 까자끄 마을 출신 전우들도 거기 합
세했지요. 마침내 아부지를 인계받은 쎄묜 찌모페이치는 채찍으로 아
부지를 갈기고 나서 모든 병사들을 군대식으로 마당에 정렬시켰습니
다. 쎈까(쎄묜의 애칭—옮긴이) 형이 아버지, 찌모페이 로지오느이치의
턱에 물을 끼얹으니까 턱에서 물감이 줄줄 흐르데요. 그러고 나서 쎈
까 형은 찌모페이 로지오느이치에게 물었어요.
　'내 손에 잡히니까 좋소?'
　'아니.' 아부지는 말했지요, '나쁘다.'
　그러자 쎈까가 물었어요.
　'그러면 페쟈는, 아부지 손에 칼질당하면서 좋았겠소?'
　'아니지.' 아부지가 말했어요, '페쟈도 나빴겠지.'
　그러자 쎈까 형이 물었어요.
　'그러면 아부지는 나쁜 꼴 당하리란 생각은 안했소?'
　'아니.' 아부지가 말했어요. '나쁜 꼴 당할 생각은 안했다.'
　그러자 쎈까 형이 사람들을 향해 말했어요.
　'나는 이렇게 생각한다. 내가 만약 아부지에게 잡힌다면 절대로 무
사하지 못할 거라고. 그러니까 아부지, 지금은 우리가 당신을 끝장내
야겠소⋯⋯'
　그러자 찌모페이 로지오느이치는 엄마와 성모를 들먹이며 쌍욕을 퍼
붓더니 쎈까 형의 얼굴을 때리지 않겠습니까. 쎄묜 찌모페이치가 저를
마당에서 내보냈기 때문에, 저는 아부지가 어떻게 끝장났는지 전해드
릴 수가 없네요. 보고 싶은 엄마, 예브도끼아 표도로브나, 저는 그때

마당에 없었으니까요.

 이 일이 있고 나서 우리는 노보로씨스끄 시에 주둔하게 되었습니다. 이 도시로 말하면 마른 땅이라고는 당최 없는 물 천지라고 하겠습니다. 흑해니까요. 우리는 거기서 오월까지 머물다가 폴란드 전선으로 진격해서 폴란드 지주놈들을 닥치는 대로 때려잡았습니다……

 당신의 사랑하는 아들 바씰리 찌모페이치 꾸르쥬꼬프. 엄마, 스죠빠를 잘 돌봐주세요, 그러면 주님이 엄마를 버리지 않을 거예요."

 이것이 꾸르쥬꼬프의 편지다. 한 글자도 고치지 않은 그대로이다. 내가 받아쓰기를 마치자, 꾸르쥬고프는 다 쓴 편지를 맨살 그대로인 품속으로 챙겨넣었다.

 "꾸르쥬꼬프," 나는 꼬마에게 물었다. "아버지가 못된 분이었냐?"

 "우리 아버진 개였어." 꼬마는 시무룩하게 대답했다.

 "어머니는 좋았고?"

 "어머니는 좋지. 볼 테야? 이게 우리 가족인데……"

 꼬마는 나에게 너덜너덜한 사진 한장을 내밀었다. 사진 속에는 떡 벌어진 어깨에 경찰모를 쓴 찌모페이 꾸르쥬꼬프 순경이 부동자세로 서 있었다. 잘 빗질된 턱수염에 광대뼈가 튀어나온 이 사내는 색깔 없는 텅 빈 눈동자를 번들거리며 앞을 꼬나보고 있었다. 그 옆에는 하얗고 야윈 얼굴에 수줍은 표정을 한 자그마한 시골 여자가 헐렁한 꼬프따(러시아의 전통적인 부인용 웃옷─옮긴이) 차림으로 대나무 의자에 앉아 있었다. 벽 쪽에는 두 청년이 꽃이며 비둘기가 들어간 촌스러운 배경 사진을 등지고 우뚝 솟아 있었다. 괴물처럼 거대하고 둔탁한 몸집, 넙데데한 얼굴에 툭 튀어나온 눈알─훈계라도 듣고 있는 듯 뻣뻣하게 얼어붙은 이 청년들이 바로 꾸르쥬꼬프 집안의 두 형제, 표도르와 쎄

폰이었다.

〔박현섭 옮김〕

더 읽을거리

바벨의 작품 중 유일하게 「기병대」가 이십여년 전 중앙일보에서 발간한 『소련동구
문학전집』에 김학수 번역으로 수록되어 있으며, 2008년에도 다른 역자에 의해 개역된 바 있
다. 트래비스 홀랜드가 바벨의 기막힌 운명을 소재로 쓴 실명소설 『사라진 원고』(정병선 옮김,
난장이 2009)가 번역출간되었다. 바벨의 독특한 문체를 곁눈질한 허다한 작가들 가운데서 헤
밍웨이는 대표적인 인물이다. 헤밍웨이의 단편 「살인자들」에서 주인공을 앞에 두고 두 명의
킬러가 주고받는 건조하고 리드미컬한 대화는 「편지」에서의 부자의 대화를 연상시킨다.

폰이었다.

Надежда Тэффи

| 나제쥬다 떼피 |

1872~1952

떼피(본명은 나제쥬다 부친스카야)는 상뜨 뻬쩨르부르그의 유명한 법률가 가정에서 태어났다. 단편작가이면서 동시에 저널리스트이자 시인이었던 떼피는 유명한 유머 잡지 『싸티리콘』의 주요한 기고가였다. 볼셰비끼 최초의 합법적인 잡지 『노바야 쥐즈니』에서 편집위원으로 일하던 떼피는 레닌이 잡지를 장악한 1905년에 편집위원직을 물러났으며, 혁명이 일어난 뒤에는 뻬쩨르부르그를 떠나서 빠리에 정착했다. 망명 이후 그녀는 빠리에 살고 있는 러시아 이민-망명자들을 주요 등장인물로 삼아, 삶의 뿌리를 상실한 채 부유하는 인간들의 비속하고 공허한 일상을 날카로운 관찰력과 통렬한 위트로 그려냈다.

　　현실 속에서 가해지는 세월의 폭력은 우리를 우울하게 만들지만, 단편소설의 세계에서는 즐겨 쓰이는 매력적인 소재가 된다. 시간의 스케일을 극도로 압축시킬 수 있는 단편소설의 구조적 특성상, 긴 세월 동안 이루어진 인간 세상의 변화는 한 시간에서 다른 시간으로의 극적인 반전을 가능케 하는 손쉬운 장치가 되기 때문이다. 「시간」은 '덧없는 세월' '화무십일홍'이라는 단편소설의 단골 소재를 지극히 평범한 구성 속에서, 난폭하다는 생각이 들 만큼 (떼피는 여자다), 강렬하게 형상화하고 있다.

　　이야기는 단순하다. 늘 어울리던 친구들이 레스토랑에 놀러 갔다. 옆자리에 앉은 유난스러운 노파들이 일행의 눈길을 끈다. 무대 위에서 가수가 부르는 노래를 듣던 일행 중 한사람이 그 노래의 주인공이 자신의 옛 지인임을 떠올린다. 그는 어떤 아름다운 귀부인의 폭풍 같은 사랑의 역사를 들려준다. 그런데 알고 보니 옆자리에 앉은 추악한 몰골의 노파가 바로 그 귀부인이었다는 이야기다.

　　그리 길지 않은 이 소설 속에서 중요한 비중을 차지하고 있는 두 개의 에피쏘드, 즉 '옆자리의 노파들'과 '귀부인의 전설'이 결국 합쳐질 것이라는 예상은 진작부터 할 수 있다. 그런 점에서 볼 때, 여기서의 반전이 예기치 못한 반전이라고 할 수 없다. 오히려 익히 예상되는 혐오스러운 반전을 굳이 보고 싶지 않은 독자의 무의식적인 저항이 이 소설을 읽는 긴장을 지탱한다고 할 것이다. 무엇일까? 작가는 아름다운 귀부인의 로망스를 박살낸 동시에, 그녀에게 은밀하게 투사된 독자들의 로망스까지도 부숴버리고 있는 것이다. 만화 같은 깜짝쇼와 진짜 소설의 차이는 바로 이런 데에 있다. 자신의 주인공에 대해 난폭할 수 있는 작가의 권리는 작가 자신이 스스로의 비극을 꿀꺽 삼켜버릴 수 있는 용기를 담보로 한다.

시간

그곳은 샤슬릭(양고기 꼬치구이 —옮긴이)과 만두와 새끼통돼지구이와 철갑상어알 그리고 음악 연주까지 있는 훌륭한 레스토랑이었다. 음악 연주는 「귀여운 여인」이나 「가락지빵」 「검은 눈동자」 같은 러시아 노래에만 한정된 것은 아니었다. 연주자들 가운데는 흑인, 멕시코인, 스페인인, 그리고 족보를 알 수 없는 재즈 계열의 가수 들이 있었는데, 이들은 하체를 움찔거리며 알아듣기 힘든 비음의 단어들을 온갖 나라의 언어로 노래했다. 러시아 가수들은 무대 뒤에서 십자가를 긋고는 심지어 일부러 프랑스어나 영어로 앙꼬르 연주를 하기도 했다.

춤곡에서는 가수의 국적이 잘 드러나지 않기 때문에 타쿠자 유카, 루투프 야이야이, 에카마 유야 같은 매우 초자연적인 이름의 여자 가수들이 노래했다.

그들 가운데는 길쭉한 초록색 눈에 가무잡잡한 피부를 한, 아니 거의 흑인에 가까운 모습의 이국적인 여자들이 있었다. 장밋빛과 황금빛이 섞인 금발도 있었고, 갈색 피부에 불꽃처럼 빨간 머리의 여자들도 있었다. 흑백 혼혈처럼 보이는 가수들까지도 포함해서 그들 대부분은 당연히 러시아인들이었다. 우리가 변장을 해도 이 정도는 어렵지 않게 할 수 있을 것이다. 이 세상에서 '우리의 누이 가난'이 못 가르칠 것은 없다.

식당의 분위기는 멋들어졌다. 이 단어야말로 그 분위기를 가장 잘 표현하는 말일 것이다. 사치스럽다거나 호화롭다거나 세련된 것이 아니라 그야말로 멋들어진 것이다.

오색의 조명과 분수들, 벽에 설치된 금붕어 어항과 카펫…… 천장에는 부릅뜬 눈이며 추켜올린 다리, 파인애플, 외알안경이 걸린 코, 가재 꼬리, 그밖에도 알아보기 힘든 온갖 문양이 그려져 있었다. 이 모든 것이 테이블에 앉아 있는 사람들 머리 위로 한꺼번에 쏟아질 것만 같았는데, 그것이야말로 화가에게 맡겨진 주문이었을 것이다.

종업원들은 예의가 발라서 늦게 온 손님들에게 군소리를 하지 않았다. 다른 식당 같으면 이랬을 것이다. '좀 기다리세요. 자리도 없는데 그렇게 밀치고 들어오면 어쩌라는 겁니까. 여기는 전차가 아니에요.'

식당에 오는 외국인 손님들은 러시아인만큼이나 많았다. 그래서 이 집에 한번쯤 와본 듯한 프랑스인이나 영국인이 자주 눈에 띄었다. 이들은 친구들을 데려와서 마치 횃불을 삼키는 마술사 같은 표정으로 입속에 첫번째 보뜨까 잔을 털어넣고는 툭 튀어나온 눈을 하고 방금 술이 넘어간 목구멍을 삐로슈끼(러시아식 고기파이―옮긴이)로 틀어막곤 했다. 그러면 친구들은 이런 그를 대단한 기인 보듯 하면서 음흉한 미소와 함께 자기 술잔의 냄새를 맡았다.

프랑스인들은 삐로슈끼를 즐겨 주문했다. 이들은 이 단어의 '로' 소리에 강세를 주어 발음하면서 속없이 흥겨워하곤 했다. 그런데 그것은 매우 이상하고도 설명하기 힘든 일이었다. 프랑스인들은 자기네 말의 특성을 따라서 모든 러시아어 단어의 끝음절에 강세를 부여했기 때문이다. 그런데 다른 건 다 그렇게 하면서 '삐로슈끼'만은 그러지 않았다.

*

테이블에는 바바 폰 메르젠과 무샤 리벤 그리고 고고쌰 리벤스끼가 앉아 있었다. 고고쌰는 비록 변두리권이기는 해도 상류사회 출신이었다. 그래서 예순다섯이라는 나이에도 불구하고 고고쌰라는 별명으로 불렸다.

바바 폰 메르젠 또한 중년의 바르바라(이 여자의 원래 이름은 바르바라이며 '바바'는 애칭이다—옮긴이)로 성장한 지 오래인 여자였다. 그녀는 자글자글하게 말아올린 푸석한 황갈색 파마머리를 하고 있었는데, 담배 냄새에 하도 찌들어서 만약에 그 머리카락을 잘라내어 잘게 썰면 그리 까다롭지 않은 원양선 선장의 곰방대에 채워넣어도 될 성싶었다.

무샤 리벤은 바로 얼마 전에 겨우 처음으로 이혼한 젊은 처자였다. 애수어리고 감상적이고 상냥한 이 아가씨는 보뜨까를 연달아 들이켜도 까딱없었다. 아무리 마셔도 취하지 않을 뿐 아니라 다른 사람은 물론 그녀 자신조차 술을 마시고 있다는 걸 모를 정도였다.

고고쌰는 매력적인 말상대였다. 그는 모든 사람들을 알고 있었고 그들 모두에 대해 큰 소리로 온갖 이야기를 했다. 가끔 이야기 내용이 좀 아슬아슬하다 싶으면 러시아인들이 흔히 그러하듯 프랑스어로 말을 하곤 했는데, 그것은 '하인들이 못 알아듣게' 하기 위해서이기도 했지만, 한편으로는 러시아어로 했을 때는 듣기 민망한 말이 프랑스어로는 매력적으로 들리기 때문이기도 했다.

고고쌰는 어느 식당에서 무엇을 주문해야 좋은지 그리고 주방장의 이름은 무엇인지를 낱낱이 알고 있었으며, 모든 식당의 급사장들과 악수로 인사를 나누었고, 언제 어디서 무엇을 먹었는지를 기억하고 있었다.

연주자가 멋진 연주를 하면 그는 크게 박수를 치며 귀족풍의 저음으로 이렇게 소리치곤 했다.

"고마워, 친구!"

또는,

"잘했어, 아가씨!"

그는 많은 손님들을 알았고 그들에게 몸짓으로 인사를 보냈으며, 이따금 홀 전체가 울릴 정도의 목소리로 이렇게 말했다.

"꼬망 싸 바? 안나 뻬뜨로브나, 본느 쌍떼?"(프랑스어로 "어떻게 지내세요? 안나 뻬뜨로브나, 건강은 괜찮지요?"라는 뜻——옮긴이)

한마디로 말해, 그는 혼자서 홀의 4분의 3을 채우는 놀라운 손님이었다.

이들 맞은편 벽 쪽에는 흥미로운 일행이 테이블을 차지하고 있었다. 세 명의 부인이었는데, 모두 중년을 넘긴 나이였다. 쉽게 말해서, 노파들이었다.

테이블을 주도하는 인물은 머리가 완전히 가슴에 붙어서 목이 어디 있는지 알 수 없는, 중키의 뚱뚱한 노파였다. 커다란 다이아몬드 브로치가 그녀의 이중턱에 몸을 기대고 있었다. 잘 빗겨진 백발에 앙증맞은 검은색 챙모자가 씌워져 있었고, 볼에는 장밋빛 분이 살짝 칠해져 있었으며, 매우 얌전한 색깔의 루주를 바른 입술 사이로 푸른빛이 감도는 의치가 보였다. 양쪽 귀 위로는 근사한 은빛 여우목도리가 털을 세우고 있었다. 대단히 우아한 노파였다.

나머지 두 노파는 별로 흥미를 끄는 점이 없었는데, 아마도 잘 차려입은 노파의 초대를 받아 온 것 같았다.

우두머리 노파는 매우 세심하게 포도주와 요리를 주문했으며, 초대된 두 노파 또한 입맛이 꽤나 까다로운 듯 똑 부러지게 의견을 이야기하면서 자기 입장을 고수했다. 이들은 사이좋게 식사를 시작했지만, 그 이면에는 만만치 않은 기질이 끓어오르고 있었다. 이들은 한잔 또 한잔 연이어 술을 마셨다. 그리고 금방 얼굴이 빨개졌다. 우두머리 노파는 쉴새없이 술을 들이켠 나머지 얼굴이 창백해졌으며 눈이 돌출되고 생기를 잃을 지경이었다. 그러나 세 사람 모두, 방금 전에 코끼리 가죽을 벗기고 나서 기쁨에 겨워 끝없이 춤을 추다가 포만감에 뒹구는 검둥이들처럼 희희낙락했다.

"재미있는 할망구들이네!" 바바 폰 메르젠이 떠들썩한 일행 쪽으로 코안경을 향하면서 말했다.

"그래," 고고쌰가 열광적으로 맞장구를 쳤다. "행복한 나이야. 저 사람들은 이제 괜히 고집부릴 필요도 없고, 누구와 싸울 필요도 없고, 누구 마음에 들려고 애쓸 필요도 없어. 돈과 건강한 위장만 있으면 정말 행복한 나이지. 그리고 가장 태평한 나이야. 이젠 더이상 인생 설계를 할 필요도 없잖아. 모든 준비를 마친 거지."

"저 우두머리 노파를 좀 봐." 무쌰 리벤이 경멸하는 태도로 입가를 일그러뜨리며 말했다. "무슨 기쁨에 겨운 암소 같아. 딱 보니까, 어떤 인생을 살았는지 알겠어."

"아마도 멋진 인생이었겠지." 고고쌰가 동의의 뜻으로 말했다. "'살아라, 그리고 남들도 살게 해줘라.' 유쾌하고 건강하고 돈많은 노파잖아. 게다가 젊을 땐 제법 미인이었을 것도 같은데. 물론 지금이야 뭐라고 하기 힘들지만. 불그죽죽한 비곗덩어리랄까."

"내 생각엔 인색하고 욕심 사납고 멍청한 여자였을 것 같은데." 바바 폰 메르젠이 끼어들었다. "저 먹고 마시는 꼴 좀 보라고. 음탕한 짐승이네."

"그래도 아마 그녀를 사랑하고 결혼까지 한 누군가가 있었겠지." 무쌰 리벤이 꿈꾸듯 느릿느릿 말했다.

"그 누군가는 필경 돈 때문에 결혼했겠지. 너는 항상 이 세상에 존재하지 않는 로맨스를 생각하는 게 문제야."

대화는 쭐랴 로프쩬 때문에 끊어졌다. 그 역시 고고쌰가 속한 상류사회 변두리권 출신이었기 때문에 예순셋이 되는 지금까지 쭐랴라는 애칭을 유지하고 있었다. 쭐랴 또한 상냥하고 유쾌한 사람이었지만 고고쌰보다는 가난하고 시종일관 우울했다. 그는 잠시 수다를 나누다가 일어나서 주위를 둘러보더니 '희희낙락 노파들'에게로 다가갔다. 노파들은 오랜 친구를 대하듯 그를 반기며 자기네 테이블에 앉혔다.

그러는 가운데 공연은 순조롭게 진행되고 있었다.

젊은 남자가 마치 닭 한마리를 잡아먹은 고양이처럼 입맛을 다시며 무대에 나왔다. 그는 웅웅거리고 쿵작거리는 재즈 반주에 맞추어 계집이 애원하듯 골골거리는 소리로 영어 노래를 불렀다. 가사는 감상적이고 서글펐으며 멜로디도 시종일관 우울했다. 그러나 재즈 반주는 그런 것과 상관없이 제 할 일을 했다. 그래서 마치 슬픔에 잠긴 남자가 징징대며 실연 이야기를 하고 있는데 어떤 미친놈이 제멋대로 날뛰고 울부짖고 휘파람을 불어대면서 징징대는 남자의 머리를 놋쟁반으로 갈겨대고 있는 광경처럼 보였다.

그다음으로는 같은 반주에 맞추어 두 명의 스페인 무희가 춤을 추었다. 그중 한 여자가 교성을 지르며 무대를 뛰어다니는 통에 객석 분위기는 한껏 고조되었다.

다음에는 프랑스식 성을 가진 러시아 가수가 나왔다. 처음에 그는 프랑스 로맨스를 부르더니 다음 곡은 오래된 러시아 로맨스, '앙꼬르'를 불렀다.

나는 그대의 수줍은 노예, 그대 앞에 무릎을 꿇네.
파멸적인 운명에 맞서지 않으리.
모든 걸 견디리, 치욕도, 쓰라린 굴종도……
당신과 함께하는 행복을 위해서라면

"들어봐요! 들어봐!" 갑자기 고고쌰가 주의를 집중했다. "아, 온갖 기억이 떠오르네! 이 로망스는 정말 끔찍한 비극과 관련이 있어. 불쌍한 꼴랴 이주보프…… 마리야 니꼴라예브나 루쩨…… 백작……"

내 시선이 그대의 눈과 마주칠 때면
나는 그만 가슴 아픈 환희에 사로잡히네.

가수는 고통스럽게 음을 끌었다.
"나는 이 사람들을 다 알지." 고고쌰는 기억을 떠올렸다. "이건 꼴랴 이주보프의 로망스야. 멋진 노래지. 그는 정말 재능있는 남자였어……"

…… 그렇게 자애로운 별들이
미쳐 날뛰는 바닥 모를 대양 위에 반사되고……

가수의 노래는 계속되고 있었다.
"그녀는 참으로 매혹적이었어! 꼴랴와 백작은 그녀에게 미친 사람처럼 빠져들었지. 꼴랴가 백작에게 결투를 청했어. 백작이 그를 죽였지. 마리야 니꼴라예브나의 남편은 그때 까프까즈에 있었다네. 남편이 돌아와보니 이런 스캔들이 벌어진 거지. 게다가 마리야 니꼴라예브나는 죽어가는 꼴랴를 돌보고 있었고. 백작은 마리야 니꼴라예브나가 꼴랴 옆에만 붙어 있는 걸 보고 자기 이마에 총을 쏴버렸다네. 자기는 꼴랴에 대한 그녀의 사랑을 알겠노라는 유서를 남기고서 말이야. 물론 그편지는 남편의 손에 들어갔고 남편은 이혼을 요구했지. 마리야 니꼴라예브나는 남편을 몹시 사랑했기에 사실 아무런 잘못이 없었거든. 하지만 그녀를 믿지 못한 남편은 극동에서의 임무를 받아들이고는 그녀를 혼자 버려둔 채 떠나버렸어. 그녀는 절망 속에서 미칠 듯이 괴로워하며 수녀원으로 들어갈 생각까지 했다지. 여섯 해 뒤에 남편이 자기가 있는 상하이로 그녀를 불렀어. 죽다 살아난 그녀가 상하이로 날아가보니 남편이 죽어가고 있지 뭔가. 두 사람이 같이 산 건 고작 두 달이었다네. 남편은 자기가 그녀 한사람만을 사랑했다는 걸 뒤늦게 깨닫고 괴로워했다네. 이야기가 이렇게 비극적인데, 그 작은 여자가 이 모든 일을 어떻게 다 겪을 수 있었는지, 참으로 놀라울 뿐이야. 그러고는 그녀를 보지 못했어. 다만 그녀가 다시 결혼을 했는데 그 남편이 전사했다는 소식은 들었어. 그녀도 아마 죽었을 거야. 혁명 때 죽었겠지. 저기 쫄랴가 그녀와 잘 아는 사이라서 그 당시에 마음고생을 좀 했다네."

미쳐 날뛰는, 바닥 모를 대양 위에 반사되고……

"대단한 여자네! 그런 여자는 요즘 보기 드물지."
바바 폰 메르젠과 무쌰 리벤은 기분이 상한듯 입을 닫았다.
"흥미로운 여자들은 어느 시대에나 있는 법이야."
마침내 바바 폰 메르젠이 씹듯이 말했다.
고고쌰는 쓴웃음을 지으며 그녀의 손을 달래듯 톡톡 두드렸다.
"저기 좀 봐요." 무쌰가 말했다. "당신 친구가 노파들과 함께 당신 이야기를 하는 것 같은데."

정말로 쫄랴와 노파 일행이 고고샤 쪽을 바라보고 있었다. 쫄랴가 일어서더니 고고샤에게 다가왔고, 우두머리 노파는 고개를 끄덕였다.

"고고샤!" 쫄랴가 말했다. "마리야 니꼴라예브나가 자네를 잘 기억하고 있던데. 내가 그녀에게 자네 이름을 이야기하니까 단박에 기억해내더니 굉장히 반가워하더라고."

"마리야 니꼴라예브나라니?" 고고샤가 얼떨떨한 표정을 지었다.

"넬로기나 부인. 그래, 예전의 루쩨 부인. 설마 잊은 건가?"

"맙소사!" 고고샤가 움찔했다. "방금 그 여자 얘기를 하고 있던 참인데!…… 그래서 그 여자가 어디 있어?"

"잠깐 가보지." 쫄랴가 재촉했다. "아리따운 숙녀들이 작별인사를 하고 싶어한다네."

고고샤는 벌떡 일어나서 놀란 눈으로 주위를 둘러보았다.

"그래, 그 여자가 도대체 어디 있냐고!"

"이거야 원, 내가 방금 그 여자하고 같이 앉아 있었잖아…… 데려갑니다, 데려가요!" 그가 소리쳤다.

그러자 우두머리 노파가 고개를 끄덕이더니 루주가 발린 입술을 벌려 견실하고 두툼한 볼살을 기쁜 듯 씰룩였다. 벌린 입술 사이로 가지런하게 늘어선 푸른빛이 감도는 의치가 인사하듯 반짝거렸다.

〔박현섭 옮김〕

더 읽을거리

러시아인들 사이에서 떼피는 긴 세월 동안 두꺼운 독자층을 유지해온 작가이다. 심지어 떼피의 애독자였던 레닌은 반쏘비에뜨적인 내용을 담고 있는 그녀의 1920년대 단편들이 소련에서 해적판으로 출판되는 것을 묵인할 정도였다. 볼셰비끼 혁명을 전후하여 유럽으로 건너간 대부분의 작가가 그렇듯이, 떼피는 우리나라에 거의 알려져 있지 않다. 따라서 떼피의 러시아식 검은 유머를 더 경험하고 싶은 독자는 다른 외국어 번역을 참고할 수밖에 없다. 떼피는 종종 쏘비에뜨의 대표적인 풍자소설가 조셴꼬와 비견된다. 이국의 레스토랑이나 클럽에 모여 앉아서 건너편 테이블에 있는 동포의 뒷 담화를 수군거리는 야릇한 분위기는 써머싯 모옴의 단편들을 연상시키기도 한다.

Евгений Замятин

예브게니 자먀찐

1884~1937

예브게니 자먀찐은 1884년 러시아의 작은 도시 레베잔에서 성직자의 아들로 태어났다. 1902년 학교를 우등 졸업하여 뻬쩨르부르그에 있는 대학의 조선학과에 입학했다. 이후 볼세비끼 당에 입당해 혁명직 대힉생 활동에 침여하다가 체포되이 유배됐디. 1908년 탈당히여 첫 단편 「혼자」를 썼다. 1911년에 발표된 첫 중편 「지방 생활」이 비평계의 상당한 주목을 받았다. 이후 대표작 『우리들』 이외에 여러 편의 작품을 집필하지만 소련에서의 출판이 금지되었다. 1932년에 자먀찐은 빠리로 망명하여 작품활동을 계속했다. 타지에서의 생활고와 병고에 시달리다 1937년 사망했다.

■　동굴 Пещера

1920년에 쓴 이 단편은 혁명 후 어느 매서운 겨울에 뻬쩨르부르그에서 추위와 굶주림으로 죽어가는 부부를 묘사하고 있다. 남편은 기성세대의 문화에 속하며 그 가치를 소중히 여기는 인쩰리겐찌야다. 그러나 혹독한 추위와 아내의 병이 그로 하여금 자신의 도덕관과 어긋나는 행동을 하도록 만든다. 그는 이웃집에서 장작을 훔친다. 그러나 그가 훔친 장작 다섯 개비로 그들의 처지는 나아질 것이 없다. 무력함과 절망에 빠진 남편은 독약 자살을 하기로 마음먹는다. 이를 눈치챈 아내는 그 독약을 자신에게 양보해 달라고 애원한다. 남편은 아내의 부탁을 들어주면서 그녀가 편히 목숨을 끊을 수 있도록 눈보라가 치는 바깥으로 나간다.

「동굴」은 비인간적인 조건 속에서 인간이 '동굴' 속 동물로 변하는 모습을 자먀찐 특유의 강렬한 문체를 통해서 보여주고 있다. 그가 제시하는 이미지들은 여러 차원의 대비를 이루면서 압축적이고 의미가 풍부한 텍스트를 형성한다. 한편 이 단편에서 혁명 전 옛 세계와 혁명 후 새로운 세계가 과거 회상과 현재의 대립을 통해 대비되고 있는가 하면 다른 한편 다양한 이미지를 통해 선사시대 동굴 속 인간과 현재 뻬쩨르부르그에 살고 있는 인간 사이에 유비가 제시되고 있다. 여러 차원에서 이루어지는 이미지들의 대비와 유비가 이 작품에 대한 다양한 해석의 가능성을 열어놓는다.

이 짧은 단편을 통해서 독자는 혁명 전후의 분위기에 대한 작가의 태도, 나아가서 역사와 인간의 본질을 고민하는 자먀찐의 입장을 엿볼 수 있으며 그 고민을 함께 나눌 수 있을 것이다.

동굴

빙하, 매머드, 황무지. 어쩐지 집을 닮은 한밤중의 검디검은 절벽. 그 절벽에는 동굴이 있다. 누군가 밤마다 절벽 사이로 난 돌길을 따라 뿔피리를 불며 다니는지, 그리고 고샅길의 냄새를 맡으며 하얀 눈꽃을 뿌리며 다니는지 알려져 있지 않다. 그것은 회색 코를 단 매머드일 수도 있고, 어쩌면 바람일지도 모른다. 그 바람이라는 것은, 행여 거대한 매머드의 얼어붙은 울부짖음일지도 모른다. 분명한 한가지는 지금이 겨울이라는 것. 입을 달달 떨지 않으려면 이를 꽉 다물어야 한다. 돌도끼로 장작을 쪼개야 한다. 매일 밤 점점 더 깊은 곳으로 동굴에서 동굴로 장작불을 옮겨야 하고, 털이 복슬복슬한 짐승의 가죽으로 자신을 감싸야만 한다.

수세기 전 뻬쩨르부르그가 있던 절벽 사이를 회색 코를 단 매머드가 밤마다 어슬렁거렸다. 그리고 가죽, 외투, 담요, 넝마를 걸쳐 입은 동굴 사람들은 점점 더 깊숙한 동굴 속으로 물러났다. 10월 1일 성모제에 마르찐 마르찌느이치와 마샤는 서재에 못질을 했고, 10월 22일 까쟌 성모일에는 식당에서 빠져나와 침실로 들어가 은신했다. 더이상 물러날 곳은 아무 데도 없었다. 혹한을 견뎌내든지 아니면 그대로 죽든지.

동굴의 뻬쩨르부르그 침실 속은 바로 얼마 전의 노아의 방주 속과 다를 바 없었다. 노아의 대홍수 때처럼 정(貞)한 동물과 부정(不貞)한 동물들이 서로 밀고 밀치며 법석거리고 있었다(구약성서 「레위기」에 따르면, 동물들은 정한 동물과 부정한 동물로 나뉜다——옮긴이). 마호가니 책상, 책들, 도자기 모양의 석기시대의 비스킷, 스끄랴빈의 작품 제74번, 다리미, 하얗게 될 때까지 정성껏 씻은 감자 다섯 알, 니켈로 도금한 침대의 격자, 도끼, 장롱, 장작. 그리고 이 모든 우주의 중심에 서 있는 것은 신, 다리가 짧고 빨갛게 녹슨 다부진 몸매의 탐욕스러운 동굴의 신, 즉 주철로 된 난로였다.

그 신은 맹렬하게 가르렁대고 있었다. 어두운 동굴 속에 위대한 불의 기적이 있었다. 두 사람의 인간, 마르찐 마르찌느이치와 마샤는 말없이 경건하게 감사의 표정을 머금은 채, 신 쪽으로 손을 뻗치고 있었다. 한 시간 동안 이 동굴 속은 봄이다. 이 한 시간 동안은 짐승 가죽과 발톱, 이빨을 다 벗어던지고, 온통 얼음으로 뒤덮인 뇌의 표피를 뚫고 초록빛 가느다란 줄기가 움트고 있었다. 그것은 생각.

"마르뜨, 당신은 잊으셨지요. 내일이 무슨 날인지를…… 그래요, 그렇다니까요. 잊은 거예요!"

나뭇잎이 이미 노랗게 물들어서 생기를 잃고 떨어지는 시월에도 파란 눈처럼 하늘이 투명해 보이는 날이 있기 마련이다. 그런 날에는 땅을 보지 않도록 머리를 힘껏 뒤로 젖히고 하늘을 올려다보면 믿을 수도 있다. '아직 기쁨은 있다' '아직은 여름이다'라는 사실을. 지금의 마샤도 바로 그런 상태에 있다. 살며시 눈을 감고 그녀에게 귀 기울인다면, 그녀가 이전과 똑같다고 믿을 수도 있을 것이다. 지금이라도 미소를 머금고 침대에서 일어나 남편을 껴안을 수도 있다고. 한 시간 전쯤 나이프로 유리를 긁는 것 같은 소리를 낸 것은 그녀의 목소리가 아니다. 결코 그녀가 아니다⋯⋯

"아아, 마르뜨, 마르뜨! 어째서 모든 것이⋯⋯ 예전엔 잊어버리는 일이라곤 결코 없었는데. 29일은 마리아의 날이고, 내 축일('마샤'는 '마리아'의 애칭 —옮긴이)이에요⋯⋯"

주철의 신은 여전히 가르렁거리고 있었다. 언제나처럼 빛은 없었다. 열시가 되어야 들어올 것이다. 표면이 고르지 않은 동굴의 어둡고 둥근 천장이 흔들리고 있었다. 마르찐 마르찌느이치는 몸을 웅크린 채, '매듭을 더 단단히! 더 단단히!'라고 자기 자신에게 말하고, 생기를 잃은 누르께한 입술을 보지 않으려고 머리를 뒤로 젖힌 채 여전히 시월의 하늘을 바라보고 있었다. 한편, 마샤는⋯⋯

"이봐요, 마르뜨, 내일은 아침부터 불을 때서 온종일 지금처럼 따스했으면 좋겠어요! 어때요? 집에 남아 있는 장작은 얼마나 되죠? 서재에는 아직 반 싸젠('싸젠'은 미터법이 사용되기 이전의 러시아 길이 단위로 약 2.134미터이다—옮긴이)가량은 남아 있을 테죠?"

마샤는 이미 오랫동안 북극과도 같은 서재에 가본 적이 없었다. 그리하여 모르고 있었다. 거기엔 이미⋯⋯ 매듭을 더 단단히! 더 단단히!

"반 싸젠이라고? 더 많지! 내 생각에, 거기엔⋯⋯"

갑자기 불이 들어왔다. 정각 열시였다. 마르찐 마르찌느이치는 말을 끊고 눈을 가늘게 뜬 채 얼굴을 돌렸다. 빛 속에서는 어둠속에서보다 더욱 괴로웠기 때문이다. 게다가 밝은 빛 아래서는 주름투성이 점토 같은 얼굴이 한결 뚜렷이 보였다. (지금은 많은 사람들이 점토 같은 얼굴을 하고 있다. 아담의 시대로 되돌아가고 있는 것이다.) 한편 마샤는⋯⋯

"이봐요, 마르뜨, 내가 한번 해볼게요⋯⋯ 당신이 아침부터 불을 때 준다면, 아마도 내가 일어날 수 있을지도⋯⋯"

"암, 마샤, 물론이지…… 내일은 특별한 날이니까…… 물론 아침부터 불을 때도록 해야지."

동굴의 신은 점점 나지막해지고 작아지더니 마침내 잠잠해졌다. 들린다, 아래층, 오베르띠셰프의 거처에서 배를 부순 목재를 돌도끼로 자르는 소리. 그 돌도끼는 마르찐 마르찌느이치를 조각조각 부숴놓고 있다. 그렇게 부숴진 마르찐 마르찌느이치의 한 조각은 점토처럼 마샤에게 미소짓고, 과자를 만들려고 말린 감자 껍질을 맷돌로 갈고 있었다. 그리고 부숴진 또 하나의 조각은, 어쩌다가 방으로 날아든 새처럼 천장이며 유리창이며 담벽 등에 닥치는 대로 마구 머리를 찧고 있었다. '어디에서든 장작을, 어디에서든 장작을, 어디에서든 장작을.'

마르찐 마르찌느이치는 외투를 입고 그 위에 가죽 혁대를 매고(동굴 사람들 사이에선 그렇게 하면 훨씬 따뜻해진다는 믿음이 있었다), 모퉁이의 장롱 옆에서 양동이를 흔들었다.

"어디 가세요, 마르뜨?"

"곧 돌아올게. 물 뜨러 밑에 가."

엎질러진 물로 얼어붙은 어두운 층계에서 마르찐 마르찌느이치는 잠시 걸음을 멈추고 부르르 몸을 떨었다. 그러고 나서 한숨을 내쉬고는 양동이를 족쇄처럼 절걱거리면서 오베르띠셰프의 집 쪽으로 내려갔다. 이 집에서는 아직도 물이 나오고 있었다. 문을 연 것은 오베르띠셰프 바로 그 사람이었다. 벨트 대신 새끼줄로 동여맨 외투를 걸치고 있었다. 오랫동안 수염을 깎지 않은 그 얼굴은 마치 먼지를 뒤집어쓴 불그레한 잡초 같은 것이, 흡사 무성한 황무지 같았다. 그 잡초 사이로 싯누런 돌을 닮은 이가 보이고, 그 돌 사이에서 도마뱀 꼬리가 언뜻 엿보였다. 미소.

"아아, 마르찐 마르찌느이치! 물 가지러 오셨나요? 자, 그럼 어서 들어오세요."

바깥문과 안쪽 문 사이에 끼어 있는 이 비좁은 새장 같은 방에서는 양동이를 든 채 몸의 방향을 바꿀 수도 없다. 이 새장 속에 오베르띄셰프의 장작이 있었다. 점토 같은 마르찐 마르찌느이치는 옆구리를 장작에 아프게 부딪혔다. 그러자 점토 덩어리가 움푹 패었다. 그리고 어두운 복도에서 장롱 모서리에 부딪혀, 자국은 더 깊이 패어들어갔다.

식당으로 빠져나갔다. 식당에는 오베르뛰셰프의 암놈과 오베르뛰셰프의 새끼 세 마리가 있었다. 다른 동굴에서 온 사람을 보자 암놈은 황급히 수프 접시를 냅킨 밑으로 감추었다. 누가 아는가, 갑자기 달려들어 빼앗을지도.

부엌에서 수도꼭지를 틀며 오베르띄셰프는 돌 같은 이빨로 미소를 지었다.

"어떻습니까, 부인께서는? 부인께서는? 부인께서는?"

"그저 그렇지요, 알렉쎄이 이바느이치, 여전합니다. 차도가 없어요. 게다가 내일은 그 사람의 명명일인데 집에는 땔감이 전혀 없어요."

"하지만, 마르찐 마르찌느이치, 당신은 의자도 있고 찬장도 있고…… 책도 있지요. 책은 정말이지 잘 탑답니다. 정말이지 잘 타죠."*

"당신도 아시잖아요. 그 가구들은 전부, 모두—남의 것이죠. 단지 피아노 한대만……"**

"모두가 그래요, 그래요, 그렇답니다. 애통하고 애통할 노릇이죠!"***

부엌에서 소리가 들렸다. 잘못 날아든 새가 날갯짓하는 소리. 이윽고

---

* *~***표시 부분은 Евгений Замятин, Сочинения, т.1. A.Neimanis, Buchvertrieb und Verlag, München, 1970(수록작품 출전①)에는 수록되어 있으나, Евгений Замятин, Сочинения, Москва: Книга, 1988(수록작품 출전②)에는 삭제되어 있다.(옮긴이)

좌우로 날더니 별안간 자포자기에 빠진 듯 힘껏 가슴을 벽에 부닥치기 시작했다.

"알렉쎄이 이바느이치, 제발 부탁입니다. 알렉쎄이 이바느이치, 대여섯 개비만이라도 좋으니 장작을 좀⋯⋯"

누런 돌 같은 이가 잡초 사이에서 보인다. 누런 이는 눈 속에서도 보인다. 오베르띠셰프의 얼굴은 온통 이로 뒤덮이고, 그 이는 갈수록 길게 뻗쳐나갔다.

"무슨 말씀을 하십니까, 마르찐 마르찌느이치, 무슨 말씀을, 무슨 말씀을! 우리집에도⋯⋯ 아시겠지만, 지금은 누구나 할 것 없이⋯⋯ 아시리라 믿습니다만, 아시리라 믿습니다만⋯⋯"

매듭을 더 단단히! 더 단단히, 더 단단하게! 마르찐 마르찌느이치는 자신을 더 조이고 양동이를 들어올렸다. 그리고 부엌을 지나 어두운 복도를 가로질러 식당을 빠져나왔다. 식당 문지방에서 오베르띠셰프는 도마뱀처럼 날쌔게 한쪽 손을 내밀었다.

"그럼 안녕히⋯⋯ 저 부탁입니다만, 마르찐 마르찌느이치, 문을 꼭 닫는 것을 잊지 마세요. 잊지 마세요. 양쪽 문을 다 닫는 것을, 양쪽 문을 다. 그렇지 않으면 아무리 불을 때도 따뜻해지지 않으니까요."

얼음이 깔린 어두운 문밖의 공터로 나오자, 마르찐 마르찌느이치는 양동이를 내려놓고 몸을 돌려 안쪽 문을 세차게 닫았다. 그는 귀를 기울였다. 들려오는 것은 자기 몸속의 바짝 마른 뼈의 전율과, 규칙적으로 점을 찍는 듯 두근거리는 심장소리뿐. 양쪽 문 사이의 비좁은 장작더미 광 속으로 손을 뻗치자 장작이 손에 더듬더듬 닿았다. 하나, 하나 더⋯⋯ 안돼! 황급히 자기 몸을 밀어내듯이 밖으로 나와 바깥문을 닫아버렸다. 이제 그저 자물쇠가 들어맞도록 문을 세게 닫기만 하면 된다⋯⋯

하지만 힘이 부쳤다. 마샤의 '내일'을 걸어잠글 힘이 그에게는 없었던 것이다. 가까스로 알아들을 수 있는 점선 같은 숨결로 나뉜 경계선상에서 두 사람의 마르찐 마르찌느이치가 사생결단의 투쟁을 하고 있었다. 그것은 스끄랴빈과 함께 있는 과거의 마르찐 마르찌느이치, 즉 그래서는 안된다는 것을 아는 마르찌느이치와, 동굴에 사는 또 한명의 마르찐 마르찌느이치, 다시 말해 그렇게 하지 않을 수 없다는 것을 아는 마르찌느이치다. 이윽고 동굴에 사는 마르찐 마르찌느이치가 이를 갈며 또 한명의 마르찐 마르찌느이치를 밀어 덮치며 숨을 끊어버리고 말았다. 그는 손톱에 상처를 내면서 문을 비틀어 열고 장작 속에 손을 들이밀었다. 한 개비, 네 개비, 다섯 개비──그는 외투 속에, 벨트 사이에, 양동이 속에 장작을 쑤셔넣고 문을 쾅 닫으며 거대한 짐승처럼 성큼성큼 계단을 따라 올라갔다. 계단의 중간쯤까지 올라갔을 때, 얼어붙은 층계의 단 위에서 그는 갑자기 얼어붙은 듯 걸음을 멈추고 벽에 바싹 몸을 기댔다. 다시 문이 덜컹거리고 먼지투성이의 오베르띠셰프의 목소리가 아래에서 들려왔다.

"거기 누구요. 거기 누구요. 거기 누구요?"

"접니다, 알렉쎄이 이바느이치. 문을 닫는 걸 잊어서…… 문을 꼭 잠그려고 되돌아왔지요."

"당신이군요? 흠…… 어쩌다 그러셨지요? 좀더 조심해야지요, 조심해야지요. 지금은 누구나 남의 것을 훔치니 말입니다. 당신도 아시지요, 아시지요. 그런데 어쩌다가 그러셨지요?"

29일. 아침부터 낮게 드리워진 구멍투성이 솜 같은 하늘. 그리고 그 구멍으로 얼음이 내리고 있다. 그러나 동굴의 신은 아침부터 배를 불룩 부풀리고 자비롭게 가르릉거리기 시작했다. 하늘에 구멍이 뚫려 있건, 얼굴 전체에 이빨이 자란 오베르띠셰프가 장작개비를 세고 있건,

그런 것은 아무 상관도 없다. 그저 오늘이라는 날이 무사히 끝나기만 하면 되는 것이다. 동굴 안에서는 '내일'이라는 것은 아무런 의미도 지니지 못한다. 백년 후쯤 지나야 '내일'이니 '모레'니 하는 것을 알게 될 것이다.

마샤는 일어나 앉았다. 보이지 않는 바람에 흔들리면서 예전처럼 머리를 빗었다. 가운데에 가르마를 타서 머리를 귀 위까지 늘어뜨렸다. 그래서 그녀는 벌거벗은 나무에 끝까지 남아서 흔들리는 색바랜 이파리 같았다. 마르찌 마르찌느이치는 책상 가운데 서랍에서 서류며 편지며 체온계며 무엇이 들어 있는지 미처 알 수도 없는 푸른색의 작은 병을 끄집어냈다. (그는 이 병을 마샤가 보지 못하게 황급히 제자리에 쑤셔넣었다.) 그리고 마지막으로 서랍 맨 구석에서 검은 옻칠을 한 작은 상자를 끄집어냈다. 그 상자 속에는 진짜, 그렇다, 그야말로 진짜 차(茶)가 아직 남아 있었다. 두 사람은 진짜 차를 마셨다. 마르찐 마르찌느이치가 머리를 뒤로 젖히자, 예전과 조금도 다름없는 목소리가 들려왔다.

"마르뜨, 기억하세요, 나의 아름다운 푸른 방. 그리고 덮개를 씌운 피아노가 있고 피아노 위에는 목마 모양의 재떨이가 있었지요. 내가 피아노를 치노라면 당신은 뒤에서 다가와서……"

그렇다, 우주가 창조된 것, 경탄할 만한 현명한 달의 얼굴이, 꾀꼬리의 지저귐처럼 울려퍼지는 복도의 초인종 소리가 창조된 것은 바로 그날 밤의 일이었다.

"그리고 기억하고 계시죠, 마르뜨, 열린 창문, 푸른 하늘이 있고 밑에서는 다른 세계로부터의 소리, 거리 악사의 아코디온 소리가 들려오곤 했지요."

"거리의 악사, 그 멋진 거리의 악사여, 너는 지금 어디에 있느냐?"

"그리고 강변도로에서는…… 기억하세요? 나뭇가지는 아직 헐벗었고 물은 붉은빛이 감돌았어요. 그리고 관을 닮은 푸른빛의 마지막 얼음 덩어리가 옆에서 흘러가고 있었지요. 그런데 그 관을 보고도 그저 우습기만 했지요. 왜냐하면 우리는 영원히 죽지 않을 테니까요. 기억하고 계시죠?"

아래쪽에서는 돌도끼로 나무를 자르는 소리가 들려오기 시작했다. 갑자기 그 소리가 멎더니 누군가가 뛰어다니는 소리, 외침소리가 들려왔다. 두 개로 찢겨진 마르찐 마르찌느이치의 반쪽은 불멸의 거리의 악사와 불멸의 목마, 불멸의 얼음 덩어리를 보고 있었으나, 또다른 반쪽은 규칙적으로 점을 찍듯 호흡하면서 오베르띄셰프와 함께 장작 숫자를 헤아리고 있었다. 드디어 지금 오베르띄셰프는 셈을 마치고 외투를 입었다. 얼굴 전체에 이를 뻗치고 힘차게 문을 쾅 닫아버린다. 그리고……

"잠깐 기다려 마샤, 누군가 문을 두드리는 것 같아."

아니다. 아무도 없다. 아직은 아무도 없다. 아직, 얼마 동안은 숨을 쉴 수 있다. 아직 얼마 동안은 머리를 뒤로 젖히고 예전과 조금도 다를 바 없는 목소리를 들을 수 있다.

황혼. 10월 29일은 노쇠해버렸다. 물끄러미 바라보고 있는 흐리멍덩한 노파의 눈. 그러자 그 긴장된 시선 아래에서 만물이 옥죄어들고 주름투성이가 되고 등이 구부러졌다. 둥근 지붕이 무너져내려 안락의자도, 책상도, 마르찐 마르찌느이치도, 침대도 납작해지고, 침대 위의 마샤는 종잇장처럼 납작해지고 말았다.

날이 저물 무렵 주민조합의장 쎌리호프가 찾아왔다. 그는 예전에 체중이 백 킬로그램 정도 나갔는데, 지금은 반으로 줄어들어 마치 소리나는 장난감 속의 호두알처럼 헐렁헐렁한 양복 속에서 제멋대로 뛰놀고 있었다. 그러나 웃음소리만은 옛날처럼 여전히 쩌렁쩌렁 울려퍼졌다.

"저 마르찐 마르찌느이치, 우선 첫째로, 아니 둘째로도 그렇지만, 부인의 명명일을 축하하는 바입니다. 그야 물론, 물론, 축하할 일이지요! 어떻게 그런 일이, 어떻게 그런 일이! 오베르띠세프가 제게 말해주었습니다만……"

마르찐 마르찌느이치는 안락의자에서 벌떡 일어나 황급히 걸음을 옮기면서 무슨 말인가를 하려고 했다.

"차라도 좀…… 잠시만요. 제가 이제 곧…… 오늘은 진짜 차가 있습니다. 진짜 차 말입니다! 제가 방금 전 그걸……"

"차라고요? 실은 저는 차보다 샴페인을 훨씬 즐깁니다만, 없다고요? 에이, 무슨 말씀을! 하하하! 그저께 난 친구와 함께 호프만액을 증류해서 알코올을 만들었지요. 그야말로 걸작이었어요! 그걸 마시고 취했다니까요. 상대방은 이렇게 말하는 거예요. '나는 지노비예프(그리고리 지노비예프는 뻬뜨로그라드 쏘비에뜨의 장으로 볼셰비끼 지도자였다. 1936년 스딸린에 의해 처형된다—옮긴이)다. 무릎을 꿇어라.' 정말 걸작이랄 수밖에요! 거기서 집으로 돌아오는 길에 연병장에서 조끼 하나만 입은 사내를 만났어요. 아니 정말입니다! '어떻게 된 거죠?' 하고 물으니, '별거 아닙니다. 방금 강도를 만나서 바실리예프스끼 섬까지 달려가는 중입니다'라는 거예요. 어떻습니까? 걸작이지요!"

납작하게 짓눌려 종잇장처럼 된 마샤는 침대 위에서 웃었다. 마르찐 마르찌느이치는 마음을 긴장시킨 채 더 큰 소리로 웃고 있었다.—그것은 쎌리호프를 꼬드겨서 이야기를 계속 시키기 위해, 좀더 무슨 말을 하게끔 만들기 위해서였다.

쎌리호프는 약간 콧소리를 내고는 입을 다물었다. 그는 헐렁헐렁한 양복 껍질 속에서 몸을 좌우로 한번 흔들고는 자리에서 일어섰다.

"그럼, 부인, 명명일의 축하로 손에 키스를. 치이끄! 아니, 모르십니까? 최근에 유행하는 말로, 안녕히 계세요를 줄인 것이지요. 치-이-끄. 걸작 아닙니까!"

복도에서, 뒤이어 현관에서 그는 큰 소리로 웃어댔다. 최후의 일초, 그대로 가버리느냐, 아니면……

마룻바닥이 잠시 흔들리고, 마르찐 마르찌느이치의 발밑이 빙글빙글 돌기 시작했다. 점토처럼 미소지으며 마르찐 마르찌느이치는 옆의 기둥에 몸을 의지했다. 쎌리호프는 숨을 헐떡이며 커다란 덧신에 발을 쑤셔넣고 있었다.

덧신을 신고 털외투를 입자 매머드 같은 몸을 곧바로 뻗치고는 안도의 숨을 내쉬었다. 그러고 나서 말없이 마르찐 마르찌느이치의 팔을 잡더니, 역시 말없이 마치 북극 같은 서재의 문을 열고 말없이 소파에 앉았다.

서재의 마룻바닥은 얼음장이었다. 얼음 덩어리는 가까스로 알아들을 수 있는 소리로 깨지고 부서지며 강변을 떠나 흘러내려갔다. 마르찐 마르찌느이치는 현기증을 느꼈다. 그래서 저 먼 소파의 강변에서 쎌리호프의 목소리를 겨우 들을 수가 있었다.

"우선 첫째로, 아니 둘째로도 그렇습니다만, 나리, 나는 당신께 말씀드리지 않을 수 없습니다. 사실 말이지, 저 오베르띄셰프란 사람은 정말 놈팡이지요, 정말입니다…… 하지만 잘 알고 계시겠지만, 일단 그가 공식적으로 청원을 낸 이상, 내일이라도 경찰서에 가겠다고 말한 이상은…… 정말이지 놈팡이라니까…… 내가 충고할 수 있는 것은 한가지뿐입니다. 오늘이라도 당장 그 녀석한테 가서 그 장작을 그놈의 목구멍에 쑤셔넣어주는 겁니다."

얼음 덩어리는 점점 더 빨리 흘러내리기 시작했다. 납작하게 짓눌려 겨우 눈에 띨 정도의 나무 부스러기처럼 돼버린 마르찐 마르찌느이치는 자기 자신에게 대답했다. 그러나 그것은 장작에 관한 것은 아니었다. 그것은 그런 문제가 아니라 전혀 다른 것이었다.

"좋습니다. 오늘이라도, 지금 당장이라도."

"그래요, 그게 좋습니다. 그게 좋습니다! 그야말로 놈팡이 같은 사내니까요, 정말 놈팡이, 그렇고말고요……"

동굴 속은 여전히 어두웠다. 점토처럼 싸늘해진, 눈먼 마르찐 마르찌느이치는 동굴 속에 어지럽게 흩어진 갖가지 물건에 둔탁한 소리를 내며 부딪히고 있었다. 그 옛날 마샤의 목소리를 닮은 어떤 목소리가 그를 깜짝 놀라게 했다.

"쎌리호프 씨와 거기서 무슨 말을 하셨어요? 뭐라고요? 식량배급표라고요? 마르뜨, 저는요, 줄곧 자리에 누워서 이런 생각을 했어요. 기운을 차리고 어딘가 양지바른 곳으로…… 아아, 당신은 왜 삐걱삐걱 소리를 내세요! 일부러 그러시는 것 같군요. 당신도 잘 알고 계시잖아요. 전 참을 수 없어요, 참을 수가 없어요, 참을 수가 없어요!"

나이프로 유리 긁는 소리. 하긴 이제 와서 어떻게 되든 마찬가지이지만. 기계화된 손과 발. 그것을 올리거나 내리려면, 기선의 기중기처럼 쇠사슬이나 권양기 같은 것을 사용하지 않으면 안된다. 그리고 그 권양기를 돌리려면 한사람만으로는 부족하다. 세 사람이 필요하다. 무리하게 쇠사슬을 감으면서 마르찐 마르찌느이치는 주전자와 프라이팬을 불에 데우기도 하고, 이제 얼마 남지 않은 오베르띄셰프의 장작에 불을 지피기도 했다.

"당신 듣고 계세요, 제가 하는 말을? 왜 잠자코 계시죠? 제 말이 들리세요?"

그것은, 물론 마샤는 아니다, 그렇다, 그녀의 목소리는 아니다. 마르찐 마르찐느이치는 더욱 느릿느릿 몸을 움직이고 있었다. 발은 흐르는 모래 속에 묻히고 권양기를 돌리기는 점점 더 힘겨워진다. 갑자기, 어디선가 쇠사슬이 끊어지면서 기중기의 팔이 밑으로 떨어졌다. 주전자와 프라이팬이 거기에 걸려 요란한 소리를 내며 마루 위에 떨어져내렸다. 동굴의 신은 뱀처럼 음산하게 신음하고 있었다. 그리고 저 먼 강변, 침대에서 날카로운 낯선 목소리가 들려왔다.

"당신은 일부러 그런 짓을 하시는 거죠! 저리 나가요! 지금 당장! 아무도 만나고 싶지 않아, 아무것도, 아무것도 필요없어, 필요없어! 저리 나가요!"

10월 29일은 죽고 말았다. 그리고 불멸의 거리의 악사도, 석양에 빨갛게 물든 물 위의 얼음 덩어리도, 마샤도 죽고 말았다. 그리고 이것은 좋은 것이다. 그래야만 하는 것이다. 불확실한 내일도, 오베르띠셰프도 쎌리호프도 마르찐 마르찌느이치도 모두 사라지도록 해야 한다. 세상의 모든 것이 죽지 않으면 안된다.

먼 곳에 있는 기계와 같은 마르찐 마르찌느이치는 아직도 무엇인가를 하고 있었다. 아마도 다시 한번 난로에 불을 지피기도 하고, 마루에서 프라이팬을 집어올리기도 하고, 주전자를 끓이고 있었는지도 모른다. 또 어쩌면 마샤가 무슨 말인가를 하고 있었는지도 모른다. 그러나 그의 귀에는 들리지 않았다. 그저 몇마디 말과 장롱, 걸상, 책상 모서리 때문에 우묵 팬 점토가 고통을 가했을 뿐이다.

마르찐 마르찌느이치는 책상에서 편지 뭉치, 체온계, 봉랍, 차가 든 작은 상자, 그리고 편지를 천천히 끄집어냈다. 그리고 마지막으로, 가장 깊숙한 곳에서 검푸른 색깔의 조그만 병을 꺼냈다.

열시가 되자 불이 들어왔다. 마치 동굴 속의 삶과 죽음처럼, 헐벗고 경직된, 그리고 단순하고 싸늘한 전등 빛. 그리고 다리미, 작품 74번,

과자와 나란히 있는 검푸른 작은 병.

주철의 신은 양피지 같은 노란 종이, 연청색 종이나 흰 종이를 탐욕스럽게 집어삼키며 자비롭게 울부짖고 있었다. 주전자는 뚜껑을 덜컹거리면서 자신의 존재를 알리고 있었다. 마샤가 뒤돌아보았다.

"차가 끓었나요? 마르뜨, 차를 좀 타주세요."

그녀는 알아보았다. 밝고 앙상하고 싸늘한 전깃불 사이로 순간, 난로 앞에 몸을 웅크린 마르찐 마르찌느이치, 어스름께의 물처럼, 편지에 내비치는 붉게 물든 빛깔들, 그리고 거기 있는 작고 푸른 병을 알아차린 것이다.

"마르뜨…… 여보…… 당신 벌써 그걸 원하시는 건가요?"

정적. 주철의 신은 불멸의, 괴로운, 정다운, 노란, 하얀, 밝은 청색의 말을 제멋대로 집어삼키면서 조용히 목구멍을 울리고 있었다. 그리고 마샤는 마치 차를 청하듯이 아무런 거리낌없이 말했다.

"마르뜨! 마르뜨, 제게 주세요."

마르찐 마르찌느이치는 멀리서 빙긋이 웃었다.

"하지만 마샤, 당신도 알고 있겠지, 여기엔 한사람분밖에 없다는 것을."

"마르뜨, 저는 이미 죽은 몸이나 마찬가지예요. 지금 여기 있는 건 제가 아니에요. 어차피 저는 곧…… 마르뜨, 당신도 아시잖아요. 마르뜨, 저를 불쌍히 여겨주세요…… 마르뜨!"

아아. 이것이 바로 그 목소리다…… 만일 머리를 뒤로 젖힌다면……

"마샤, 나는 당신에게 거짓말을 했소. 우리집 서재에는 장작이라곤 한 개비도 없었다오. 그래서 오베르띠셰프의 집에 갔을 때 그 집 문 사이에서…… 장작을 훔친 것이오. 알겠소? 그래서 쎌리호프가 내게…… 지금 당장 그것을 돌려주러 가야 하는데, 이미 죄다 태워버리고 말았으니, 죄다 태워버리고 말았으니! 나는 장작 때문에 그런 것이 아니요, 장작은…… 당신도 알잖소?(이 문장은 수록작품 출전②에는 삭제되어 있다—옮긴이)”

주철의 신은 무관심하게 꾸벅꾸벅 졸고 있다. 동굴의 둥근 천장은 서서히 사라져가면서 바르르 떨고 있다. 집도, 바위도, 매머드도, 마샤도 바르르 떨고 있었다.

“마르뜨, 만일 당신이 아직도 저를 사랑하신다면…… 여보, 마르뜨, 기억해보세요! 여보, 마르뜨, 제게 주세요!”

불멸의 목마, 거리의 악사, 얼음 덩어리, 그리고 이 목소리…… 마르찐 마르찌느이치는 천천히 무릎을 일으켰다. 가까스로 권양기를 돌리면서 책상 위에서 검푸른 작은 병을 집어 마샤에게 건네주었다.

그녀는 모포를 밀어젖혔다. 석양을 받은 물빛처럼 빨갛게 상기된, 기민한, 불멸의 그녀는 침대 위에 앉아 조그만 병을 손에 들고 웃기 시작했다.

“자, 보세요. 제가 누워서 공연히 여기를 떠날 생각을 한 게 아니었어요. 책상 위의 램프를 하나 더 켜주세요. 좋아요. 그리고 난로에 뭔가 좀 지펴주세요. 전 화로가……”

마르찐 마르찌느이치는 책상에서 몇장의 종이를 움켜쥐자, 그것을 보지도 않고 난로 속에 집어던졌다.

“자, 그럼…… 잠시 산책이나 하고 오세요. 밖에는 달이 떠 있을 거예요. ‘나의’ 달이. 기억하고 계시죠? 열쇠를 가지고 가는 것을 잊지 마세요. 문이 닫혀버리면 열어주는 것은……”

아니, 달은 없었다. 낮고 어두운 귀먹은 구름은 곧 둥근 천장이었고, 그리고 모든 것은 하나의 거대한 동굴, 고요한 동굴과 다를 것이 없었다. 벽과 벽 사이를 달리는 끝없이 좁은 통로. 왠지 모르게 집을 닮은 얼어붙은 검은 바위. 그리고 바위에는 붉은빛이 새어나오는 깊은 구멍이 있다. 그리고 그 구멍 안에서는 사람들이 불 옆에 몸을 웅크리고 앉아 있었다.

얼음 같은 미풍이 틈바귀에서 불어들어와 발밑에서 하얀 눈가루를 날려버렸다. 그리고 하얀 눈가루, 돌덩어리들, 동굴들, 웅크리고 앉아 있는 인간들 위로 지나가는 진짜 매머드의 거대하고 고른 발걸음은 어느 누구에게도 들리지 않았다.

〔박종소 옮김〕

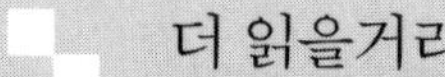

더 읽을거리

자먀찐의 대표작으로는 장편소설 『우리들』(석영중 옮김, 열린책들 2006)이 손꼽힌다. 단편 「동굴」과 같은 시기에 집필된 이 소설은 과학문명이 정점에 달한 미래세계를 배경으로 하여 전체주의 국가 속에 개인과 공동체 문제를 다루고 있다. 『우리들』은 20세기 반유토피아 소설의 효시로 간주되면서 조지 오웰의 『1984년』과 올더스 헉슬리의 『멋진 신세계』에 지대한 영향을 끼친 것으로 알려져 있다.

Иван Бунин

| 이반 부닌 |

1870~1953

시인이자 소설가인 부닌은 러시아 중부의 보로네쥬에서 오래된 귀족 가문의 아들로 태어났다. 19세기말의 산업화 물결 속에서 영락해가는 지주계급과 곤궁한 농촌사회의 풍경이 그의 작품에서 주요한 배경이 되고 있지만, 거기에는 억압적인 전통사회에 대한 혐오와 동시에 지주들의 전원생활에 대한 향수가 담겨 있다. 사상가 이반 일린은 그의 문학세계에 대해, "러시아 지주귀족의 영지가 러시아 문학, 아니 러시아와 세계의 문화에 가져다준 최후의 선물"이라고 평가했다. 부닌은 1917년의 볼셰비끼 혁명이 일어난 지 몇년 뒤 빠리로 망명했으며, 1933년에 러시아 작가로서는 처음으로 노벨문학상을 수상했다. 제호프의 서정적이고 간결한 문체를 계승한 부닌은 단편소설에서 최고의 재능을 발휘했으며, 『쌘프란씨스코에서 온 신사』(1916) 『형제』(1914) 『일사병』(1925) 등이 대표작으로 손꼽힌다. 이밖에도 장편으로 『마을』(1910) 『수호돌』(1911)과 자전적 소설 『아르세니예프의 생애』(1952)를 남겼다.

■ 가벼운 숨결 Легкое дыхание

이 작품은 성숙한 육체를 가지고 있으나, 어린 영혼이 아직 그 몸을 따라가지 못한 한 소녀(혹은 모든 소녀)의 아이러니에 관한 이야기다. 열다섯살에 이미 미녀라는 평판을 듣는 올랴는 자신의 성적 매력을 자각하고 있을 뿐 아니라 충분히 즐기고 있는 듯 보인다. 스스로 생각하기에 어른인 올랴는 자신을 아이 취급하는 구닥다리 여교장에게 대들고, 아버지의 친구나 못생긴 까자끄 장교와 치명적인 사랑 '놀이'를 벌이기도 한다. 그러나 물론 이 모든 것들은 어른의 몸을 갖고 있는 소녀의 철없는 장난질에 지나지 않았다. 가령, 아버지의 책에 대한 올랴의 태도를 보자. 올랴는 친구에게 책의 내용을 설명해주면서, 정작 성숙한 여인의 육체적인 특징들보다는 책의 저자가 겉멋으로나 덧붙였을 법한 '가벼운 숨결'에 열광하고 있지 않은가. 여교장의 훈화를 들으면서 마루에 굴러다니는 털실 꾸러미에 넋을 뺏기는 올랴의 성 연령은 새끼고양이의 그것보다 딱히 높아 보이지 않는다. 올랴의 비극적인 죽음을 초래한 어리석은 남자 어른들은 그녀의 순진함을 역설적으로 장식하는 구성적 장치라고 할 수 있을 것이다. 환호성을 지르는 1학년 여학생들에게 쫓기며 뛰어다니는 올랴가 작품의 앞뒤를 막고 있는 음산한 묘지의 풍경 속에서 튀어나올 듯하다.

■ 일사병 Солнечный удар

「일사병」은 여행지의 배 위에서 우연히 마주친 두 남녀의 짧은 정사를 다루고 있다. 여자는 떠나가고 남자 홀로 텅 빈 호텔방에 남겨진다. 여자는 다시 만날 기약은커녕 이름도 남기지 않고 가버렸다. 하룻밤의 가벼운 모험 정도라고 자신을 위안하던 중위는 잠시 뒤 닥쳐온 상실감으로 인해 극심한 공황상태에 빠져버리게 된다.

두 남녀가 갑자기 눈이 맞아서 격정적인 사랑을 하고, 그러다가 또 갑자기 헤어져서 상실의 고통에 괴로워하는 이야기들은 하늘의 별만큼이나 많을 것이다. 다만 이 작품에서 흥미로운 것은 두 사람이 정작 서로의 사랑을 토로하거나 사랑의 행위를 하는 장면이 빠져 있다는 점이다. 두 사람만의 공간에 도착하기까지의 발작적인 질주, 그리고 둘 중 한사람이 홀연 떠나면서 벌어지는 사태가 서술되고 있을 뿐, 핵심적인 알맹이가 감추어져 있다. 사랑은 과연 있었던 것일까? 그런데 당초에 사랑에 대해서 이야기한다는 것이 가능할까? 부재하는 장면에 대한 독자의 결핍감은 부재하는 그녀에 대한 중위의 당혹감과 교묘하게 중첩된다. 중위를 둘러싼 세계는 중위의 고통도 아랑곳없이 시끄럽고 뻔뻔스럽게 돌아간다. 게다가 태양은 쨍쨍 내리쬔다.

가벼운 숨결

　묘지에는 새로 덮인 축축한 봉분 위로 단단하고 묵직하고 반들거리는 새 참나무 십자가가 서 있다.

　사월의 우중충한 나날들. 인적 없는 시골 공동묘지의 비석들이 멀리서도 나무들 사이로 보이고 차가운 바람은 십자가 받침 위에 놓인 도자기 화환을 짤랑짤랑 흔들고 있다.

　십자가에는 도자기로 만든 꽤나 큼직한 메달이 볼록하게 새겨져 있는데, 그 메달에는 기쁨에 넘친, 놀랄 만큼 생기 가득한 눈을 한 여고생의 초상사진이 붙어 있다.

　그녀는 올랴 메쉐르스까야이다.

　갈색 학생복 무리 속에서 그녀는 전혀 눈에 띄지 않는 소녀였다. 그녀에 대해 달리 덧붙일 이야기가 뭐 있을까? 그저 귀엽고 부유하고 행복한 계집아이 중 하나였으며 재능이 있으나 장난꾸러기였고, 반듯한 숙녀로 양육되는 데 필요한 가르침들을 아랑곳하지 않는 소녀였다는 것 말고는 말이다. 그러던 그녀가 활짝 꽃피기 시작했다. 날마다, 아니 매 시각마다 달라지기 시작했다. 열네살이 되면서 잘록한 허리며 매끈한 각선미에 가슴은 벌써 봉곳하게 도드라졌으니 그 모든 자태가 인간의 언어로는 일찍이 형언된 적이 없었을 만큼 매혹적이었다. 열다섯살에 그녀는 이미 미녀라는 평판을 들었다. 그녀의 동무들은 얼마나 공들여 머리를 빗었으며 깔끔하기는 또 어떠했으며 동작 하나하나에 얼마나 세심한 주의를 기울였던가! 하지만 그녀는 거리낄 것이 없었다. 손가락에 잉크 얼룩이 묻건, 얼굴이 새빨개지건, 머리가 헝클어지건, 뛰다가 넘어져 치마 속 맨무릎이 드러나건…… 스스로 신경도 전혀 쓰지 않고 노력도 안했는데도 불구하고, 최근 이년간 그녀를 전교생 중에서 그토록 돋보이게 한 모든 것들, 그 우아함과 화사함과 날렵함과 광채나는 눈빛은 자기도 모르는 사이에 그녀에게 깃들어 있었다. 무도회에서는 누구도 그녀만큼 춤추지 못했고, 누구도 그녀만큼 스케이트를 잘 지치지 못했으며, 누구도 그녀만큼 춤 상대로 인기를 누리지 못했다. 게다가 그녀는 어쩐 일인지 저학년 아이들이 가장 따르는 상급생이기도 했다. 모르는 새에 그녀는 아가씨가 되어버렸고 또한 모르는 새에 그녀의 명성은 교내에서 확고해졌다. 이제는 벌써 그녀가 헤픈 여자라는 둥 숭배자가 없이는 살 수 없는 여자라는 둥 소문까지 돌기 시작했으며, 쉔쉰이라는 남학생이 그녀에게 미친 듯이 빠져 있다, 그녀도 그를 좋아하는 것 같긴 하다, 그러나 그를 대하는 것이 하도 변덕스러워서 그 남학생이 자살을 기도했다는 말도 들려왔다……

교내에서 떠도는 말에 따르면 올랴 메쉐르스까야는 자신의 마지막 겨울 동안 놀러 다니느라 정신이 없었다고 한다. 눈이 많고 햇빛이 가득하고 차가운 겨울이었다. 태양은 눈 덮인 교정의 높다란 전나무숲 너머로 일찌감치 저물었다. 변함없이 청명하고 눈부신 햇빛은 내일도 역시 차갑고 맑은 날이 될 것이며 쏘보르나야 거리에서는 사람들이 산책을 하고 시립공원에서는 스케이트를 탈 것이며 장밋빛 석양이 물들거라고 약속하는 듯했다. 음악에 맞추어 사방으로 얼음을 지치는 스케

이트장의 인파 속에서 올랴 메쉐르스까야는 가장 걱정없고 가장 행복
해 보였다. 그러던 어느날 중간 휴식시간, 환호성을 지르며 그녀를 쫓
아오는 1학년 여자아이들을 피해 강당을 뛰어다니던 그녀는 갑자기 교
장실에서 부른다는 전갈을 받았다. 그녀는 달음질을 멈추더니 딱 한
번 깊이 숨을 들이켰다. 그러고는 이미 익숙해진 여성스러운 동작으로
날렵하게 머리를 매만지고 앞치마 자락을 추켜올린 다음, 눈을 빛내며
위층으로 뛰어올라갔다. 젊은 나이에 벌써 머리가 희끗한 여교장은 양
손에 뜨개질 꾸러미를 들고서 짜르의 초상화 아래 놓인 책상에 침착하
게 앉아 있었다.

"안녕하세요, 마드무아젤 메쉐르스까야." 교장은 뜨개질에서 시선을
떼지 않은 채 프랑스어로 말했다. "행실 문제 때문에 당신을 내 방에
불러야만 했던 것이 유감스럽게도 이번이 처음이 아니군요."

"명심하겠습니다. 마담." 메쉐르스까야는 그렇게 대답하면서 책상
쪽으로 다가갔다. 그녀는 초롱초롱하고 당당한 시선으로 그러면서도
완벽한 무표정으로 교장을 바라보면서, 오직 자신만이 할 수 있는 날
렵하고 우아한 동작으로 의자에 앉았다.

"당신은 내 말을 명심하지 않을 텐데요. 유감스럽지만 나는 그렇게
확신합니다." 교장은 그렇게 말하면서 뜨개바늘을 잡아당겨 래커 칠이
된 마루 위에 놓인 털실꾸러미를 한번 굴리고 나더니 눈길을 쳐들었
다. 메쉐르스까야는 호기심에 찬 눈으로 털실 꾸러미를 바라보았다.
"나는 반복해서 말하지 않겠습니다. 길게 말하지도 않을 겁니다." 교장
은 말했다.

메쉐르스까야는 유별나게 청결하고 큰 이 방을 좋아했다. 이 추운 날
씨에 방은 반짝거리는 네덜란드식 벽난로의 온기와 책상 위에 놓인 은
방울꽃의 신선한 향기를 한껏 들이마시고 있었다. 그녀는 어떤 화려한

홀 한가운데에 서 있는 모습이 전신상으로 그려진 젊은 짜르를 바라보았다. 그리고 교장 선생님의 단정하게 곱슬진 우윳빛 머리와 반듯한 가르마를 바라보며 짐짓 침묵을 지켰다.

"당신은 이제 소녀가 아니에요." 교장은 내심 약이 오르기 시작하는 걸 느끼면서 의미심장한 어조로 말했다.

"네, 마담." 메쉐르스까야는 담담하게, 거의 즐거운 듯한 목소리로 대답했다.

"그렇다고 여자도 아니에요." 여전히 의미심장한 어조로 교장은 말했다. 그녀의 윤기 없는 얼굴이 약간 상기되었다. "우선 그 머리모양이 뭡니까? 그건 어른들 머리모양이잖아요!"

"제 머릿결이 고운 건 제 잘못이 아니죠, 마담." 메쉐르스까야는 잘 가꾸어올린 머리를 양손으로 살짝 매만지며 대답했다.

"오, 이거야 원, 잘못이 없다니!" 교장은 말했다. "머리모양도 잘못이 없고, 그 비싼 머리핀도 잘못이 없고, 20루블씩이나 하는 구두로 부모님 등골을 뽑아도 자기 잘못이 아니라는 이야기지! 다시 말하지만, 당신은 자신이 아직 고등학생일 뿐이라는 사실을 완전히 잊고 있는 것입니다……"

그러자 메쉐르스까야는 여전히 평정을 잃지 않은 채 갑자기 교장의 말을 정중하게 가로챘다.

"죄송합니다만, 마담께서는 잘못 알고 계십니다. 저는 성숙한 여자예요. 그리고 그게 누구 책임인지 아세요? 바로 저희 아빠의 친구이며 이웃이자 마담의 동생인 알렉쎄이 미하일로비치 말류찐 씨랍니다. 지난여름에 시골에서 있었던 일이에요……"

이 대화가 있고 나서 한달 뒤, 올랴 메쉐르스까야가 속한 세계와는 아무런 공통점도 갖고 있지 않은 미천한 용모의 못생긴 까자끄 장교가 기차역 승강장에서 방금 도착한 한무리의 승객이 지켜보는 가운데 그녀를 총으로 쏘았다. 그리고 교장을 아연실색하게 한 올랴 메쉐르스까야의 황당한 고백은 완전히 사실이었음이 밝혀졌다. 그 장교가 예심판사에게 진술한 바에 따르면 메쉐르스까야가 먼저 그를 유혹해서 가까운 사이가 되었으며 그의 아내가 되기로 맹세했다는 것이다. 그런데 살인사건이 있던 그날 기차역에서 노보체르까스끄로 가는 그를 전송하러 나온 여자가 갑자기 자신은 한번도 그를 사랑한다고 생각해본 적이 없을뿐더러 결혼에 관한 얘기들은 그냥 놀려주려고 한 것일 따름이라면서 그에게 말류찐에 관한 내용이 적힌 일기의 한쪽을 읽어보라고 권했다는 것이다.

"나는 그 구절을 단숨에 훑어보았소. 그러고는 내가 다 읽기를 기다리면서 승강장을 거닐고 있던 그녀를 쏘아버렸소." 장교는 말했다. "자 이게 그 일기요. 작년 7월 10일에 씌어진 내용을 직접 보시오."

일기의 내용은 다음과 같았다.

지금은 새벽 한시다. 나는 깊이 잠들었지만 금방 깨어났다…… 이제 난 여자가 된 것이다! 아빠, 엄마, 똘랴는 모두 도시로 가고 나만 혼자 남았다. 혼자라는 것이 너무도 행복했다! 아침에는 정원과 들판을 산책하고 숲에도 갔다 왔다. 마치 이 세상에 나 혼자만 있는 느낌이었다. 태어나서 이렇게 좋은 적은 처음이라고 생각했다. 혼자서 점심식사를 하고 나서 한 시간 내내 피아노를 쳤다. 연주를 하는 동안 나는 내가 영원히 살 것이고 누구보다 행복해질 것이라는 느낌이 들었다. 그러고 나서 아빠 서재에서 잠이 들었는데, 네시에 까짜가 나를 깨우더니 알렉쎄이 미하일로비치가 찾아왔다고 알려줬다. 그가 와서 정말 기뻤다. 그를 맞이하고 대접한다는 것이 너무 즐거웠다.

그는 아주 잘생긴 뱌뜨까산 말들이 끄는 쌍두마차를 타고 왔는데, 애네는 현관 앞에 내내 서 있었다. 비가 왔기 때문에 그는 저녁때까지 길이 마르기를 기대하며 머물렀다. 그는 아버지를 만나지 못한 것을 아쉬워했지만 무척 신이 나 있었으며 기사처럼 나에게 팔짱을 끼게 하고는 오래전부터 나를 사랑했다느니 하면서 계속 농담을 했다. 차를 마시기 전에 정원을 산책했는데, 그동안 다시 날이 활짝 개었다. 좀 쌀쌀해지긴 했지만 비에 흠뻑 젖은 정원 위로는 햇빛이 빛나고 있었다. 그는 내 팔짱을 끼고 가면서 우리가 파우스트와 마르가레테 같다고 말했다. 그는 쉰여섯살이지만 아직도 매우 잘생겼고 옷차림도 항상 훌륭하며 —— 한가지 마음에 안 드는 건 망또를 입고 있다는 점이다 —— 영국제 오드꼴로뉴 향기가 난다. 눈동자는 여전히 생기있는 검은색이고 턱수염은 양쪽으로 멋지게 갈라져 있는데 색깔은 완전히 은빛이다. 우리는 유리로 만들어진 베란다에 앉아서 차를 마셨다. 나는 몸이 좀 찌뿌드드해서 장의자에 반쯤 누웠는데, 그는 담배를 피우다가 내 옆으로 옮겨 앉더니 또다시 이런저런 달콤한 이야기를 했다. 그러다가 그는 내 손을 바라보며 거기에 입을 맞추었다. 나는 비단 손수건으로 얼굴을 가렸는데 그가 손수건 위로 내 입술에 몇번인가 입을 맞추었다…… 어떻게 이런 일이 일어날 수 있는지 이해할 수 없다. 내가 정신이 나갔지. 내가 이런 여자라고는 한번도 생각해본 적이 없어! 이제 나에게는 한가지 방법밖에 없다…… 나는 그 사람이 너무 역겹다, 이런 일은 도저히 참을 수 없다!……

지난 사월 내내 도시는 깨끗하고 건조했으며, 포도는 흰색으로 바뀌어서 길을 따라 걷기가 편하고도 상쾌했다. 매주 일요일 교회의 미사가 끝난 뒤, 상복을 입고 검은 가죽장갑을 낀 작은 여인이 흑단 손잡이가 달린 양산을 쓰고 쏘보르나야 거리를 지나 교외로 향한다. 그녀는 대로를 따라 걸으며 그을음투성이의 대장간들이 모여 있는, 들판의 신선한 공기가 불어오는 광장을 가로지른다. 저 너머 수도원과 감옥 사이로 구름 덮인 하늘이 하얗게 기울어가고 봄날의 들판이 잿빛으로 바래가고 있었다. 그리고 수도원 담장 밑의 물웅덩이들 사이를 피해서 가다가 왼쪽으로 방향을 돌리면 하얀 울타리에 둘러싸인 넓고 야트막한 정원 같은 것이 보이는데, 그 울타리에 난 대문에는 '성모승천'이라는 글자가 적혀 있다. 작은 여인은 살짝 성호를 긋고 익숙한 걸음으로 중앙 통로를 따라 들어간다. 참나무 십자가 맞은편의 벤치에 다다르면, 그녀는 쌀쌀한 봄날씨며 바람도 아랑곳하지 않고 꼭 끼는 가죽장갑과 얇은 부츠 속 손발이 꽁꽁 얼어버릴 때까지 한 시간이고 두 시간이고 앉아 있는다. 추위 속에서도 달콤하게 노래하는 봄의 새소리를 들으며, 도자기 화환이 바람에 부딪혀 딸랑거리는 소리를 들으며, 그녀는 때때로 이런 생각을 한다. 지금 자기 앞에 있는 도자기 화환을 안 볼 수만 있다면 자신의 반평생을 내놓아도 좋으리라고. 이 화환, 이 봉분, 이 참나무 십자가를 안 볼 수만 있다면! 십자가 위에 돋을새김된 도자기 초상화 속에서 불멸의 눈빛을 발하는 소녀가 바로 이 밑에 있다는 것이 정녕 사실일까? 지금 올랴 메쉐르스까야의 이름에 얽힌 그 끔찍한 사건을 어떻게 이 순결한 눈빛과 연관지을 수 있는가? 그러나 어떤 열정적인 꿈에 사로잡힌 모든 사람들과 마찬가지로, 작은 여인은 영혼 깊은 곳에서 행복했다.

이 여인은 올랴 메쉐르스까야의 담임이었다. 실제의 삶을 대신하는 몽상 속에서 살아온 지 오래된 나이든 처녀. 처음에 그 몽상은 그녀의 오빠였다. 전혀 특별난 구석이 없는 가난한 소위보──그녀는 자신의 온 영혼을 오빠와 오빠의 미래에 걸었다. 오빠의 미래는 그녀에게 왠

지 찬란해 보였다. 오빠가 무크덴(펑톈(奉天), 지금의 션양(瀋陽)——옮긴이)
전투에서 사망했을 때, 그녀는 자신을 이념을 추구하는 사람이라고 여
기며 자위했다. 올랴 메쉐르스까야의 죽음은 그녀를 새로운 꿈으로 엮
었다. 이제 올랴 메쉐르스까야가 그녀의 집요한 상념과 감상의 원천이
되었다. 그녀는 주일마다 무덤에 찾아가 참나무 십자가에 몇시간이고
눈길을 고정한 채, 관 속에서 꽃에 묻힌 올랴 메쉐르스까야의 창백한
얼굴을 떠올린다. 그리고 어느날 우연히 흘려들었던 대화를 떠올린다.
어느날 점심 휴식시간에 교정을 거닐던 올랴 메쉐르스까야가 친한 여
학생에게 했던 말이었다. 올랴는 뚱뚱하고 키가 큰 수보찌나에게 빠른
목소리로, 정말 빠른 목소리로 이렇게 말했다.

"아빠 책에서 말이야, 아빠는 오래된 웃기는 책이 많거든, 그런 책
중에서 읽었는데 말이야. 여자의 아름다움이란 어떤 것인지에 관한 이
야기였어…… 근데 그게 어찌나 많은지 다 기억도 못하겠다, 애. 어쨌
든 우선 눈은 마치 끓는 타르처럼 까매야 해. 맙소사, 하여간 그렇게
씌어 있었어. 끓는 타르라니! 밤처럼 검은 속눈썹, 부드럽게 홍조를 띤
볼, 가는 허리, 평균보다 긴 팔, 알겠니? 평균보다 긴 팔이래! 작은 발,
적당히 큰 가슴, 적절한 종아리 곡선, 조개 색 무릎, 비스듬한 어깨
선…… 그 많은 걸 거의 다 외웠다니까. 근데 다 그럴듯하지 않니! 하
지만 가장 중요한 게 뭔지 알아? 가벼운 숨결! 난 그게 되거든, 내가
숨 쉬는 걸 들어봐, 어때 정말 그렇지?"
지금 그 가벼운 숨결이 다시금 이 세상으로 흩어진다. 구름 덮인 하
늘 위로, 차가운 봄바람 속으로.

일사병

점심식사를 마친 뒤, 그들은 뜨겁도록 눈부시게 불이 밝혀진 식당에서 갑판으로 나와 난간 옆에 섰다. 그녀는 눈을 감고 한쪽 손등을 볼에 갖다대며 소박하고도 매혹적인 웃음을 터뜨리더니 ─ 이 자그마한 여인이 하는 일이라면 모든 것이 매혹적이었다 ─ 이렇게 말했다.

"나 취했나봐…… 당신은 갑자기 어디서 나타난 거죠? 세 시간 전만 해도 나는 당신이라는 존재에 대해 아무것도 몰랐어요. 당신이 어디서 탔는지도 몰라요. 싸마라(볼가 강 중류에 있는 도시 ─ 옮긴이)였던가요? 뭐 어차피 상관없지…… 그런데 이건 내 머리가 어지러운 건가, 아니면 우리가 어디를 빙빙 돌고 있는 건가?"

배 앞머리의 칠흑 같은 어둠속에서 불빛이 몇개 보였다. 어둠속에서 강하면서도 부드러운 바람이 얼굴을 향해 불어왔고, 불빛은 옆으로 빠르게 흘러갔다. 기선은 볼가 강의 멋들어진 물결을 타고 커다란 호를 그리며 작은 부두를 향해 달려가고 있었다.

중위는 그녀의 손을 잡아 입술로 가져갔다. 작고 힘찬 그녀의 손에서는 햇볕에 그을린 냄새가 났다. 중위의 심장은 어떤 한가지 상상으로 너무도 황홀한 나머지 멈춰버릴 지경이었다. 남국의 태양 아래서(그녀는 아냐빠에서 오는 길이라고 했다), 그 뜨거운 바닷가 모래 위에서 한달 내내 누워 있는 동안 저 얇은 모시 치마에 싸인 그녀의 몸은 얼마나 탄탄해지고 또 얼마나 가무잡잡해졌겠는가? 중위는 더듬거리며 말했다.

"같이 내리죠……"

"어딜요?" 그녀가 놀라서 물었다.

"이 부두에."

"왜요?"

그는 말을 잇지 못했다. 그녀는 뜨거운 볼 위에 다시 손등을 갖다댔다.

"미쳤어……"

"같이 내려요," 그는 우물거리며 다시 말했다. "제발 부탁이에요……"

"음, 좋을 대로 하세요." 외면하며 그녀가 말했다.

힘차게 달리던 기선은 부드럽게 쿵 하는 소리를 내며 희미하게 불이 밝혀진 부두에 부딪혔다. 그 바람에 두 사람도 거의 부딪힐 뻔했다. 두 사람의 머리 위로 밧줄 끄트머리가 휙 날아가더니 다시 반대쪽으로 날아갔다. 물은 부글부글 거품을 일으키고 잔교는 찰랑거리며 흔들렸다…… 중위는 짐을 가지러 달려갔다.

잠시 후 그들은 깊은 잠에 빠진 사무소를 지나 발꿈치가 깊숙이 빠져드는 모래사장으로 나왔다. 그리고 먼지로 뒤덮인 2인승 마차에 말없이 올라탔다. 산으로 향한 느린 비탈은 간혹 보이는 구부정한 가로등 사이로, 먼지에 뒤덮여 푹신푹신한 길을 따라 끝없이 이어지는 듯했다. 그러나 이윽고 꼭대기에 다다라 포장도로로 달그락거리며 나서자 광장 같은 곳이 나타나면서, 관청과 망루가 보였고 여름밤 지방도시의 온기와 냄새가 풍기기 시작했다…… 마부는 불 켜진 현관 앞에서 마차를 멈추었다. 활짝 열린 현관문 너머에는 낡고 가파른 목조계단이 보였다. 분홍색 루바쉬까(러시아식 셔츠―옮긴이)에 프록코트를 걸친 늙은 하인이 면도를 하지 않은 얼굴로 내키지 않는 듯 짐을 받더니 터덜거리며 앞장서갔다. 그들은 창문에 하얀 커튼이 드리워져 있고 경대 위에 불 꺼진 촛대 두 개가 놓여 있는 널찍한 객실로 들어갔다. 객실은 그 크기에도 불구하고 낮동안 햇볕으로 뜨겁게 달구어져서 숨이 막힐 정도로 답답했다. 방으로 들어간 중위는 하인이 문을 닫고 가버리자마자 발작적으로 그녀에게 달려들었다. 그들의 입맞춤이 질식할 만큼 격렬했던 탓에 두 사람은 오랜 세월 동안 이 순간을 잊을 수 없었다. 그것은 중위도 그녀도 평생 처음 겪어본 놀라운 경험이었다.

햇볕이 내리쬐는 무덥고 행복한 아침 열시, 교회 종소리와 함께, 여관 앞 광장에 벌어진 노천시장의 소음과 함께, 건초와 타르 그리고 그 모든 미묘한 것들의 냄새와 함께, 러시아 지방도시의 냄새보다 더 강렬한 향기와 함께, 그 이름 모를 작은 여인은 끝내 자신의 이름을 알려주지 않은 채 자기를 아름다운 미지의 여인이라 불러달라는 농담을 남기고 떠나갔다. 얼마 자지도 못했는데 금방 아침이 밝았다. 침대 곁에 둘러쳐진 병풍 밖으로 나와 오분 만에 세수를 하고 옷을 입은 그녀는 마치 열일곱살 소녀처럼 생기발랄했다. 그녀는 당혹해했을까? 천만에, 전혀 그런 것 같지 않았다. 이전과 마찬가지로 그녀는 격의없고 쾌활했으며, 게다가 어느새 분별을 갖추고 있었다.

"아니, 아니에요, 자기." 계속 함께 여행하자는 그의 부탁에 그녀는 그렇게 대답했다.

"당신은 다음 배가 올 때까지 여기에 남아 있어야 해요. 만약 우리가 같이 가면 모든 것을 망칠 거예요. 그렇게 된다면 난 정말 기분이 상할 거예요. 분명히 말하지만, 나는 당신이 생각하는 그런 여자가 절대로 아니에요. 도대체 나에게 이런 일은 이전에도 없었고 앞으로도 더이상 없을 거예요. 아무래도 내가 뭔가에 씌었나봐…… 아니 그보다는 우리 두 사람 다 무슨 일사병 같은 것에 걸린 거야……"

중위도 그녀의 말에 쉽게 동의했다. 가볍고 행복한 마음으로 그는 부두까지 그녀를 데려다주었고, 때마침 분홍색 '비행기'가 출항을 준비하고 있었다. 뭇사람들이 쳐다보는 갑판 위에서 그녀에게 입을 맞춘 중위는 막 거두어들이기 시작한 잔교를 간신히 뛰어내려갔다.

호텔로 돌아오는 길 또한 그처럼 가볍고 태평했다. 그러나 이미 무언가 변한 것이 있었다. 그녀가 없는 객실은 왠지 이전과는 완전히 다른 모습으로 보였다. 방은 아직도 그녀로 가득 차 있으면서 동시에 텅 비어 있었다. 이상하지 않은가! 아직도 방에는 그녀의 향기로운 영국제 향수 내음이 감돌았으며, 쟁반 위에는 마시다 남긴 찻잔이 놓여 있었다. 하지만 그녀는 이미 여기에 없다…… 중위는 갑자기 심장이 살며시 조여드는 것을 느끼며 황급히 담배를 붙여 물고 몇번인가 방 안을 서성였다.

"희한한 일이야!" 그는 혼잣말을 뱉으며 웃었지만 눈에는 눈물이 핑 도는 것이 느껴졌다.

"'분명히 말하지만, 나는 당신이 생각하는 그런 여자가 절대로 아니에요'라니. 그러곤 그렇게 가버리다니……"

병풍은 젖혀져 있었고 침대는 아직 정리가 안된 채 그대로 있었다. 지금 그는 이 침대를 바라볼 기운마저 없다는 것을 느꼈다. 그는 병풍으로 침대를 가렸다. 그리고 시장판의 왁자지껄한 소리며 바퀴 구르는 소리가 들리지 않도록 창문을 닫고 부풀어오른 하얀 커튼을 내린 다음 소파에 앉았다…… 그래, 이제 이것으로 '여행길의 모험'은 끝이군! 그녀는 떠났고, 아마도 지금쯤 어느 먼 곳에서 사방이 유리로 된 하얀

휴게실에 앉아 있거나 아니면 갑판에 앉아서 햇빛에 반짝이는 광대한 강을, 혹은 마주치는 뗏목과 황토색 여울 들을, 저 멀리 빛나는 물과 하늘 그리고 무한한 볼가 강의 이 모든 광활함을 바라보고 있을 거야…… 안녕, 영원히, 영원히…… 이제 두 사람이 어디에선들 다시 만날 수 있을까? ‘안될 일이야.’ 그는 생각했다. ‘아무런 이유도 없이 그녀의 남편과 세살 난 딸이 있는, 그녀의 모든 가족과 일상생활의 전부가 있는 그 도시로 간다는 건 도저히 있을 수 없는 일이야!’ 중위에게 그 도시는 왠지 특별하고 신성한 장소처럼 여겨졌다. 그녀가 그 도시에서 종종 그를 회상하면서, 그들의 그토록 우연하고도 짧은 만남을 회상하면서 자신의 외로운 삶을 살게 되리라는 생각, 그리고 자신은 이제 영영 그녀를 볼 수 없으리라는 생각에 그는 고통스러웠으며 경악했다. 아니야, 그럴 순 없어! 이건 너무 가혹해, 부자연스러워, 옳지 않아! 그는 너무도 고통스러웠다. 그녀가 없는 앞으로의 삶이 너무도 무의미하게 여겨지면서 공포와 절망감이 그를 사로잡았다.

‘맙소사!’ 그는 일어나면서 생각했다. 그리고 병풍 너머의 침대를 보지 않으려 애쓰면서 다시 방을 거닐기 시작했다. “내가 지금 무슨 생각을 하고 있는 거야? 그 여자에게 무슨 특별한 것이 있었기에? 도대체 무슨 일이 생겼기에? 이건 정말이지 일사병 같은 거야! 아니 그런데 도대체 이 촌구석에서 그녀도 없이 하루종일 뭘 하지?’

그는 아직도 그녀의 모든 것을 기억할 수 있었다. 그녀의 작은 특징들 하나하나를, 햇볕에 그을린 살결과 모시 치마의 냄새를, 그녀의 탄탄한 육체를, 생기있고 순수하고 쾌활한 목소리를…… 불과 얼마 전에 그녀의 모든 여성적인 매력이 가져다준 쾌락의 느낌은 아직도 너무나 생생하게 남아 있었다. 하지만 그럼에도 불구하고 지금 중요한 것은 또다른, 완전히 새로운 느낌이었다. 그것은 그들이 함께 있는 동안에는 전혀 없었던 이상하고 불가사의한 느낌, 그저 재미있는 만남이라 생각하며 어제 일을 꾸밀 때는 상상조차 할 수 없었던 느낌이었다. 그리고 그것은 이제는 이미 그녀에게 말해줄 수 없는 느낌이었다! 그는 생각했다. '문제는 앞으로도 영영 이 이야기를 해줄 수 없다는 거야! 이제 어떻게 하나. 이 모든 기억과 함께, 이 달랠 길 없는 괴로움과 함께, 이 끝없는 하루를 어떻게 견디나! 신도 잊어버렸을 이 깡촌에서, 그녀를 분홍색 기선에 태워 데려가버린 이 빛나는 볼가 강가에서!'

구원이 필요했다. 뭐든 마음을 빼앗길 일을 하거나 어디든 가야 했다. 그는 단호하게 모자를 쓰고 승마용 채찍을 집어들었다. 그리고 박차를 절렁거리며 텅 빈 복도를 급히 걸어갔다. 가파른 계단을 뛰어내려가 현관으로 나섰다…… 그래, 하지만 어디로 가지? 현관에는 말쑥한 외투를 걸친 젊은 마부가 태평하게 담배를 피우고 있었다. 중위는 멍한 기분으로 신기하게 그를 바라보았다. 어쩌면 저리도 편하게 마부석에 앉아서, 저리도 단순하고 태평하고 무관심하게 담배를 피울 수 있을까? '아마도 이 도시 전체에서 나 혼자만 끔찍하게 불행한가보군.' 그는 시장으로 향하면서 생각했다.

시장은 벌써 파장 무렵이었다. 그는 방금 싼 말똥들이 널려 있는 짐마차 사이를 따라서, 오이를 실은 수레들과 새 주발이며 질그릇 단지들 사이를 따라서, 그리고 아낙네들과 사내들 사이를 헤치며 정처없이 돌아다녔다. 아낙들은 땅바닥에 앉은 채로 손에 단지를 들고 얼마나 튼튼한지 보여주겠다는 듯, 손가락으로 단지 안쪽을 종치듯 마구 두드리며 앞다투어 그를 불러댔다. 사내들은 귀가 멀 만큼 큰 소리로 "일등급 오이가 있어요, 나리!"라고 외쳐댔다. 이 모든 것이 하도 바보스럽고 무의미해 보여서 그는 시장을 도망치듯 빠져나왔다. 그는 성당으로 들어갔다. 사람들은 하루의 의무를 다 했다는 자부심으로 우렁차고 즐겁게 노래하고 있었다. 그곳을 나와서 그는 절벽 위에 방치되어 있는 후덥지근한 작은 정원을 오랫동안 걸어다녔다. 정원 아래로는 검푸른 강물이 끝모르게 펼쳐져 있었다…… 여름 제복에 달린 견장과 단추가 너무 달아올라서 손을 댈 수 없을 정도였다. 군모 안쪽 테두리는 땀으로 흠뻑 젖어 있었고 얼굴은 화끈거렸다…… 호텔로 돌아온 그는 상쾌한 기분으로 아래층에 있는 넓고 텅 비어 서늘한 식당으로 들어갔다. 상쾌한 기분으로 군모를 벗고 창가 식탁 앞에 앉았다. 열린 창으로는 열기가 들어오고 있었지만 그럭저럭 바람도 불어왔다. 그는 얼음을 띄운 냉수프를 주문했다…… 다 괜찮았다. 한없는 행복과 커다란 기쁨이 모든 것 속에 깃들어 있었다. 그 기쁨은 심지어 이 폭염 속에도, 시장바닥의 냄새들 속에도, 이 이름 모를 소도시와 이 낡은 시골 호텔 안에도 있었다. 다만 한편에서는 심장이 갈가리 찢어지고 있는 것이 문제였다. 그는 향초를 곁들인 간간한 오이지를 안주 삼아 보뜨까를 몇잔 마셨다. 어떤 기적이 그녀를 되돌아오게 해서 오늘 하루만 더 함께 보낼 수 있다면 내일이라도 당장 미련없이 죽을 수 있을 것 같은 심정이었다. 다시 만나서 단지, 단지 자신이 얼마나 사무치고 열렬하게 그녀를 사랑하는지 고백하고 어떻게든 이를 증명할 수 있다면, 납득시킬 수 있다면…… 왜 증명하냐고? 왜냐고? 이유는 알 수 없지만 그것은 목숨보다 더 절실했다.

"신경이 곤두설 대로 곤두섰군!" 그렇게 말하며 그는 다섯번째 보뜨까 잔을 따랐다.

그는 냉수프를 한쪽으로 치우고 블랙커피를 시킨 다음 담배를 태우면서 생각을 집중했다. 이제 뭘 해야 하지? 이 예기치 못한 갑작스러운 사랑으로부터 어떻게 도망치지? 하지만 도망친다(이 말이 너무나 생생하게 실감났다)는 것은 불가능했다. 그리고 그는 다시 벌떡 일어나서 군모와 지팡이를 들고 우체국이 어디 있는지 물었다. 머릿속에서는 벌써부터 전보 문구를 준비하면서 황급히 우체국으로 걸어갔다. '지금 나의 모든 인생은 영원히, 무덤까지, 당신 것이며 당신의 손에 달렸습니다.' 그러나 우체국과 전신국이 있는 벽이 두꺼운 낡은 건물 앞에 다다랐을 때 그는 경악하며 멈춰섰다. 그녀가 사는 도시를 알고 있으며, 그녀에게 남편과 세살 난 딸이 있는 것은 안다. 하지만 그녀의 성도 이름도 모르지 않는가! 그는 어제 점심을 먹으면서 그리고 호텔에 와서도 몇번인가 거기에 대해 물었지만 그때마다 그녀는 웃으며 이렇게 말했다.

"내가 누군지, 이름이 뭔지 아실 필요가 있나요?"

우체국 근처의 길모퉁이에 사진관 진열창이 있었다. 그는 한참 동안 한 군인의 커다란 사진을 바라보았다. 눈이 불거지고 이마가 좁은 그 군인은 놀랄 만큼 근사한 볼수염을 기르고 있었다. 어깨에 얹힌 두툼한 견장, 넓디넓은 가슴에 주렁주렁 매달린 훈장들…… 심장을 심하게 얻어맞은 것 같은 이 순간에, 평범하고 일상적인 이 모든 것이 너무도 거칠고 끔찍했다. 그는 이제 깨달았다. 그래, 이 끔찍한 '일사병'에, 너무 큰 사랑에, 너무 큰 행복에 내가 얻어맞은 거야! 그는 신혼부부의 사진을 바라보았다. 긴 연미복에 하얀 넥타이를 매고 고슴도치처럼 머리를 짧게 친 젊은 남자는 앞쪽으로 몸을 쑥 내밀고 웨딩드레스를 입은 신부의 손을 잡고 있었다. 이번에는 학생모를 비뚜름하게 걸친 귀엽고 도전적인 한 아가씨의 사진으로 눈길을 옮겼다…… 그러다가 그는 근심걱정없는 이 낯모를 사람들에 대한 질투로 괴로워하며 길 저편을 뚫어지게 응시하기 시작했다.

"어디로 가나? 뭘 하지?"

거리는 텅 비어 있었다. 하얀색 집들은 이층 구조에 넓은 정원을 가진 한결같이 똑같은 생김새의 상인풍 가옥이었고 사람이라곤 살지 않는 것처럼 보였다. 포도 위에는 하얀 먼지가 두껍게 쌓여 있었다. 모든 것이 눈부시게 밝았고, 모든 것이 뜨겁게 작열하는 환희의 햇빛을 흠뻑 뒤집어쓰고 있었다. 어쩐 일인지 이곳에서 목적을 잃은 듯한 햇빛…… 길은 저 멀리서 위쪽으로 굽이쳐 올라가 구름 한점 없이 반짝거리는 회색빛 지평선에 몸을 기댄다. 그것은 왠지 남국적인, 이를테면 쎄바스또뽈이나 케르치나 아나빠를 연상시키는 풍경이었다. 이것이 특히나 참기 힘들었다. 중위는 고개를 떨어뜨리고 햇빛에 눈을 찡그리며, 발밑을 뚫어져라 응시하면서, 휘청거리면서, 땀을 뻘뻘 흘리면서, 한걸음 한걸음 박차를 땅에 박으면서, 발길을 되돌렸다.

중위는 마치 투르키스탄이나 사하라 사막 어딘가에서 엄청나게 긴 행군을 한 것처럼 녹초가 되어 호텔로 돌아왔다. 그는 마지막 힘을 모아 커다랗고 텅 빈 객실로 들어갔다. 방은 벌써 치워져서 그녀의 마지막 흔적도 사라져버린 상태였다. 그녀가 잊고 간 머리핀 한개만 침대 탁자 위에 놓여 있었다. 군복을 벗고 거울을 보았다. 그의 얼굴은 그을린 피부며 햇볕에 바래 희끗희끗해진 콧수염, 그리고 흰자위(그을린 피부에 대조되어 더욱 하얗게 보이는)에 푸른빛이 감도는 눈을 한 평범한 장교의 얼굴이었다. 지금 그 얼굴은 잔뜩 흥분한 광인의 표정을 하고 있었다. 풀을 먹여 옷깃을 세운 얇고 하얀 와이셔츠에는 무언가 젊고 깊은 불행이 서려 있었다. 그는 먼지투성이 장화를 아무렇게나 벗어던지고 침대에 누웠다. 창은 열린 채로 커튼이 드리워져 있었다. 가벼운 바람이 이따금씩 커튼을 살랑살랑 흔들었고 달궈진 함석지붕의 열기가 방 안으로 불어 들어왔다. 햇볕에 번쩍거리는 모든 것의 열기, 그리고 이제 텅 빈 채로 말이 없는 볼가 강의 열기가 불어 들어왔다. 그는 팔베개를 하고 누워서 앞쪽을 뚫어지게 응시했다. 그러다가

이를 악물고 힘주어 눈을 감았다. 볼을 타고 눈물이 흘러내리는 것이 느껴졌다. 이윽고 잠이 들었다. 다시 눈을 떴을 때는 커튼 너머 석양이 벌써 주황빛으로 물들어가고 있었다. 바람은 잠잠해졌고 방 안은 마치 화덕 속처럼 후끈거리고 건조했다. 어제 하루며 오늘 아침 일들이 꼭 십년 전 일인 듯 떠올랐다.

그는 느릿느릿 일어나 천천히 세수를 하고 커튼을 젖혀올렸다. 종을 울려서 싸모바르와 계산서를 부탁하고는 한참 동안 레몬차를 마셨다. 그런 다음 마부를 불러 짐을 옮기도록 일렀다. 마차에 올라 햇볕에 누렇게 바랜 좌석에 앉으며 그는 하인에게 5루블짜리 지폐를 주었다.

"어젯밤에 제가 모셔온 나리님이시군요!" 마부는 채찍을 잡으며 쾌활하게 말했다.

부두로 내려가는 동안 볼가 강 위로는 벌써 푸른 여름밤이 짙어가고 있었고 색색의 불빛이 여기저기 반짝이고 있었다. 질주하는 기선의 마스트에 걸린 등불들이었다.

"도착했습니다요!" 마부가 아첨 섞인 소리로 말했다. 중위는 그에게 5루블을 주고 배표를 산 다음 부두로 갔다…… 어제와 똑같이 배가 계류장에 부드럽게 부딪히는 소리가 들렸고 바닥이 출렁거려 약간 현기증이 났으며, 밧줄이 날아다녔고, 살짝 후진하는 기선의 수레바퀴 밑에서 강물이 부글거리며 앞쪽으로 튀는 소리가 들렸다…… 배 안에 승객이 많다는 사실이 말할 수 없이 반갑고 기뻤다. 기선은 어디에나 불이 밝혀져 있었으며 부엌에서는 벌써 음식 냄새가 풍겨나오고 있었다.

잠시 후 배는 강 위쪽으로, 오늘 아침 그녀를 태우고 간 바로 그 방향을 향해 달려가고 있었다.

저 멀리 스러져가는 여름 노을은 졸린 듯 어스레하게 강 위에 색색으로 비치고 있었다. 노을빛에 반짝이며 찰랑찰랑 퍼져나가는 잔물결들.

어둠속에 여기저기 흩어진 불빛들이 타오르고 또 타오르며 뒤쪽으로
멀어져갔다.

　중위는 십년은 늙어버린 듯한 기분을 느끼며 갑판의 차양 아래 앉아
있었다.

〔박현섭 옮김〕

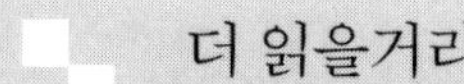

더 읽을거리

　부닌의 단편 가운데 가장 널리 알려진 작품은 「쌘프란씨스코에서 온 신사」이지만,
이미 몇차례 번역되어 있는 형편에 굳이 또 하나의 번역을 보탤 필요가 없다고 생각되어 이번
선집에 넣지 않았다. 서너 권의 단편집과 『수호돌』 『마을』 『아르세니예프의 생애』 등이 국내
에 번역서로 나와 있다. 부닌이 체호프에게서 지대한 영향을 받았다는 점을 염두에 두면서 「일
사병」을 체호프의 단편 「개를 데리고 다니는 여인」과 비교해보는 것도 흥미롭다. 두 작품 모두
여행지에서 만난 남녀의 정사를 다루고 있기 때문이다. 「일사병」의 주인공이 여주인공을 다시
만나지 못하는 것은 피할 수 없는 설정이다. 그것은 「개를 데리고 다니는 여인」에서 이미 실행
되었기 때문이다. 그렇게 본다면 "만약 우리가 같이 가면 모든 것을 망칠 거예요"라는 여자의
말은 또다른 의미를 갖게 될 것이다.

Андрей Платонов

| 안드레이 쁠라또노프 |

1899~1951

쁠라또노프는 1899년 러시아 중부의 보로네쥬에서 철도 기술자의 아들로 태어났다. 열세살부터 일을 시작하여 사무실, 공장, 기관사 보조 등을 전전하던 그는 혁명 후에 볼셰비끼 군대에 입대하여 내전에 참전했다. 1924년에 그는 공과대학을 졸업하고 토건기사이자 전기기사로 일하면서 창작생활을 지속했다. 1927년에 그는 모스끄바로 옮겨 직업작가로서의 활동을 시작했다. 이때부터 30년대초까지 씌어진 일련의 소설들, 즉 『비밀스러운 인간』(1928) 『주인의 기원』(1929) 『의심하는 마까르』(1929) 『구녕이』(1930) 등은 사회주의 낙원의 이상과 현실의 괴리를 기괴한 왜곡과 과장법으로 풍자했으며, 이는 비평가들과 검열당국의 격렬한 분노를 샀다. 그와 그의 가족은 스딸린의 '대숙청' 기간 중 심한 고초를 겪었으며, 그의 주요한 작품들 대부분은 그가 1951년에 사망할 때까지, 그리고 그뒤로도 오랫동안 소련에서 출판되지 못했다.

암소 Корова

　　1930년대 중반 이후에 씌어진 쁠라또노프의 소설들은 미적지근한 멜로드라마 풍이거나 어린이를 위한 작품들이 대부분이었다. 이는 현실 사회주의에 대한 비판을 담고 있는 이전의 소설들로 인해 정치적인 곤경에 처한 쁠라또노프가 작가로서 취할 수 있는 유일한 대안이었다. 이 작품은 바로 그런 상황에서 씌어진 일종의 아동소설 가운데 하나이다.

　　이 소설 속에는 두 개의 이야기가 교차된다. 하나는 송아지를 잃은 암소가 새끼를 미치도록 그리워하다가 철길에 뛰어들어 자살한다는 '슬픈' 이야기, 다른 하나는 바샤네 집 옆으로 난 철길에 고장으로 멈춰선 기차가 바샤의 도움으로 다시 움직인다는 '신나는' 이야기다. 그런데 겉으로 보기에 전혀 무관할 것 같은 두 이야기가 결말에서 극적인 방식으로 합쳐진다. 하필이면 바샤의 도움을 받은 바로 그 기차가 암소를 치어버린 것이다. 이것은 단지 우연일까? 물론 그럴 리가 없다. 암소를 둘러싼 사건과 기차를 둘러싼 사건은 각각 바샤의 내향적 세계와 외향적 세계, 달리 말하면 가족의 보호 속에 있는 어린아이로서의 세계와 앞으로 겪게 될 성인으로서의 세계를 상징하고 있기 때문이다. 철로를 경계에 두고(철로는 동시에 바샤가 동경하는 저 먼 바깥세상—나일 강, 이집트, 스페인, 극동 등—으로 이어지는 통로이기도 하다) 두 세계는 공존하고 있는 것이다. 그러나 언젠가 두 세계는 떨어져나가야 하며, 그 순간 어린아이로서의 바샤의 현재는 사라질 수밖에 없다. 죽은 암소는 바샤가 겪을 미래의 통과의례를 위한, 때이른 희생양이라고 할 수 있을 것이다.

　　아동소설로서 「암소」의 미덕은 이 작품이 실제로 러시아의 초등학교 교과서에 실렸을 만큼 전형적이다. 그러나 쁠라또노프의 묘한 개성은 이 아동소설 속에도 여지없이 흔적을 남기고 있다. 울지 않는 바샤가 그 예이다. 사랑하는 암소가 순식간에 고깃덩어리로 변했는데도 바샤는 슬픔을 내비치지 않는다. 결말에 나오는 작문의 어린이다운 순진한 문체 속에는, 다른 생명을 먹어치우며 살 수밖에 없는 존재의 비극에 대한, 어린이답지 않은 차가운 자각이 날을 세우고 있다.

암소

체르까스 종(種)의 회색 스텝 암소 한마리가 헛간에 살고 있었다. 바깥쪽에 칠이 된 판자로 만들어진 이 헛간은 철도 선로지기의 작은 앞마당에 서 있었다. 헛간 안에는 장작이며 건초며 수수짚단 들이 쌓여 있었고 뚜껑 없는 궤짝이며 녹아서 구멍이 뚫린 싸모바르 연통이며 헌 옷들이며 다리 없는 의자 같은, 수명이 다한 가재도구 옆에는 암소가 긴 겨울 동안 잠을 자고 생활할 자리가 있었다.

주인집 아들인 바샤 루브쪼프라는 소년이 밤낮으로 이 암소에게 찾아와서 머리털을 쓰다듬어주었다. 소년은 오늘도 찾아왔다.

"암소야, 암소야," 암소에게는 이름이 없었기 때문에 소년은 그렇게 불렀다. 국어책에 나와 있는 그대로 암소를 불렀던 것이다. "……그렇게 안타까워하지 마, 새끼는 금방 건강해질 거야, 이제 아버지가 데려올 거야."

암소에게는 송아지가 있었다. 이 작은 새끼 황소는 어저께 뭔가에 체해서 헐떡거리더니 입에서 침과 담즙을 흘리기 시작했다. 송아지가 죽을까봐 겁이 난 아버지는 수의사에게 보여주려고 오늘 역으로 데리고 갔다.

암소는 소년을 곁눈질하며 말라비틀어진 지 오래인 풀줄기를 조용히 씹고 있었다. 암소는 언제나 소년을 알아보는 기색을 보였고, 소년은 그런 암소가 좋았다. 소년은 암소의 모든 것이 맘에 들었다. 항상 피곤한 듯 혹은 생각에 잠긴 듯 거무스레한 테두리가 둘린 온순한 눈도 맘에 들고, 뿔과 이마도, 커다랗고 여윈 몸집도 맘에 들었다. 암소가 여윈 것은 자신의 힘을 살과 지방을 위해 비축하지 않고 우유와 노동에 바치느라 그리된 것이다. 소년은 부드럽고 편안해 보이는 젖통을 바라보았다. 거기 달린 작고 쪼글쪼글한 젖꼭지에서 나온 우유를 먹고 소년이 자란 것이다. 소년은 단단한 뼈가 앞으로 튀어나와 있는 짧고 듬직한 앞가슴도 만져보았다.

잠시 소년을 바라보던 암소는 고개를 수그리고 여물통에서 풀줄기 몇개를 심드렁하게 집어물었다. 암소는 한시도 한눈팔거나 쉴 틈이 없었다. 암소는 끊임없이 우유를 만들어내야 했으므로 새김질 또한 끊임없이 해야만 했다. 사료는 늘 부족한데다 종류도 한결같았지만, 그런 사료나마 얻어먹으려면 오랫동안 일해야 했다.

바샤는 헛간에서 나왔다. 마당은 가을이었다. 선로지기의 집 주위로 텅 비어 밋밋한 들판이 펼쳐져 있었다. 여름내 와글거리며 결실을 맺었던 들판은 가을걷이가 끝난 지금 황량하고 권태로웠다.

이제 막 땅거미가 지기 시작했다. 서늘한 잿빛 장막이 드리워져 있던 하늘은 벌써 암흑 속에 잠이 들었다. 바람은 온종일 베어진 곡식 까끄라기나, 겨울을 앞두고 생기를 잃은 벌거숭이 관목을 흔들다가, 이제는 자신도 조용하고 나지막한 지상의 한자리에 몸을 눕혔다. 그리고 어쩌다 한번씩, 굴뚝 꼭대기에 달린 바람개비를 삐걱거리며 가을의 노래를 부르기 시작했다.

집에서 얼마 떨어지지 않은 곳, 진즉에 시들어버린 풀이며 꽃 들이 고개를 떨어뜨리고 서 있는 마당 울타리 옆으로 단선철로가 뻗어 있었다. 바샤는 마당 울타리를 넘지 않도록 조심하며 걸어갔다. 지금 마당은 소년이 봄에 심어서 생명을 불어넣어준 식물들의 묘지처럼 보였다.

어머니가 집 안의 램프에 불을 붙이고 바깥의 벤치 위에 신호등을 올려놓았다.

"곧 406호차가 올 거야." 어머니는 아들에게 말했다. "그 기차는 네가 통과시켜라. 아버지는 왜 안 보인다니…… 아직도 술을 덜 마셨나원?"

아버지는 아침 일찍 송아지를 데리고 7킬로미터 떨어진 역으로 갔다. 필경 아버지는 수의사에게 송아지를 맡기고 자기는 역무원 모임에 가 있거나, 아니면 구내매점에서 맥주를 마시고 있거나, 그도 아니면 기술 상담을 하러 갔을 것이다. 어쩌면 가축진료소 앞의 줄이 너무 길어서 기다리고 있는지도 모른다. 바샤는 신호등을 들고 건널목의 목제 차단봉 위에 걸터앉았다. 기차 소리는 아직 들리지 않았지만 소년은 흥분됐다. 거기 그렇게 앉아서 기차를 통과시켜본 적이 없었던 것이다. 소년에게 지금은 내일 수업을 위해 예습을 하고 잠자리에 들 시간이었다. 안 그러면 아침 일찍부터 일어나야만 한다. 소년은 집에서 5킬로미터 떨어진 콜호즈의 중학교 4학년생이다.

바샤는 학교에 가는 것이 좋았다. 여선생님의 수업을 듣고 책을 읽으면서 여태껏 몰랐던, 저 먼 세상의 온갖 일을 머릿속으로 상상할 수 있었기 때문이다. 나일 강, 이집트, 스페인, 극동, 그리고 미시씨피며 예니쎄이며 돈이며 아마존 같은 긴 강들, 아랄 해, 모스끄바, 아라라뜨 산, 북극해의 우예지네니예 섬('고독'의 섬이라는 뜻―옮긴이)―이 모든 것이 바샤를 설레게 하고 매혹했다. 소년의 생각엔, 모든 나라와 사람들이 자기가 빨리 어른이 되어 그들에게 와주기를 오래전부터 기다리고 있을 것만 같았다. 그러나 소년은 아직 아무 데도 가보지 못했다. 여기서 태어나서 줄곧 여기서 살았으며 가본 곳이라고는 학교가 있는 콜호즈와 역이 전부였다. 그렇기 때문에 소년은 열차의 창밖을 내다보는 승객들의 얼굴을 두려움과 환희가 뒤섞인 감정으로 바라보는 것이다. 그들은 어떤 사람들이며 무슨 생각을 하고 있을까? 하지만 기차가 너무 빨리 달리기 때문에 거기 탄 사람들은 건널목에 서 있는 소년이 알아볼 새도 없이 지나가버리고 만다.

어느날 기차 한대가 우연히 속도를 늦추는 바람에 바샤는 생각에 잠긴 한 남자의 얼굴을 똑똑히 볼 수 있었다. 그 남자는 열린 차창 너머로 초원의 지평선 위에 있는, 자신이 알지 못하는 한 곳을 바라보며 파이프담배를 피우고 있었다. 건널목에서 녹색 깃발을 치켜들고 서 있는 소년을 알아본 남자는 미소를 지으며 분명히 이렇게 말했다. "또 만나요, 친구!" 그러고는 다짐하듯 손까지 흔들어주었다. '또 만나요' 하고 바샤는 마음속으로 그에게 대답했다. '내가 어른이 되면 그때 우리 만나요! 아저씨도 살아서 나를 기다리세요, 죽지 마세요!' 그후로도 오랫동안 소년은 기차를 타고 미지의 어딘가로 떠난, 이 생각에 잠긴 남자를 떠올리곤 했다. 그 사람은 어쩌면 낙하산병인지도, 배우인지도, 훈장을 받은 사람인지도 모른다고, 아니 그보다 더 훌륭한 사람인지도 모른다고 바샤는 생각했다. 그러나 어느날 바샤네 집을 지나쳐간 이 남자에 대한 기억은 이윽고 소년의 마음속에서 잊혔다. 소년에게는 더 살면서 생각하고 느껴야 할 다른 일들이 있었기 때문이다.

저 멀리서, 가을 들판의 텅 빈 밤을 뚫고 기적소리가 울렸다. 바샤는 선로에 가까이 다가서서 '쾌속통과'의 밝은 신호를 머리 위로 높이 쳐들었다. 소년은 달리는 기차의 굉음이 잦아드는 걸 한동안 듣고 있다가 집으로 돌아왔다. 마당에서 암소가 애처롭게 울고 있었다. 암소는 줄곧 자기 아들을, 송아지를 기다리고 있었건만, 아들은 오지 않은 것이다. '아버지는 도대체 어딜 이렇게 쏘다니고 다니는 거야!' 바샤는 심통을 내며 생각했다. '우리 암소가 이렇게 울고 있잖아! 밤인데, 이렇게 깜깜한데, 아버지는 아직도 안 오고.'

육중한 바퀴를 굴리며 건널목에 다다른 기관차는 온힘을 다해 어둠 속으로 불꽃을 뿜어내며 신호등을 손에 든 외로운 한 인간을 지나쳤다. 창밖으로 고개를 쑥 내민 기관사는 소년 쪽은 쳐다보지도 않고 엔진을 지켜보고 있었다. 피스톤 축을 둘러싼 패킹의 이음새를 수증기가 찢어놓아서, 매번 움직일 때마다 피스톤이 밖으로 튀어나왔다. 바샤도 이걸 알아볼 수 있었다. 좀 있으면 긴 오르막길이 나오는데, 씰린더가 이렇게 헐거워진 엔진으로는 차량을 끌어올리기 힘들 것이다. 소년은 증기기관이 어떻게 움직이는지 알고 있었다. 물리교과서에서 그것에 관해 읽은 적이 있다. 하지만 그런 내용이 책에 씌어 있지 않았더라도 어차피 소년은 그 원리에 대해 알아냈을 것이다. 소년은 자신이 어떤 대상이나 물질을 보고서, 그 내부가 어떻게 이루어져 있으며 또 어떻게 작동하는지를 이해할 수 없으면 좀처럼 견디질 못했다. 그렇기 때문에 소년은 기관사가 지나가면서 자신의 신호등에는 눈길도 안 준 것에 대해 기분나빠하지 않았다. 기관사는 엔진을 걱정하고 있는 것이다. 한밤중에 긴 오르막길에서 기관차가 멈춰버리면, 그때는 기차를 다시 전진시키기가 힘들어질 것이다. 정지상태에서 차량들은 뒤쪽으로 약간 처지게 될 것이고 열차 전체가 팽팽하게 늘어나게 된다. 그때 갑자기 센 힘으로 끌면 연결이 끊어질 수가 있으며, 그렇다고 약하게 끌면 아예 움직이지도 않을 것이다.

바샤 옆으로 육중한 사축(四軸) 차량들이 지나갔다. 소년은 차량의 스프링이 잔뜩 눌려 있는 것을 보고 차량 안에 무겁고 귀중한 화물이 실려 있다는 것을 알았다. 그다음에는 무개차량들이 지나갔다. 방수포에 덮인 자동차와 알 수 없는 기계들이 실린 차량, 석탄이 실린 차량, 양배추가 산더미처럼 쌓여 있는 차량들이었다. 양배추 차량 다음으로는 새 레일을 실은 차량이, 그리고 다시 가축들을 실은 유개차량이 지나갔다. 바샤는 차량들의 바퀴와 축실(軸室)에 등을 비추어서 무슨 문제라도 없는지 살폈다. 전부 나무랄 데가 없었다. 한 차량에서 어떤 이름 모를 암송아지가 힘차게 울부짖자, 바샤네 헛간에서 아들을 찾는 암소의 울음 섞인 목소리가 거기에 길게 화답했다.

마지막 차량들은 아주 조용히 바샤 옆을 지나갔다. 열차 선두의 기관차가 전진하기 위해 용쓰는 소리가 들렸다. 바퀴는 헛돌았고 열차는 팽팽하게 당겨졌다. 바샤는 신호등을 들고 기관차 쪽으로 갔다. 기계가 힘들어할 때면 소년은 그 옆에 같이 있고 싶어했는데, 어쩌면 그렇게 해서라도 기계의 수고를 나눌 수 있을지 모른다는 생각 때문이었다.

기관차가 어찌나 힘을 쥐어짜고 있던지, 연통에서는 작은 석탄조각까지 날아올랐고, 화로 내부에서는 요란하게 숨을 몰아쉬는 소리가 들렸다. 엔진의 바퀴들은 천천히 돌고 있었고, 기사 한사람이 조망창 너머로 그것을 지켜보고 있었다. 기관차 앞쪽으로 기관사 조수가 선로를 따라 걸어가고 있었다. 그는 바퀴가 헛돌지 않게끔, 노반(路盤)에서 삽으로 모래를 퍼다가 레일 위에 뿌리고 있었다. 기름을 뒤집어써서 온통 시커메지고 기진맥진한 사내를 기관차의 전조등이 비추고 있었다. 바샤는 자신의 등을 땅 위에 세워놓고 노반으로 내려가서 삽을 들고 일하고 있는 기관사 조수에게 다가갔다.

"줘봐요, 내가 할 테니까." 바샤가 말했다. "아저씨는 기관차로 가서 그쪽 일을 도와줘요. 안 그랬다간 기차가 여기서 멈춰버릴걸."

"할 줄 아냐?" 조수는 칠흑 같은 얼굴 속에서 유독 빛나는 눈을 둥그렇게 뜨고 소년을 바라보며 물었다. "그럼 한번 해봐! 근데 조심해라, 기차가 오는 걸 잘 보면서!"

삽은 바샤에게 너무 크고 무거웠다. 바샤는 조수에게 삽을 다시 돌려줬다.

"손으로 할게요. 그게 더 편해."

바샤는 몸을 수그리고 모래를 한움큼 긁어모아 그것을 레일 위에 띠 모양으로 잽싸게 뿌렸다.

"양쪽 레일에 다 뿌려라." 조수는 그렇게 말하고 기관차로 달려갔다.

바샤는 한번은 이쪽 레일 한번은 저쪽 레일로 차례차례 모래를 뿌렸다. 기관차는 강철 바퀴로 모래를 짓뭉개면서 소년의 뒤를 따라 천천히 둔중하게 나아갔다. 석탄재와 결로(結露)된 수증기로 온통 뒤범벅이 되면서도 바샤는 일하는 것이 즐겁기만 했다. 기관차는 오로지 바샤 덕분에 헛바퀴를 돌거나 멈추지 않고서 자기 뒤를 따라가고 있었으므로 바샤는 자신이 기관차보다 더 중요하다는 느낌이 들었다.

바샤가 일에 열중해서 기관차가 아슬아슬하게 접근해오는 것도 모르고 있으면, 기관사는 짧게 기적을 울리고 기관실에서 소리를 쳤다. "어이, 조심해!…… 더 많이 더 고르게 뿌려!"

바샤는 기관차를 조심하면서 묵묵히 작업을 계속했다. 그러나 나중에는 자기에게 소리지르며 지시를 하는 것에 화가 치밀었다. 소년은 선로에서 달려나와 기관사에 맞서서 소리쳤다.

"왜 모래도 없이 달렸어요? 아니면 그런 것도 모르나보지!……"

"모래가 다 떨어진 거야." 기관사가 대답했다. "모래 적재함이 너무 작거든."

"보충용 적재함을 만드세요." 기관차와 나란히 걸어가며 바샤가 훈수를 했다. "안 쓰는 철판을 구부려서 만들면 돼요. 지붕수선공한테 부탁하세요."

기관사는 소년을 바라보았지만 어둠이 짙어서 얼굴을 잘 알아보기가 어려웠다. 자그마한 얼굴의 바샤는 단정한 차림새에 단화를 신고 있었는데, 그 시선은 줄곧 엔진을 향하고 있었다. 기관사의 집에도 바로 이런 아이가 있었다.

"그리고 수증기가 새어나와요. 씰린더에서요, 화로 옆으로." 바샤가 말했다. "동력이 구멍으로 쓸데없이 새어나가잖아요."

"어이구, 저런!" 기관사가 말했다. "아예 네가 열차를 운전해라, 나는 옆에서 걸어갈 테니."

"그러시든가!" 바샤가 신나서 맞장구를 쳤다.

돌연, 마치 탈옥하려고 안달하는 죄수처럼, 기관차 바퀴가 제자리에서 전속력으로 회전했다. 그 바람에 바퀴 밑 레일이 선로를 따라 저 멀리까지 굉음을 울릴 정도였다.

바샤는 다시 기관차 앞으로 튀어나가서 맨 앞의 바퀴 밑에 있는 레일에 모래를 뿌리기 시작했다. "내 아들이 없었다면 이놈을 아들 삼고 싶을 지경이군." 엔진의 공회전을 진정시키며 기관사가 중얼거렸다. "이 아이는 나이도 어린데 벌써 어엿한 어른 같네. 앞날이 창창한 놈이야…… 근데 젠장, 후미 쪽 어딘가에 브레이크라도 걸려 있는 건가. 승무원들이 휴양지에라도 온 것처럼 다들 졸고 있나보군. 좋아, 내리막길에서 전부 흔들어 깨워주지."

기관사는 기적을 두 번 울렸다. 혹시라도 열차 어딘가에 걸려 있을지 모르는 브레이크를 해제하라는 신호였다.

바샤는 뒤를 돌아보고 선로에서 물러났다.

"뭐야, 왜 그래?" 기관사가 소리쳤다.

"괜찮아요." 바샤가 대답했다. "이젠 경사가 덜하니까 기관차가 나

없이도 알아서 갈 거예요. 그런데 나중에 산 밑에 가면……"

"무슨 일이든 생기겠지." 기관사가 내려다보며 말했다. "자, 옛다!" 그는 소년에게 큼직한 사과 두 개를 던졌다.

바샤는 땅에서 선물을 집어들었다.

"가지 말고 잠깐 기다려!" 기관사가 소년에게 말했다. "뒤쪽으로 가서 차량들 밑을 보고 소리를 들어봐줘. 혹시 브레이크가 걸린 곳이 없는지. 그리고 언덕으로 가서 나에게 등불로 신호를 해줘. 알겠지?"

"저는 모든 신호를 알고 있어요." 바샤는 그렇게 대답하면서 기관차의 트랩에 매달려서 차에 올랐다. 그리고 허리를 굽혀 기관차 밑을 살펴보았다.

"걸려 있어요!" 소년이 소리쳤다.

"어디?" 기관사가 물었다.

"바로 아저씨한테 걸려 있네요, 급탄(給炭)차 밑에! 다른 차량들 바퀴는 쌩쌩 도는데 여기만 조용하네!"

기관사가 자기 자신에게, 조수에게, 그리고 온 세상에 욕을 퍼붓는 동안, 바샤는 트랩에서 뛰어내려 집으로 갔다.

멀리 땅 위에서 소년의 신호등이 빛나고 있었다. 만일의 경우를 생각해서 바샤는 각 차량의 기동부가 작동하는 소리에 귀를 기울였지만 브레이크 판이 마찰하거나 긁히는 소리는 들리지 않았다.

열차가 가버리자, 소년은 신호등이 놓여 있는 곳을 돌아봤다. 갑자기 불빛이 공중으로 솟아올랐다. 누군가의 손이 신호등을 집어든 것이다. 바샤는 그리로 달려가서 아버지를 맞았다.

"우리 송아지는 어디 있어요?" 소년은 아버지에게 물었다. "죽었어요?"

"아니야, 다 나았어." 아버지가 대답했다. "그놈을 좋은 값에 도살장에 팔았다. 우리한테 황소가 무슨 소용이냐!"

"걔는 아직 어려요." 소년이 말했다.

"어린놈이 더 비싸. 고기가 부드럽거든." 아버지는 그렇게 설명했다. 바샤는 신호등의 흰 유리를 녹색으로 교체하고 그 빛이 가버린 기차 쪽을 향하도록 한 다음, 머리 위로 천천히 몇번 들어올렸다가 다시 아래로 떨어뜨려 신호를 보냈다. 기차가 계속 잘 가라고, 바퀴들 어디에도 브레이크가 걸리지 말고 자유롭게 가라고.

주위는 이제 조용했다. 마당에서 암소가 순하고 슬픈 울음을 울었다. 암소는 아들을 기다리느라 잠도 자지 않았던 것이다.

"먼저 집에 가거라." 아버지는 바샤에게 말했다. "나는 우리 구역을 좀 돌아볼 테니까."

"장비도 없는데요?" 바샤가 상기시켜주었다.

"그냥, 그냥 침목정이 삐져나온 데가 없는지 둘러보려는 거야. 지금 작업할 건 아니고." 아버지는 조용히 말했다. "송아지 때문에 내 마음이 아프구나. 그렇게 애지중지 키우면서 정이 들었는데…… 이렇게 후회할 줄 알았다면 팔지 않았을걸……"

그러고 나서 아버지는 신호등을 들고 철길을 따라 걸어가며 고개를 좌우로 돌리면서 선로를 살폈다.

바샤는 헛간으로 들어가서 눈이 어둠에 익숙해지길 기다리며 암소를 살펴보았다. 암소는 이제 아무것도 먹고 있지 않았으며, 이따금 조용히 숨을 쉴 뿐이었다. 암소를 괴롭히는 무겁고 질긴 고통은 끝을 모르고 점점 커져갈 수밖에 없었다. 왜냐하면 암소는 인간과 달리 자신의 고통을 언어나 의식, 친구나 오락 그 어느 것으로도 위로할 줄 모르기 때문이다. 바샤는 오랫동안 암소를 쓰다듬으며 달래주었지만 암소는 무관심한 채 미동도 없었다. 지금 암소에게 필요한 것은 오로지 자기 아들, 송아지뿐이다. 인간도, 여물도, 태양도 이 세상 그 무엇도 자식을 대신할 수 없었다. 잊어버리고 다른 일을 찾는 것이, 그래서 더이상 괴로워하지 않고 다시 살아가는 것이 유일한 행복의 길이라는 사실을 이해하지 못한다. 암소의 흐릿한 지성은 스스로를 기만할 능력이 없다. 한번 암소의 가슴속에 혹은 감정 속에 들어온 것은 억눌리거나 잊힐 수 없는 것이다.

암소는 서글피 울고 있었다. 왜냐하면 암소는 생명과 자연에 대한, 그리고 아직 내놓을 만큼 제대로 자라지도 않은 아들에 대한 자신의 갈구에 전적으로 순종했기 때문이다. 지금 암소의 속은 쓰라리게 타들어가고 있었다. 암소는 커다랗고 촉촉한 두 눈으로 어둠속을 응시하면서도 눈물을 흘리지는 못했다. 그럴 수 있다면 자신과 자신의 고통을 누그러뜨릴 수 있었을 텐데 말이다.

아침 일찍이 바샤는 학교에 가고, 아버지는 소 한마리가 끌도록 되어 있는 쟁기를 챙기며 일 나갈 준비를 시작했다. 봄에 수수를 심기 위해, 소를 몰고 가서 철도변 수용지에 있는 약간의 땅을 갈아엎을 요량이었다.

바샤가 학교에서 돌아와보니, 아버지는 아직도 암소를 몰고 땅을 갈고 있었다. 하지만 갈아놓은 땅은 얼마 되지 않았다. 암소는 고개를 수그린 채, 땅에 침을 흘리며 잠자코 쟁기를 끌고 있었다. 바샤는 예전에 아버지와 함께 암소를 몰고 밭을 갈아본 적이 있었는데, 그때는 밭도 잘 갈았고 멍에를 지고 걷는 것도 참을성있게 잘 견뎠었다.

저녁 무렵 아버지는 암소의 멍에를 벗겨준 다음, 수확이 끝난 밭에 풀어놓았다. 바샤는 집에서 책상 앞에 앉아 숙제를 하면서 수시로 창밖에 눈길을 던졌다. 자기 암소가 보였다. 암소는 가까운 들판에 서서 풀도 뜯지 않고 그냥 가만히 있을 뿐이었다.

어제와 마찬가지로 음산하고 황량한 저녁이 찾아왔다. 지붕 위의 바람개비가 삐걱거리며 긴 가을의 노래를 불렀다. 암소는 어두워져가는 들판에 눈길을 고정한 채, 아들을 기다리고 있었다. 암소는 이제 더이상 울음소리를 내며 아들을 부르지도 않았고, 다만 영문을 모른 채 견디고 있을 따름이었다.

숙제를 다 마친 바샤는 빵 한조각을 집어서 소금을 뿌린 다음, 암소에게 가져다주었다. 암소는 빵을 먹으려 들지 않고 어제처럼 무관심한 반응을 보였다. 바샤는 암소 옆에 잠깐 서 있다가 이내 아래쪽에서 암소의 목을 껴안았다. 자신이 암소를 이해하고 있으며 사랑하고 있음을 알아주기 바랐던 것이다. 그러나 암소는 목을 홱 잡아채어 소년을 뿌리치더니 목젖을 쥐어짜는 듯한 괴성을 지르며 들판으로 달려갔다. 한참을 내달리던 암소는 돌연 반대쪽으로 방향을 돌리더니, 펄쩍펄쩍 뛰어오르는가 하면, 앞다리를 절룩거리기도 하고 머리를 땅바닥에 문지르기도 하면서, 아까 있던 자리에서 기다리고 있는 바샤에게 다가오기 시작했다.

암소는 소년을 지나치고 마당을 지나치더니 저녁 들판으로 사라져버렸다. 들판에서 목젖을 쥐어짜는 이상한 울음이 다시 한번 들렸다.

콜호즈의 협동조합에서 돌아온 어머니와 아버지 그리고 바샤는 한밤중까지 주변의 들판 여기저기를 돌아다니며 암소를 불렀지만, 암소는 대답하지 않았다. 암소는 없었다. 저녁식사를 마친 뒤에 어머니는 유모이자 일꾼이던 암소가 사라졌다면서 울음을 터뜨렸고, 아버지는 공제조합이나 철도노조에 새 암소 구입을 위한 대부금 신청서를 써야 할지 어떨지를 생각하기 시작했다.

다음날 아침 바샤는 맨 먼저 잠에서 깼다. 창밖은 아직 어둠이 걷히지 않았다. 누가 집 근처에서 숨소리를 내며 조금씩 움직이는 소리가 들렸다. 창밖을 내다보니 암소가 보였다. 암소는 대문 앞에 서서 집으로 들여보내주기를 기다리고 있었다……

그날 이후로도 암소는 삶을 이어가면서, 땅을 갈거나 밀가루를 운반하러 콜호즈에 갔다 오는 등, 일도 하긴 했다. 하지만 우유는 전혀 나오지 않았으며 침울해지고 둔해졌다. 바샤가 물도 먹이고 여물도 먹이고 씻겨주었지만 암소는 소년의 보살핌에 아무런 반응도 보이지 않았다. 자기를 어떻게 하건 암소에게는 아무 상관이 없었다.

암소가 마음대로 돌아다니게끔 하면 좋아질까 싶어서 낮에 들판에 내보내기도 했다. 그러나 암소는 별로 돌아다니질 않았다. 암소는 한참을 제자리에 서 있다가 조금 걸어가나 싶더니 마치 걷는 방법을 잊어버린 듯 멈춰섰다. 어느날은 선로 쪽으로 나가더니 침목 위로 천천히 올라가다가 바샤 아버지의 눈에 띄어서 끌어내어진 적도 있었다. 예전 같았으면 소심하고 민감한 암소가 제 발로 선로 쪽에 가는 일은 없었다. 그 때문에 바샤는 암소가 기차에 치이지나 않을까 혹은 스스로 기차에 뛰어들지나 않을까 걱정되기 시작했다. 소년은 학교에 앉아서도 온통 암소 생각뿐이었고, 학교가 끝나면 달음박질로 집에 돌아왔다.

낮이 가장 짧았던 어느날, 일찌감치 땅거미가 깔렸을 즈음 바샤가 학교에서 돌아와보니 화물열차가 서 있었다. 깜짝 놀란 소년은 당장 기관차 있는 곳으로 달려갔다.

얼마 전에 바샤가 열차 움직이는 걸 도와준 적이 있는 바로 그 기관사가 바샤의 아버지와 함께 차량 밑에서 죽은 암소를 끌어내고 있었다. 생전처음 자기와 가까운 존재의 죽음을 본 바샤는 괴로움으로 넋이 나가서 땅바닥에 주저앉았다.

"내가 십분 정도 계속 기적을 울렸다니까요." 기관사가 바샤의 아버지에게 말했다. "댁의 소는 귀가 먹은 겁니까, 아니면 멍청한 겁니까? 모든 차량들이 비상 브레이크를 걸었지만 소용이 없었어요."

"귀가 먹은 것이 아니라 미친 거요." 아버지가 말했다. "아마, 철로 위에서 졸고 있었겠지."

"그게 아니에요, 느리긴 했지만 어쨌든 소는 기관차에서 도망가긴 했어요. 그런데 옆으로 비켜날 생각은 안하더란 말이죠." 기관사가 대답했다. "소가 생각하는 것 같았어요."

그들과 조수, 화부, 이렇게 넷이서 처참한 몰골이 된 암소의 몸통을 차량 밑에서 질질 끌어내어 살점이 드러난 고깃덩어리를 철길 옆의 마른 도랑에 내던졌다.

"고기가 신선하니까," 기관사가 말했다. "소금에 절여서 집에서 드시면 되겠네. 아니면 파실 거요?"

"팔아야겠지요." 아버지는 그렇게 결정했다. "다른 암소를 사려면 돈을 모아야 하니까. 암소가 없이는 곤란해져요."

"아무렴, 암소 없이는 못 살죠." 기관사가 맞장구쳤다. "돈 모아서 사세요. 나도 당신한테 돈을 좀 보태겠소. 많이야 없지만, 조금은 마련할 수 있을 겁니다. 곧 상여금을 받을 예정이거든요."

"무엇 때문에 당신이 나한테 돈을 준다는 거요?" 바샤의 아버지는 깜짝 놀랐다. "나는 당신 친척도, 아무것도 아닌데…… 아니, 내가 다 알아서 할 수 있소. 노동조합이며, 공제조합이며, 직장이며, 당신도 잘 알잖소, 여기저기서……"

"뭐, 어쨌든 나도 보태겠소." 기관사는 고집을 부렸다. "당신 아들이 나를 도와줬으니, 나도 당신을 도와야지. 어, 저기 앉아 있네. 안녕!" 기관사가 미소를 지었다.

"안녕하세요." 바샤가 그에게 대답했다.

"나는 아직 한번도 사람을 친 적이 없어요." 기관사는 말했다. "딱 한 번, 개를 친 적이 있지…… 당신네 암소에 대해 내가 아무 보상도 안한다면 내 마음이 너무 무거울 것 같소.”

“무엇 때문에 상여금을 받나요?” 바샤가 물었다. “운전도 잘 못하던데.”

“지금은 좀 나아졌지.” 기관사가 미소지었다. “배웠잖아!”

“보충용 모래 적재함은 만들었어요?” 바샤가 물었다.

“만들었다. 조그만 적재함을 큰 걸로 교체했지!” 기관사가 대답했다.

“이제야 정신들을 차렸군요.” 바샤가 성을 내며 말했다.

선임 차장이 이쪽으로 와서 기관사에게 종이를 건네자 기관사는 거기다가 주행중 정차의 원인에 대해 기록했다.

다음날 아버지는 농촌 군(郡)공제조합에 소고기를 전부 팔았고, 낯선 짐마차가 와서 소를 싣고 갔다. 바샤와 아버지도 이 짐마차를 타고 함께 갔다. 아버지는 고기 값을 받으러 가는 것이었고 바샤는 읽을 책을 사기 위해서였다. 군에서 숙박을 한 두 사람은 다음날 물건도 사고 하면서 반나절을 더 보내고 점심을 먹은 뒤 집으로 향했다.

집으로 가는 길은 바샤의 중학교가 있는 콜호즈를 통과해야 했다. 아버지와 아들이 콜호즈에 다다랐을 때는 벌써 날이 어둑해졌기 때문에 바샤는 집으로 가지 않고 학교 수위실에서 잠을 잤다. 내일 꼭두새벽부터 쓸데없이 고생하며 다시 여기로 올 필요는 없었다.

학교에서는 1학기 중간고사가 시작되고 있었다. 학생들에게는 생활 속에서 겪은 일을 주제로 글을 쓰라는 과제가 주어졌다.

바샤는 공책에 이렇게 썼다. “우리집에는 암소가 있었다. 암소가 살아 있었을 때, 어머니와 아버지와 나는 암소에서 나오는 우유를 먹었다. 나중에 암소가 새끼 송아지를 낳았다. 송아지도 암소의 우유를 먹었다. 우리 세 사람과 송아지까지 넷, 모두에게 충분한 양이었다. 암소는 게다가 땅도 갈고 짐도 옮겼다. 그러다가 집에서 암소의 아들을 고기로 팔았다. 괴로워하던 암소는 얼마 안 있어 기차에 치여 죽었다. 그리고 사람들은 암소도 먹어버렸다. 왜냐하면 암소도 소고기니까. 암소는 자기가 가진 모든 것을, 우유, 아들, 고기, 가죽, 내장, 뼈를 우리에게 내주었다. 착한 암소였다. 나는 우리 암소를 기억할 것이다. 그리고 잊지 않을 것이다."

땅거미가 질 무렵에 바샤는 집으로 돌아왔다. 아버지는 벌써 집에 있었는데, 방금 전에 선로 작업을 하고 돌아온 길이었다. 아버지는 어머니에게 지폐 두 장을 보여주고 있었다. 그것은 기관사가 담배쌈지에 넣어 던져준 백 루블이었다.

〔박현섭 옮김〕

뽈라또노프의 대표적인 단편으로 흔히 거론되는 작품은 「의심하는 마까르」이다. 그러나 이 작품 속에 등장하는 스딸린 집권기의 정치적인 클리셰들을 한국어의 맥락 속으로 옮기는 것은 거의 불가능해 보이며, 억지로 번역을 한다 해도 사회주의 자체에 대한 관심으로부터 한참 멀어진 요즘의 독서환경 속에서 그것이 일반 독자들에게 얼마나 의미를 가질 수 있을지는 의문이다. 「귀향」을 비롯한 몇몇 후기 단편들이 최병근 번역(책세상 2002)으로, 초기의 문제작 『구덩이』가 정보라의 번역(민음사 2007)으로 출간되었다. 인터넷을 잘 뒤져보면 노르슈쩨인 감독이 제작한 애니메이션 「암소」(Cow)를 찾을 수 있을 것이다. 보기드물게 아름다운 작품이다.

러시아 단편소설 약사(略史)

박현섭

러시아 단편소설을 살펴보기 전에 러시아 문학과 문화 전반에 두루 관련되는 역사적인 배경을 잠시 짚고넘어갈 필요가 있다. 13세기에서 15세기에 걸쳐 200여년간 몽골제국의 지배 아래 놓여 있었으며, 이로 인하여 유럽의 르네쌍스와 완전히 단절되었던 러시아는 오랫동안 '유럽의 변방'으로 불렸다. 그러던 러시아가 서구적인 의미에서 근대의 문턱으로 들어선 것은 18세기초의 걸출한 군주 뾰뜨르 대제가 러시아 서쪽 국경의 늪지대에 상뜨 뻬쩨르부르그라는 인공도시를 건설하고 유럽과의 적극적인 소통을 재개하면서부터였다. 이때부터 러시아는 그동안 단절되어 있던 유럽의 문물을 허겁지겁 받아들이기 시작했고, 대략 한세기 뒤에는 최소한 문화적인 영역에서 유럽과 대등하게 소통할 수 있는 위치에 도달했던 것이다. 유럽에 비해 한참 늦게 발동이 걸린 러시아 문학이 어느 사이엔가 19세기 세계문학을 선도하는 위치에 우뚝 서게 되었다는 사실을 염두에 둔다면, 이 글에서 조망하는 러시아 단편소설의 역사가 좀더 역동적으로 보일 수 있을 듯 싶다.

러시아 최초의 단편소설은 1792년에 까람진이 쓴 「가엾은 리자」이다. 도시에서 온 귀족청년과 농촌 아가씨의 비극적인 사랑을 다루고 있는 이 소설은 유럽에서 도입된 감상주의의 문학적 전통과 소재에 토대를 두고 있었지만, 하층 계급의 인물이 최초로 문학작품의 주인공으로 등장한다는 사실, 나아가 이들에게도 섬세한 정서와 사랑의 감정이 있을 수 있다는 사실 때문에 농노제도하의 러시아 독자층에게 신선한 충격으로 다가왔다. 「가엾은 리자」의 성공은 이후 허다한 모방 작품들을 만들어냄과 동시에, ‘이야기’를 담을 수 있는 짧은 산문으로서 단편소설의 가능성을 열어놓는 계기가 되었다.

감상주의를 거쳐 낭만주의의 조류 속으로 접어든 19세기초의 러시아 문학은 시(詩)가 지배적이던 시기였다. 그러나 다양한 철학적, 윤리적, 미학적 사상은 물론 사회풍자적인 관점까지도 두루 담아낼 수 있는 단편소설의 탄력적인 형식이 점점 더 작가들의 관심을 끌기 시작했다. 러시아 단편소설은 1825년에서 1835년 사이에 걸쳐 비약적인 발전을 이루면서 가장 대중적인 문학 장르로 자리잡았다. 알렉산드르 베스뚜제프-마를린스끼는 이 시기의 가장 인기있는 이야기꾼이었다. 당대의 지도적인 비평가 벨린스끼는 고딕풍의 공포소설, 역사·모험소설, 사회소설 등 다양한 장르를 종횡무진하며 단편소설의 소재를 확장시킨 베스뚜제프-마를린스끼를 일컬어, 러시아 문학의 방향을 시에서 산문으로 틀어버린 ‘선동가’라고 표현했다. 한편 독일 낭만주의와 자연철학의 영향 속에서 현실의 이면에 있는 신비스러운 세계를 추구했던 블라지미르 오도예프스끼는 철학적 소설이라는 새로운 장르를 개척했다. 오도예프스끼는 또한 베스뚜제프-마를린스끼와 더불어 ‘사교계 소설’이라는 영역을 열어놓은 작가로 평가되기도 한다. 상류사회의 일상, 취향을 배경으로 하여 연애사건, 정략결혼, 간통 등의 사건이 다루어지는 ‘사교계 소설’은 19세기 전반 러시아 사회의 지배적인 집단으로 자리잡게 된 귀족들의 관심을 반영했다. 장르적인 맥락에서의 ‘사교계 소설'은 이후에 뿌슈낀, 레르몬또프, 뚜르게네프 같은 작가들의 작품 속에서, '속물스러운 사교계의 관습을 혐오하며 은둔하는 고독한 주인공'이라는 주제를 통해서 새로운 맥락으로 발전하게 된다.

초기 러시아 단편소설의 발전과정에서 가장 획기적인 사건은 천재시인 알렉산드르 뿌슈낀의 등장이다. 시문학의 모든 영역에서 당시 러시아 낭만주의 시인 모두를 합친 것보다 과히 모자라지 않을 업적을 홀로 성취했던 이 시인의 재능은 단편소설의 영역에서도 예외가 아니었다. 1831년에 발표된 뿌슈낀의 연작단편집 『고(故) 이반 뻬뜨로비치 벨낀의 이야기』는 여전히 한발짝 뒤에서 유럽의 문학을 쫓아가던 러시아 단편소설이 마침내 독자적인 길을 걷게끔 해준 작품이었다. 이 연작단편집은 벨낀이라는 가공의 화자를 도입하고, 이 화자가 다섯 명의 이야기 제공자로부터 들은 이야기를 전해준다는 설정을 취하고 있다. 마치 러시아 자체에서 이야기의 원천을 가져온 것처럼 가장하고 있지만, 사실상 그것은 뿌슈낀 이전의 단편소설이 그러했던 것과 마찬가지로 월터 스코트, 워싱톤 어빙 등을 비롯한 서구의 작가들에게서 그 원본을 찾을 수 있는 이야기들이었다. 그러나 뿌슈낀은 다른 작가들처럼 이 이야기들을 단순히 러시아적인 풍토 속에서 윤색하는 데 그치지 않고, 결말을 전복시킨다든가 비극적인 인물 유형을 희화화한다든가 하는 식으로 패러디하거나 변용해버렸다. 아울러 감상주의나 낭만주의의 여러 가지 문학적 관습들은 소설 전체의 세계관을 결정짓는 지위에서 밀려난 채, 뿌슈낀의 독자적인 소설을 구성하는 다양한 하부요소 중의 하나로 쓰이게 되었다. 요컨대 뿌슈낀은 문학적 전통의 굴레에서 벗어나 현실 자체를 자신의 시각으로 보고자 했던 것이며, 이는 작가 자신을 넘어서 러시아 문학이 사실주의로의 전환을 준비하고 있음을 예고하는 것이기도 했다.

한 화자가 다른 주인공들이 전해주는 이야기를 총괄하고, 나아가 각 주인공들이 직접 또다른 화자가 되어 이중의 서사구조를 만들어내는 구성방식, 간결하고 명징한 문체, 예상을 뒤집는 결말, 등장인물의 사회적인 존재 양태에 대한 사실적인 유형화 등, 뿌슈낀 단편소설에 나타난 미덕은 향후 러시아 단편문학의 발전을 지탱하는 중요한 토대가 되었다. 뿌슈낀의 열광적인 숭배자로서 낭만주의의 마지막 불꽃을 태운 미하일 레르몬또프는 연작단편집 『우리 시대의 영웅』(1840)에서 뿌슈낀의 중층적 서사방식을 그대로 좇았다. 레르몬또프는 자신의 반항적이고 음울한 주인공 뻬초린을 통해서 뿌슈낀의 간결한 문체를 기이한 방식으로 진화시키는 동시에, 심리소설이라는 새 지평을 열었다. 비범한 지력과 육체적인 강인함을 타고났지만 자신을 이해하지 못하는 주위사람들 때문에 세상으로부터 스스로 은둔하는 뻬초린은 19세기 러시아 문학의 지속적인 화두였던 '잉여인간'의 가장 극단적인 형상이다.

1830년대 후반에서 1840년대에 걸친 기간은 러시아 문학이 낭만주의에서 벗어나 사실주의로 진입하기 시작하는 과도기였다. 시보다는 산문이 주도적인 문학 장르로 자리를 잡는 가운데, 소설은 복잡다단해지는 사회의 구석구석을 자신의 소재로 끌어들이면서 장차 다가올 장편소설 시대의 거대한 화폭을 채울 준비를 하고 있었다. 장편소설을 쓰기 이전의 뚜르게네프는 『사냥꾼의 수기』(1847)라는 연작단편집에서 러시아 농촌의 다양한 인간 군상들을 주인공으로 내세웠는데, 여기서도 뿌슈낀 서사방식의 흔적을 찾을 수 있다. 뚜르게네프는 19세기 러시아의 아름다운 농촌 풍경 속에서 서정적인 서술이라는 또다른 세계를 열어놓았다. 또한 자신의 농노 출신 등장인물들이 단지 감정을 가진 독립적 인격이라는 데에 그치지 않고, 때로는 귀족들보다 더 지혜

로우며 미적으로 진화된 존재임을 소설 속에서 증명해 보였다.

미완의 장편소설 『죽은 농민』(1842)을 제외하고는 자신의 문학적 에너지를 오로지 단편소설에만 집중했던 니꼴라이 고골은 뿌슈낀과 정반대의 방향에서 러시아 단편소설의 한축을 정초했다. 우끄라이나 시골의 소지주 집안 출신인 고골은 자신의 어린시절 기억 속에 남아 있는 시골 마을의 떠들썩한 풍경들, 갖가지 마귀와 마녀 들에 관한 민담을 토대로 한 환상적인, 혹은 목가적인 소설집 『지깐가 근교의 야화』(1831~32)로 수도의 문단에 등장했다. 그러나 우끄라이나 옛 시골의 목가적인 삶에서 연원한 고골의 낭만적 환상은 근대 도시의 현실과 맞닥뜨리면서 기괴하고 독특한 고골적 그로테스크를 만들어냈다. 1835년에 발표된 단편집 『아라베스끼』와 1842년에 발표된 「외투」는 뻬쩨르부르그 뒷골목의 다양한 풍경들을 담고 있다. 말단 관리, 가난한 예술가, 창녀, 정신병자 등 주로 사회 밑바닥 계층으로 구성된 고골의 등장인물들은 파편화되고 비인간적인 도시의 변두리에서 저마다의 욕망을 실현하려고 발버둥치다가 무기력하게 스러져간다. 현실과 환상이 천연덕스럽게 공존하고, 인간이 사물화되는가 하면 사물이 오히려 인격을 얻는 고골의 기묘한 세계는 후진적인 러시아의 사회체제에서 초래된 관료주의의 병폐와 도덕적 타락, 어설픈 근대의 물신주의에 대한 작가의 미학적 변용이었다. 고골이 창조해낸 무력한 변두리 인간의 형상은 도스또옙스끼를 비롯한 사실주의 작가들의 작품에서 끊임없는 생명력을 유지했다. 뿌슈낀이 간결하고 명징한 문체를 통해 러시아 단편소설의 아폴론적인 전통을 탄생시켰다면, 고골은 수시로 핵심에서 미끄러져나가는 비틀리고 장식적인 문체를 통해 디오니쏘스적인 다른 한쪽을 탄생시켰다고 할 수 있다.

1861년에 농노해방이 이루어졌다. 산업화의 시대적인 압력 속에서,

이제까지 전제정권과 지주계급을 지탱하던 농노제의 해체는 필연적이었다. 고골의 소설에서 희화화된 기인들로 등장하던 말단 관리, 상인, 수공업자, 도시 빈민 들은 이제 현실 속의 실체로서 러시아 사회의 새로운 세력을 구성하기 시작했다. 단편소설로는 감당이 되지 않는 복잡하고 거대한 현실의 전체상을 담아내기 위해서 장편소설이라는 새로운 형식이 필요했다. 뚜르게네프, 곤차로프, 쉐드린으로 시작해 도스또옙스끼와 똘스또이에서 정점을 이룬 사실주의 장편소설의 시대는 1880년대를 전후하여 똘스또이가 농촌운동가로 변신하고, 1881년에 도스또옙스끼가 사망할 때까지 러시아 문학을 강고하게 지배했다.

비록 두 거장의 장편소설들에 비추어본다면 양적인 면에서 미미하지만, 단편소설의 역사에서 간과할 수 없는 몇작품들을 거론해야 할 것이다. 한 광인의 몽상을 통해 인간의 이기심과 도덕적 타락이 초래할 종말론적인 참상을 그려낸 「우스운 인간의 꿈」은 도스또옙스끼가 자신의 장편소설에서 즐겨 쓰던 저돌적인 장광설이 단편소설에서도 효과적인 서사 도구로 기능할 수 있음을 증명했다. 「수줍은 여인」(1876)에서, 자살한 아내의 주검을 앞에 두고 지나간 일들을 회상하는 전당포집 주인의 두서없는 독백은 20세기 '의식의 흐름' 기법을 예견케 했다. 똘스또이 역시 장편 작가로서의 특기를 「이반 일리치의 죽음」(1886)이라는 단편에 성공적으로 우겨넣었다. 똘스또이의 무자비한 사실적 묘사와 도저한 철학적 사색은 죽음에 처한 한 인간의 고뇌를 그린 이 단편에서 절묘하게 결합된다.

체호프는 사실주의 시대의 거장들이 떠나간 자리를 오롯이 대신하면서 그간 장편소설에 경도되었던 문학의 관심을 순식간에 단편소설로 되돌려놓았다. 단편소설 형식에 있어서 그의 공헌은 러시아 문학의 범위를 넘어서는 것으로서, 프랑스의 기 드 모빠쌍과 더불어 현대 단편소설의 신기원을 열었다고 평가된다. 체호프가 이룩한 혁신은 크게 두 가지로 요약될 수 있다. 하나는, 사건 또는 플롯에 대한 기존의 관념을 전도시켰다는 것이다. 종래의 단편소설이 결말에 마무리되거나 폭로될 중심 사건을 향해 한방향으로 집중되는 구성을 취했던 반면에, 체호프의 소설에서는 아예 특별한 사건이 존재하지 않거나, 혹은 특별한 사건이 있더라도 그 사건의 전개과정보다는 이미 벌어진 사태에 대한 등장인물들의 다양한 반응들이 더 중요한 의미를 갖는다. 이 책에 소개된 「슬픔」과 「입맞춤」은 그러한 양상을 보여주는 다양한 예들 가운데 하나이다. 또다른 중요한 특성은 객관성의 시학이다. 특히 중기의 작품들에서는 화자의 주관적인 가치판단은 물론이거니와 등장인물의 내적인 독백조차도 철저히 배제된 채 보이고 들리는 것만 묘사된다. 체호프가 최고의 극작가이기도 했다는 점을 염두에 둔다면 이는 지극히 자연스러운데, 희곡이야말로 등장인물의 말과 행동만으로 이루어지는 문학 양식이기 때문이다.

20세기초 볼셰비끼 혁명을 앞뒤로 하여 벌어진 러시아 사회의 격변은 단편소설의 내용과 형식에 막대한 변화를 가져다주었다. 막심 고리끼의 작품들에서 밑바닥 계층의 인간들은 더이상 귀족이나 지식인 들의 연민과 공감의 대상이 아니라, 스스로 사회의 변혁을 꿈꾸고 미래의 긍정적인 가치를 창조해내는 주체로 부상한다. 「첼까슈」(1895), 그리고 이 책에 실린 「스물여섯과 하나」(1896) 등의 초기 단편 속에는, 훗날 사회주의적 사실주의 원칙의 입안자로서 경화되기 이전에 고리끼가 가지고 있던 순수한 정념과 전투적 윤리가 녹아 있다. 선뜻 공감하기 힘든 부랑자들의 조악하고 원시적인 정서에서 미구에 닥칠 세계의 가능성을 통찰한다는 것은 아무나 할 수 있는 일이 아닐 것이다. 고리끼와 마찬가지로 바벨과 쁠냑도 혁명의 대의에 동의하고 혁명의 과

정에 참여했던 작가들이었다. 그러나 고리끼가 새로운 주제를 전통적인 사실주의의 형식에 담아낸 반면에 이들은 내용과 형식 모두에서 혁명의 양상을 온전하게 체화시켰다. 전복되는 과거의 가치, 반목하는 계급들, 불안, 폭력—현실 속의 이런 모습은 이 작가들의 소설에서 역동적인 문체와 파편화된 구성을 통해 미학적으로 구현되었다. 혁명을 받아들이지 않았거나 혁명에 의해 배제된 자들, 예컨대 부닌과 떼피 같은 작가들은 낯선 타국에서 떠나온 고향의 과거를 회상하면서 주변에 우글거리는 같은 처지의 동포들에게 진저리를 쳤다. 미학적 혁명, 혹은 인간적 개혁을 기대하며 쏘비에뜨에 눌러앉은 수많은 작가들이 섣불리 체제비판적인 글을 쓰다가 쥐도 새도 모르게 수용소로 끌려갔다. 불가꼬프 같은 소수의 작가들은 목숨을 부지하는 대신에 평생 침묵을 강요당해야 했다. 그 와중에서도 정숙함을 가장하며 집요하게 위험한 창작의 협로를 헤쳐나간 쁠라또노프의 삶은 숙연한 감동을 자아낸다. 한편, 스딸린 체제 아래에서 사회주의적 사실주의의 유일무이한 모범 답안인 '긍정적 주인공'을 창조하기 위해 자발적으로, 혹은 어쩔 수 없이 매진했던 수다한 작가들에 대해서는 좁은 지면에서 일일이 언급할 필요가 없을 것이다.

스딸린 사후, 사회주의적 사실주의의 경직된 원칙은 전시기에 비해 비교적 느슨하게 적용되었으나 이념 자체가 완전히 폐기된 것은 아니었다. 이념의 인계선을 건드리지 않는 한에서 빠우스또프스끼는 서사기법과 구성방식의 새로운 시도를 모색했고, 악쑈노프는 1960년대 젊은이들의 새로운 감성을 배경으로 하여 인간 존재의 모순된 조건들에 대한 질문들을 조심스럽게 제기했다. 그러나 명백하게 설정된 울타리 안에서 허용된 자유는 이미 자유라고 부를 수도 없는 것이다. 이는 서방과의 치열한 냉전이 지속되던 1960~70년대에 소련 문학계의 가장 중요한 쟁점이 '농촌문학'이었다는 사실에서도 미루어 짐작할 수 있다.

쏘비에뜨 연방의 해체와 함께 사회주의적 사실주의의 교조도 완전히 역사 속으로 사라져갔다. 다시 출발한 러시아는 18세기초에 그러했듯이, 이번에도 뒤늦게 받아들인 서방의 문물과 가치체계에 허겁지겁 적응하고 있는 중이다. 러시아 사회 전체가 밀린 숙제를 하고 있는 동안 러시아문학도, 단편소설도 자신의 밀린 숙제를 할 시간이 필요할 것이다.

한 발

Александр Пушкин. Собрание сочинений в десяти томах. т.5. Москва: Художественная литература. 1975.

외투

Николай Гоголь. Собрание сочинений в семи томах. т.3. Москва: Художественная литература. 1977.

무도회가 끝난 뒤

Лев Толстой. Собрание сочинений в четырнадцати томах. т.14. Москва: Государственная издательство художественной литературы. 1953.

슬픔 | 입맞춤

Антон Чехов. Полное Собрание сочинений и писем в тридцати томах. т.4/т.6. Москва: Наука. 1984.

스물여섯과 하나

Максим Горький. Собрание сочинений в тридцати томах. т.4. Москва: Государственное издательство художественной литературы. 1953.

철로 된 목

Михаил Булгаков. Собрание сочинений в пяти томах. т.1. Москва: Художественная литература. 1992.

편지

Исаак Бабель. Собрание сочинений в четырех томах. т.2. Москва: Время. 2006.

시간

Надежда Тэффи. Избранные произведения. т.7. Москва: Лаком. 2000.

동굴

Евгений Замятин. Сочинения. т.1. A.Neimanis. Buchvertrieb und Verlag. München. 1970.(출전①)

Евгений Замятин. Сочинения. Москва: Книга. 1988.(출전②)

가벼운 숨결 | 일사병
Иван Бунин. Собрание сочинений в пяти томах. т.3/т.4. Москва: Правда. 1956.

암소
Андрей Платонов. Избранные произведения в двух томах. т.2. Художественная
литература. 1978.